Diogenes Taschenbuch 20275

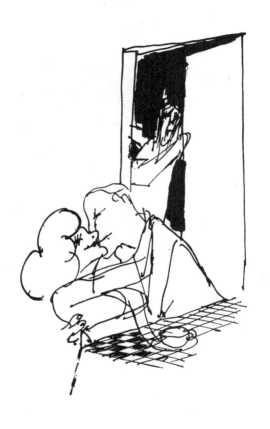

Henry Slesar

Ein Bündel Geschichten für lüsterne Leser

*Sechzehn Kriminalgeschichten
Aus dem Amerikanischen
von Günter Eichel
Mit einer Einleitung
von Alfred Hitchcock
und vielen Zeichnungen
von Tomi Ungerer*

Diogenes

Titel der Originalausgabe:
›A Crime for Mothers and Others‹
(Avon Book Division, New York 1962)
Die deutsche Erstausgabe
erschien 1967 im Diogenes Verlag
Umschlagzeichnung von
Tomi Ungerer

Veröffentlicht als Diogenes Taschenbuch, 1976
Alle deutschen Rechte vorbehalten
Copyright © 1967
Diogenes Verlag AG Zürich
50/99/36/11
ISBN 3 257 20275 X

Inhalt

Einleitung 7

Ein Verbrechen für Mütter 9
A Crime for Mothers

Der Mann in der Nachbarzelle 23
The Man in the Next Cell

Der Preis ist Schönheit 39
And Beauty the Prize

Weibliche Hilfe 55
A Woman's Help

Die Macht des Gebetes 69
Father Amoin's Long Shot

Dienstbotenprobleme 87
Servant Problem

Wer leistet mir Gesellschaft? 103
Keep me Company

Polizist für einen Tag 111
Cop for a Day

Willkommen zu Hause 123
Welcome Home

Hüte und Schachteln 135
Murder Out of a Hat

Flitterwochen erster Klasse 151
First-Class Honeymoon

Die richtige Medizin 159
The Right Kind of Medicine

Die sterblichen Reste 169
The Last Remains

Dicker als Wasser 181
Thicker Than Water

Freundin gesucht! 201
Won't you be my Valentine?

Die Konkurrenz 213
Burglar Proof

Einleitung

In den letzten Monaten haben einige empfindsame Seelen die Stirn über die Verbrechen im Fernsehen gerunzelt und sie als Ursache jeglichen garstigen Phänomens, vom Einbruch bis zum Nägelkauen, verdammt. Bei meiner entgegenkommenden Veranlagung bin ich natürlich genau derselben Meinung. Einige Verbrechen, die ich im Fernsehen erlebt habe, ließen auch mir die Haare zu Berge stehen.

Allerdings wurden nicht alle mit Dolch oder Revolver verübt. Bei einigen bediente man sich der Lächerlichkeit, hirnloser Ehefrauen und hilfloser Ehemänner, gespenstischer Teenager und redseliger Kleinkinder. Wie ich erfuhr, handelte es sich hier um Sendungen für die Familie, die dem Fernsehen entsprechendste Unterhaltung.

Immer bemüht, mit den Wünschen der Öffentlichkeit in Fühlung zu bleiben, beeile ich mich zu versichern, daß ›Alfred Hitchcock zeigt‹ ganz entschieden eine Sendung für die ganze Familie darstellt. Dem Skeptiker biete ich als Beweis diese Sammlung von *short stories* an, von denen jede einzelne in ein Fernsehspiel umgemodelt wurde.

Der Autor, Henry Slesar, ist in bewundernswerter Weise geeignet, diese Art von entsprechender Familienunterhaltung zu schreiben, da er selbst ein Familienmensch mit entsprechender Ehefrau und einem entsprechenden Kind ist – ganz zu schweigen von zwei entsprechenden Hunden. Sie wohnen in einem entsprechenden Haus in einer entsprechenden Vorstadt, wo Mr. Slesar die entsprechend nützlichen Erzählungen vom glücklichen Familienleben verfaßt.

So ist zum Beispiel ›Ein Verbrechen für Mütter‹ das herzerwärmende Loblied der Mutterliebe. Die Tatsache, daß es sich bei der Mutter dieser Geschichte um eine Trinkerin, Erpresserin und Kindesentführerin handelt, ist ein Punkt, den nur Puritaner verdammen können.

In ›Dicker als Wasser‹ sehen wir das köstliche Verhältnis

eines Vaters zu seinem jungen Sohn. Unglücklicherweise steht der Bursche wegen Mordes vor Gericht, und der pflichtbewußte Vater möchte ihm helfen, dem Strick zu entgehen; aber wenn es sich hierbei nicht um elterliche Hingabe handelt, will ich einen ganzen Band Turgenjew fressen.

In ›Weibliche Hilfe‹ lernen wir ein Beispiel für die ideale amerikanische Ehe kennen: mit einem entsprechenden Ehemann und einer charmanten Ehefrau, die behaglich in einem von Efeu überwachsenen Häuschen wohnen und gemeinsam entsprechende Mahlzeiten genießen. Einige dieser Mahlzeiten enthalten natürlich Gift.

Und in ›Willkommen zu Hause‹ erleben wir die zärtliche Wiedervereinigung einer lange getrennten Familie, die selbst den abgebrühtesten Verbrecher unter meinen Lesern garantiert zu Tränen rühren wird. Denn natürlich nehme ich an, daß sich unter meinen Lesern und Zuschauern mit Sicherheit einige Verbrecher befinden, weil sie dies lesen oder sehen. Zumindest haben die Kritiker des Fernsehens mich zu dieser Überzeugung gebracht.

Wenn Sie also tatsächlich ein Verbrecher sind, hoffe ich nur, daß Sie dieses Buchexemplar gekauft und nicht einfach aus dem Regal geklaut haben. Denn das ist, wie ich Ihnen versichern kann, nicht meine Art von Verbrechen. Vorausgesetzt, daß Sie dieses Buch auch bezahlten, haben Sie daher jetzt die Wahl zwischen sechzehn spannenden Erzählungen, die Sie meiner Überzeugung nach nicht nur entsprechend, sondern auch rasend spannend finden werden.

Alfred Hitchcock

Ein Verbrechen für Mütter

Zwei Drinks, und sie war bereit. Mit einem Taxi fuhr sie zu dem kleinen Haus der Birdwells in Queens; dabei saß sie im Fond des Wagens, und ihr Mund war genauso fest verschlossen wie die Handtasche auf ihrem Schoß. Wie eine Dame stieg sie aus dem Taxi und warf sich die gefärbte Fuchsstola über die Schulter. Lottie Mead war nur dann damenhaft, wenn der Whisky ihr Inneres erwärmte.

Die Frau war es, die ihr aufmachte. »Guten Tag, Mrs. Birdwell«, sagte Lottie kehlig. »Hoffentlich komme ich nicht zu spät, um ihn noch zu sprechen!«

»Nein«, sagte die Frau. »Mein Mann hat Eileen gerade zur Schule gebracht. Er ist im Wohnzimmer.« Hinter der Frau entdeckte Lottie den Mann. Sie trat ein und schwang dabei ihre Handtasche.

»Was wollen Sie hier?« knurrte er. »Sie haben versprochen, uns nie wieder zu belästigen. Was also wollen Sie?«

»Bitte, Artie!« sagte seine Frau, die Friedensstifterin. »Ich bin überzeugt, daß Miss Mead wirklich einen Grund hat, hierher zu kommen. Wollen Sie nicht Platz nehmen?« fragte sie Lottie. »Wenn Sie möchten, mache ich schnell Kaffee.«

»Nein, danke.« Lottie setzte sich und zog den Rock über ihre Knie. »Ein Jammer, daß Eileen schon zur Schule mußte«, sagte sie. »Ich hätte sie so gern gesehen.«

»Sie vergessen dabei etwas«, sagte Birdwell barsch. »Sie dürfen Eileen nicht wiedersehen – nie. Das gehörte zu unserer Abmachung vor sieben Jahren.«

»Vor sieben Jahren? Mein Gott, wie die Zeit vergeht.«

»Vergeht stimmt«, sagte der Mann und blickte auf seine Uhr. »In einer halben Stunde geht mein nächster Zug, Miss Mead; vielleicht kommen Sie jetzt lieber zum Thema.«

»Wissen Sie was?« sagte Lottie strahlend. »Ich glaube, ich trinke doch eine Tasse Kaffee, Mrs. Birdwell.«

Als die Tasse vor ihr stand, die die Frau mit zitternder

Hand eingegossen hatte, war Lottie bereit, ihren Wünschen Ausdruck zu verleihen.

»Ich habe meine Ansicht über Eileen geändert. Ich will sie zurückhaben.«

Birdwell fluchte, und seine Frau machte ein Geräusch, das entweder ein Seufzen oder ein Stöhnen bedeutete. Dann sagte der Mann: »So etwas Ähnliches hatte ich mir schon gedacht. Aber schlagen Sie sich das aus dem Kopf; abgemacht ist abgemacht, und Eileen hat von Ihnen nicht die geringste Ahnung.«

»Ich bin auch keine Ahnung. Ich bin immerhin ihre Mutter.«

»Als wir uns kennenlernten, waren Sie einverstanden, Eileen wegzugeben. Damals war es Ihnen egal, ob das Mädchen lebte oder starb...«

»Das hätte ich auch nicht tun sollen!« jammerte Lottie und brach plötzlich in Tränen aus. »Bestimmt wäre es besser gewesen, ich hätte sie auf eine Kirchentreppe gelegt oder sonst wohin, statt sie geizigen Leuten wie Ihnen zu überlassen...«

»Wovon reden Sie eigentlich?« sagte Birdwell ärgerlich. »Wir haben Ihnen damals das Geld gegeben, das Sie brauchten; wir haben Eileen zu uns genommen und sie wie unser eigenes Kind aufgezogen. Wenn es nicht so schwierig gewesen wäre, Sie zu finden, hätten wir sie schon lange adoptiert.«

»Kann ich etwas dafür, daß ich krank war? Aber jetzt geht es mir besser, und ich will mein Kind zurückhaben. Ich werde mir einen Anwalt nehmen...«

»Einen Anwalt nehmen! Das wird Ihnen meiner Ansicht nach kaum etwas nützen; es wird uns nämlich keineswegs schwerfallen zu beweisen, welche Sorte von Mutter Sie sind.«

Lottie öffnete ihre Handtasche und suchte nach einem Taschentuch. Sie fand auch eines, aber erst, nachdem die Taschenflasche klirrend an ihre Hausschlüssel gestoßen war. Daraufhin klappte sie die Handtasche wieder zu und setzte sich aufrecht hin.

»Also gut«, sagte sie ruhig. »Ich bin ein Mensch, mit

dem man reden kann. Sie lieben zwar Eileen, ich aber bin ihre Mutter. Das mindeste, was Sie tun können, ist, mir um ihretwillen zu helfen.«

»Auf welche Weise?«

»Ich hatte schrecklich große Ausgaben. Habe ich Ihnen nicht erzählt, daß ich krank war? Ich brauche mindestens hundertfünfzig Dollar pro Woche.«

»Ich will es anders ausdrücken«, sagte Birdwell langsam. »Sie verlangen von uns, daß wir Ihnen jede Woche Geld geben?«

»Ist das so ein Unrecht? Sonst habe ich doch niemanden, an den ich mich wenden könnte. Es kann Ihnen doch nicht egal sein, daß Eileens Mutter im Rinnstein schlafen muß – oder?«

»O mein Gott«, flüsterte die Frau.

Birdwell trommelte mit den Fingern auf die Sofalehne. »Miss Mead, wissen Sie eigentlich, was Sie verlangen? Ich bin Bauingenieur. Ich verdiene in der Woche zweihundertzwanzig Dollar, und das reicht kaum für uns. Und Sie erwarten von mir, daß ich Ihnen hundertfünfzig davon gebe?«

»Also gut«, erwiderte sie. »Sagen wir hundert.«

»Tut mir leid.« Der Mann stand auf. »Das kommt nicht in Frage. Sie wollten sich einen Anwalt nehmen – bitte.«

»Glauben Sie etwa, das tue ich nicht? Ich werde mir einen Anwalt suchen und Ihnen Eileen wegnehmen. Ich habe nie etwas unterschrieben. Und ihr werdet sie nie wiedersehen, ihr Geizkrägen.«

»Das wird Ihnen nicht gelingen. Man wird sehr schnell herausfinden, was Sie sind: eine Schlampe und Trinkerin.«

Lottie warf die Stola zurück. »Ich komme ziemlich lange ohne Drinks aus, Mister. Und Sie werden überrascht sein, was mir alles gelingt, wenn ich mich einmal zu etwas entschlossen habe. Überlegen Sie es sich lieber noch einmal.«

Sie ging zur Haustür, öffnete sie und wollte sie dann hinter sich zuknallen. Aber dann überlegte sie es sich anders, lächelte dünn und ließ die Tür offen. Birdwell mußte sie selbst zuschlagen.

Lotties Suche nach einem Anwalt war in der darauffolgenden Woche mehr als nur eine Zeitverschwendung: eine riesige Enttäuschung. Die Whiskyfahne und die Geschichte von vereitelter Mutterschaft zauberten ein zynisches Lächeln auf die Gesichter aller Anwälte, mit denen sie sprach, und als die Woche zu Ende ging, war sie immer noch ohne den Beistand eines juristischen Beraters.

Am Sonnabend nachmittag döste sie gerade vor sich hin, als sie von einem Klopfen an der Tür geweckt wurde. Heiser rief sie »Herein!« und erhob sich schwankend von ihrer Couch. Als sie sah, daß es sich bei dem Besuch um einen Mann handelte, strich sie sich das krause Haar aus dem Gesicht. »Kenne ich Sie?« sagte sie.

Der Mann trug einen grauen Anzug, darunter ein buntes Sporthemd. Er war klein, mit schütterem schwarzem Haar und scharfem gelblichem Gesicht. Er ließ sich auf einen Stuhl fallen und legte den Hut auf seine Knie. »Mein Name ist Ames«, sagte er. »Phil Ames. Sie kennen mich zwar nicht, aber ich kenne Sie. Wie ich hörte, suchten Sie in der ganzen Stadt nach einem Anwalt.«

»Und was geht das Sie an?«

»Ich bin Anwalt«, sagte er lächelnd.

»Sie? Sie sehen eher wie ein Taschendieb aus.«

»Das bezweifle ich«, erwiderte er liebenswürdig. »Im Jahre 1949 wurde ich von der *Bar Association* als Anwalt zugelassen. Bisher war ich auf Fälle von Vernachlässigung spezialisiert, aber dann hatte ich Pech. Einer meiner Freunde erzählte mir von Ihnen, und deswegen faßte ich den Entschluß, bei Ihnen mal reinzuschauen. Einverstanden?«

»Reine Zeitverschwendung für Sie«, sagte Lottie mürrisch. »Ich habe nämlich keinen einzigen Cent. Und das allein interessiert euch Gauner doch dabei.«

»Über mein Honorar habe ich noch kein einziges Wort gesagt. Ich wollte mir lediglich Ihre Geschichte anhören.«

Lottie, die ihre kleine Ansprache mittlerweile auswendig konnte, wiederholte sie noch einmal.

»Wie heißen Sie mit Vornamen?« fragte er.

»Lottie.«

»Wissen Sie, was ich glaube, Lottie? Meiner Ansicht nach scheren Sie sich keinen Deut darum, Ihr Kind wieder zurückzubekommen. Was will denn ein Mensch wie Sie ausgerechnet mit einem siebenjährigen Kind!«

»Hören Sie zu: Wenn Sie so mit mir reden...«

»Regen Sie sich nicht auf«, sagte Ames und drehte langsam seinen Hut.

»Ich weiß genau, was Sie in Wirklichkeit wollen. Und das ist auch das, was mich interessiert.«

»Und das wäre?«

»Geld, Lottie. Sie wollen die Birdwells nur möglichst ausgiebig melken. Irre ich mich, oder habe ich recht?«

»Scheren Sie sich zum Teufel.«

»In Ordnung«, sagte er und erhob sich. »Wenn Sie dieser Ansicht sind.«

»Warum denn so eilig?« sagte Lottie. »Bisher haben Sie doch noch gar nichts gesagt!«

»Das«, sagte der Anwalt grinsend, »gefällt mir schon besser.«

Er zog einen Stuhl heran und blickte direkt in ihre tränenden Augen. »Wieviel haben Sie verlangt?«

»Hundert pro Woche. Eigentlich wollte ich hundertfünfzig haben, aber da hat er Zeter und Mordio geschrien. Er ist Ingenieur; viel verdient er nicht.«

»Daß ich nicht lache! Haben Sie noch nie die Stellenangebote für Ingenieure gesehen? Die verdienen doch heute Unsummen. Jedenfalls haben Sie die ganze Geschichte falsch angepackt. Die Sache mit einer Rente ist doch Quatsch. Viel besser ist es, man holt eine große Summe aus ihnen heraus. Was würden sie von fünfundzwanzig Tausendern halten, und zwar jetzt gleich, auf ein Mal?«

Lottie seufzte.

»Soviel wie von einer ganzen Million!«

»Wenn ich Ihnen zeige, wie man es macht, beträgt mein Honorar zwanzig Prozent.«

»Wenn Sie mir zeigen, wie ich zu dem Geld komme – und nicht zu dem Kind, vergessen Sie das nicht –, ist es mir das wert.«

Ames betrachtete seine Fingernägel.

»Sie entführen das Kind.«

»Was?«

»Sie haben gehört, was ich gesagt habe. Wie heißt das Kind?«

»Eileen.«

»Sie entführen also Eileen. Sie schnappen sich das Mädchen. Dann bringen Sie es irgendwohin und rufen die Birdwells an, daß Sie sie nicht zurückgeben werden. Es sei denn, sie bezahlen.«

»Sind Sie wahnsinnig? Glauben Sie etwa, ich will mir eine Strafe wegen Kindesentführung einhandeln? Wenn man so was tut, sitzt man sein ganzes Leben hinter Gittern!«

Ames grinste noch breiter. »Wofür? Dafür, daß man sein Eigentum wieder in Besitz nimmt? Sie irren sich, Lottie. Wenn man sich sein eigenes Kind zurückholt, ist das keine krumme Sache. Ich kenne ein Dutzend Fälle wie diesen, wo Ehepaare, die getrennt leben, sich gegenseitig die Kinder wegschnappen. Kein Mensch kommt dafür ins Gefängnis; es geht immer nur darum, daß das Gericht entscheidet, wem das Kind rechtmäßig zugesprochen wird.«

»Aber die Birdwells werden die Polizei holen! Sie werden mich verklagen!«

»Dafür werden sie sich viel zu große Sorgen machen. Wenn Sie sich Eileen geschnappt haben, werde ich mich einschalten und den Leuten schon Angst einjagen. Wenn Sie das Kind haben, haben Sie schon zu neun Zehnteln gewonnen; und Sie haben die Geburtsurkunde. Die besitzen Sie doch, nicht wahr?«

»Aber sicher.«

»Es kann nicht schiefgehen, Lottie«, sagte Ames. »Die Vorarbeiten mache ich. Ich werde mir das Haus der Birdwells genau ansehen und herausfinden, wie Eileens Tag verläuft. Ich werde feststellen, wann und wo es am besten gemacht wird.« Er lachte unterdrückt. »Ich fingere die Sache schon für Sie zurecht.«

Lottie erschauerte. »Reden Sie doch nicht so. Es klingt so kriminell.«

14

»Verzeihung«, sagte Ames scherzhaft. »Ich vergaß ganz, daß es sich hier um reine Mutterliebe handelt.«

Vier Tage lang bekam Lottie von Ames nichts zu sehen, und zwei dieser vier Tage verbrachte sie in einem alkoholischen Nebel. Dann, am Dienstagabend, erschien er plötzlich mit allen Einzelheiten des Planes.

»Es ist ein Kinderspiel«, sagte er fröhlich. »Jeden Morgen wird das Mädchen vom Alten zur Schule gebracht, aber um drei fährt es dann allein mit dem Bus nach Hause. Ganz allein. Und das ist für uns der richtige Augenblick.«

»Wie soll ich sie denn erkennen?«

»Machen Sie sich darüber keine Gedanken – ich werde sie Ihnen zeigen. Sie brauchen dann bloß noch zur Bushaltestelle zu gehen und zu sagen, ihre Mama hätte Sie geschickt. Sie erzählen ihr, daß Sie die neue Putzfrau sind, die für Mrs. Birdwell arbeitet.«

»Putzfrau?« fragte Lottie indigniert.

»Sie sagen einfach, daß Sie gekommen seien, um sie zu ihrer Mutter in die Stadt zu bringen, verstehen Sie, weil die ihr ein paar neue Kleider kaufen wolle. Dann nehmen Sie sich ein Taxi und bringen das Mädchen in Ihre Wohnung. Aber nicht hierher«, sagte er und verzog den Mund. »Es wäre besser, wenn Sie aus diesem Loch auszögen und sich ein Hotelzimmer nähmen. Die Birdwells können diese Adresse im Telefonbuch leicht feststellen – so wie ich auch. Und ich möchte nicht, daß man weiß, wo Sie sind.«

»Ich kann in das *Majestic* ziehen, weiter unten an der Straße.«

»Tun Sie das, und zwar noch dieses Wochenende. Hinterlassen Sie aber hier nicht Ihre neue Adresse, und tragen Sie sich unter einem anderen Namen ein. Wenn das erledigt ist, können wir die Sache kommenden Montag erledigen.«

»Wissen Sie was?« sagte Lottie kokett. »Bisher habe ich immer geglaubt, Anwälte wären dumm!«

Am nächsten Tag zog Lottie aus ihrer bisherigen Pension um in das *Hotel Majestic*.

Am Montag vormittag rief Ames sie an und sagte, er werde sie um zwei vor ihrem Hotel abholen. Sie würden dann zu Eileens Schule fahren und den Wagen wenige Schritte von der Bushaltestelle entfernt parken. Sie zog sich ihr schönstes Kleid an, bürstete die Knoten aus ihrem krausen Haar und wartete um halb zwei, nüchtern, auf ihn. Mit schmeichelhaften Worten gratulierte er ihr; dann stiegen sie in seinen Wagen und fuhren los.

Die Schule war eine Ziegelfestung, an drei Seiten von einem Spielplatz mit Betonboden umgeben. Sie warteten auf der anderen Straßenseite, bis die sonst so ruhige Gegend plötzlich von Kindern explodierte, die die Schulglocke um drei Uhr von ihren Fesseln befreit hatte. Lottie wurde nervös, als sie die wilde Flucht beobachtete. »Eine ganze Million Bälger!« sagte sie. »Wie soll ich sie da finden?«

»Machen Sie sich keine Gedanken«, sagte Ames.

Mit Ausnahme der rennenden und kreischenden Kinder auf dem Spielplatz war die Schulstraße um Viertel nach drei wieder völlig verwaist. Auf den Bus zur Morris Avenue warteten vier Fahrgäste, darunter zwei Kinder, von denen eines ein Mädchen war.

»Ich erkenne sie«, sagte Lottie, schwer atmend. »Die blonde mit der Stupsnase. Das also ist Eileen!«

Er stieß die Wagentür auf. »Es ist besser, wenn Sie jetzt losgehen. In einer Stunde rufe ich Sie im Hotel an, um zu sehen, wie die Dinge stehen.«

Lottie umklammerte ihre Handtasche und stieg aus. Sie ging über die Straße, den Blick auf das blonde Kind geheftet, das krummbeinig neben dem Halteschild stand. Ihr Herz klopfte, und der plötzliche Gedanke, daß sie ihn (ihn, diesen nichtsnutzigen Seemann und Trottel) in Eileens Gesicht wiedererkennen könnte, machte ihr die Knie weich. Dann stand sie jedoch neben dem Mädchen und sagte: »Guten Tag. Du mußt Eileen sein.« Das Kind blickte auf. »Und wer sind Sie?« sagte es schnippisch.

»Ich arbeite bei deiner Mutter, Mrs. Birdwell. Ich bin – ich bin die Gouvernante.«

»Die Gouvernante? Meinen Sie richtig wie in *Jane Eyre*?«

16

»Was ist das?« sagte Lottie. Sie blickte die Straße entlang und glaubte den näherkommenden Autobus zu erkennen. »Hör zu«, sagte sie schnell, »heute brauchst du nicht mit dem Bus zu fahren. Deine Mutter hat mir aufgetragen, dich hier abzuholen und in die Stadt zu bringen. Sie will dir ein paar neue Kleider kaufen.«

»Oh – wirklich? Wirklich?« sagte das Mädchen aufgeregt.

»Wirklich. Sie sagte, ich solle dich mit dem Taxi hinbringen.«

Die Augen des Kindes strahlten. »Ich bin noch nie mit einem Taxi gefahren. Was für Kleider will sie mir denn kaufen?«

»Das weiß ich nicht; das ist ihre Angelegenheit. Ich bin nur die Putzfrau.«

»Haben Sie nicht eben gesagt, Sie wären die Gouvernante?«

»Da kommt schon ein Taxi«, sagte Lottie und winkte einen Wagen heran, der langsam die Straße entlang rollte.

Als sie dem Fahrer die Adresse nannte, blickte das Mädchen sie neugierig an, aber dann fand es doch nichts dabei, daß seine Mutter in einem Haus wartete, das *Hotel Majestic* hieß. Abenteuer schienen ihm Spaß zu machen.

Als sie jedoch vor dem Hotel hielten, schien das Mädchen beim Anblick des Eingangs und der Halle doch erstaunt zu sein. »Wo kauft man denn hier Kleider?« fragte es.

»Das hier ist mein Hotel«, erklärte Lottie. »Deine Mutter will mich hier anrufen. Sie hat gesagt, ich solle hier warten, bis ich von ihr hörte. Verstehst du?«

»Aber warum?«

»Du mußt nicht so viel fragen!«

Lottie seufzte vor Erleichterung, als die Zimmertür sich hinter ihnen schloß. Sorgfältig versperrte sie sie und forderte das Mädchen auf, es sich bequem zu machen. Das Kind betrug sich musterhaft; es hatte ein zutrauliches Wesen, Gott sei Dank, und verbrachte die erste halbe Stunde damit, aufmerksam durch die beiden Zimmer zu schlendern und sich alles genau anzusehen. Die Zeitschriften, die Lottie besorgt hatte, damit das Mädchen sich beschäftigen konnte, hielten nicht lange vor, und nach einer Stunde wurde es unruhig.

»Warum ruft meine Mutter nicht an?« sagte das Kind. »Weiß meine Mutter auch bestimmt, wo wir sind?«

»Das weiß sie.«

»Ich habe Hunger. Meine Mutter gibt mir immer etwas zu essen, wenn ich von der Schule nach Hause komme.«

Lottie knurrte etwas, durchsuchte dann jedoch die kleine Kochnische. Das Ergebnis waren ein halbes Glas Milch und einige pappige Salzkekse. Das Kind rümpfte zwar die Nase, nahm dann das Angebotene jedoch an. Langsam kauend, machte es auf einmal einen müden Eindruck. Nach einer Weile schlief es in dem großen Sessel ein, der vor dem Fenster stand.

Um fünf Uhr läutete das Telefon. Das Mädchen wachte zwar nicht auf, aber Lottie fuhr zusammen. Hastig nahm sie den Hörer ab und hörte, wie Ames sagte:

»Lottie?«

»Was ist denn mit Ihnen los?«

»Ich bin aufgehalten worden. Geht es dem Kind gut?«

»Es schläft wie ein Baby.«

»Gut. In zwanzig Minuten komme ich vorbei, und dann erledigen wir den Rest.«

Sie legte den Hörer auf und sah, wie das Kind die Augen aufschlug.

»War das Mammy?«

»Deine Mammy ist unterwegs«, sagte Lottie lächelnd.

»Unterwegs!«

Eine halbe Stunde später klopfte es an der Tür. Lottie öffnete und sah im Korridor zwei Männer. Der eine war Ames, der ein grimmiges Gesicht machte. Der andere war ein Fremder, der sogar noch grimmiger aussah.

»Was ist denn jetzt los?« sagte sie zu Ames. »Wer ist denn das?«

Mit einem Schritt trat der Fremde in ihr Zimmer und zog seine Brieftasche aus der Gesäßtasche. Es war ein breit-schultriger Mann mit verschwommenen, jedoch jugendlichen Gesichtszügen. »Lottie Mead?« fragte er.

»Ja.«

»Ich bin Lieutenant Bloom vom Police Department. Miss Mead, Sie sind verhaftet. Sie werden der Kindesentführung beschuldigt.«

Einfältig starrte sie auf die Lippen, die sich bewegten, und dann auf die aufgeklappte Brieftasche hinunter. Der Polizeiausweis war ihr nicht fremd; ähnliches hatte sie schon früher gesehen.

»Wovon reden Sie eigentlich?« sagte sie atemlos. Ihr Blick wanderte zu Ames. »Phil! Sagen Sie ihm, daß es ein Irrtum sein muß!«

»Geben Sie zu, dieses Kind in Ihre Wohnung gelockt zu haben?« sagte Bloom. »Es hat keinen Sinn zu leugnen, Miss Mead; wir haben dafür genügend Zeugen.«

»Natürlich habe ich das! Aber ich habe auch das Recht dazu, nicht wahr, Phil? Phil!«

Ames blickte sie zwar an, sagte jedoch nichts.

Sie fuhr wieder zu dem Lieutenant herum. »Das ist mein leibliches Kind! Ich bin seine Mutter! Mehr Recht als ich,

19

es hierher zu bringen, hat niemand auf der ganzen Welt!«

»Verzeihung«, sagte Bloom und schüttelte den Kopf, »aber das kann ich Ihnen nicht abnehmen, Miss Mead. Das hier ist nicht Ihr Kind.«

»Das ist es doch! Ich besitze noch die Geburtsurkunde und kann es damit beweisen. Genannt wird sie zwar Eileen Birdwell, aber in Wirklichkeit ist sie mein Kind!«

Das Kind stand auf und kam langsam näher. Dann berührte es Lotties Ellenbogen und sagte: »Ich heiße nicht Eileen. Ich heiße Margaret. Kann ich jetzt nach Hause?«

Lottie starrte auf das unschuldige Gesicht hinunter, während ihr eigenes sich vor Wut verzerrte. »Du kleine Lügnerin!« fauchte sie. »Du nichtsnutzige kleine Lügnerin! Phil, um Himmels willen, sagen Sie ihm doch die Wahrheit!«

»Welche Wahrheit?« erwiderte Ames leichthin. »Ich weiß von nichts.«

Lottie fing an zu kreischen und wollte sich auf ihn stürzen, aber Bloom trat dazwischen. »Ich habe kein Kind entführt!« schrie sie. »Verhaften Sie mich nicht – bitte! Es war doch nur ein Trick. Er hat mich geleimt.«

Ames trat hinter sie und flüsterte ihr etwas ins Ohr.

»Joe Bloom kann Sie für den Rest Ihres Lebens ins Gefängnis bringen«, sagte er leise. »Aber das wissen Sie schon, nicht wahr?«

»Sie haben mich geleimt! Sie haben mir das falsche Kind gezeigt!«

»Hören Sie mal genau zu«, sagte Ames. »Sie haben sich selbst geleimt. Und jetzt gibt es nur noch eine Möglichkeit, aus der Geschichte wieder herauszukommen. Lassen Sie die Birdwells ab sofort in Ruhe. Geben Sie die Erlaubnis, daß die Birdwells Eileen adoptieren, und halten Sie sich endgültig aus dem Leben dieser Leute heraus.«

»Also hat man Sie zu mir geschickt! Die Birdwells haben Sie geschickt!«

»Geschickt habe ich mich selbst, Lottie. Das Ganze war meine Idee. Ich bin der Anwalt der Birdwells, außerdem jedoch auch ihr Freund. Und Joe Bloom hier ist ebenfalls mein Freund...«

»Die Beweise sprechen eindeutig gegen Sie, Miss Mead«, sagte Bloom. »Soll ich Sie nun verhaften oder nicht?«

Lottie schlug die Hände vor das Gesicht und schluchzte. Mitleid erregte sie damit nicht.

»Werden Sie die Birdwells in Ruhe lassen?« fragte Ames. »Dürfen sie das Kind jetzt adoptieren?«

»Meinetwegen«, sagte sie. »Meinetwegen.«

Auf der Straße legte das Mädchen seine kleine Hand in die große Pranke des Kriminalbeamten. »Das war sehr komisch, Daddy«, sagte es nachdenklich. »Vielleicht kann ich dir irgendwann wieder einmal helfen.«

Der Mann in der Nachbarzelle

Unverändert kräftig trat Gorwald mit dem Fuß auf das Gaspedal, selbst als er das herrische Jaulen der Sirene hinter sich gehört hatte. Er hatte nicht die geringste Aussicht, dem grau-weißen Streifenwagen zu entkommen, der in seinem Rückspiegel langsam näher kam, aber sein Fuß nahm davon keine Kenntnis. Der Mann von der Staatspolizei mußte sich erst durch leichtes Auffahren mit der Stoßstange bemerkbar machen, bevor Gorwald den Fuß langsam vom Gaspedal nahm und den Wagen bremste, bis er zum Stehen kam.

Er hielt den Blick starr geradeaus gerichtet, während er auf das Knirschen der Sohlen lauschte und der Beamte herankam, und er sah erst auf, als der Mann von der Staatspolizei sagte: »Sie haben ziemlich lange gebraucht, bis Sie anhielten, Mister. Haben Sie denn meine Sirene nicht gehört?«

Gorwald seufzte. »Machen wir es also kurz, was? Ich habe keine Zeit.« Er griff in einer Weise, die Erfahrung verriet, nach Zulassung und Führerschein. Der Polizeibeamte prüfte die Dokumente und zog dann ein kleines dickes Buch aus der Gesäßtasche.

»Leon Gorwald, Philadelphia. Bis nach Hause haben Sie ein ganz hübsches Ende, Mr. Gorwald. Sie wollen doch unseren Staat sicher noch nicht verlassen, oder?«

»Auf schnellstem Wege.«

»Damit werden Sie sich wohl noch ein bißchen Zeit lassen müssen. Ich werde Ihnen jetzt einen Strafzettel geben, zahlbar innerhalb von fünf Tagen. Nach meinem Geschwindigkeitsmesser sind Sie mit siebzig Meilen gefahren.«

»Hören Sie mal her – ich bin Geschäftsmann«, sagte Gorwald und griff nach der Aktentasche, die neben ihm auf dem Sitz lag. »Ich habe eine wichtige Sache zu erledigen. Vielleicht können wir uns gütlich einigen.« Er holte die Brieftasche heraus. Aus dem schweinsledernen Fach

schaute ein Zwanzigdollarschein heraus. Er zog sie hervor und sagte: »Angenommen, ich würde die Geldstrafe Ihnen aushändigen – was meinen Sie dazu?« Er kniff unbeholfen ein Auge zu.

Der Polizist klappte abrupt das Buch zu und trat einen Schritt zurück. »In Ordnung – steigen Sie aus«, sagte er.

»Warten Sie doch einen Moment...«

»Steigen Sie aus, Mister, ich nehme Sie gleich mit.«

Gorwald verfluchte seinen Fehler und kletterte aus dem Wagen. Als er auf der Straße stand, war er einen Kopf kleiner als der Beamte, und neben der hageren, muskulösen Gestalt des Polizisten wirkte er feist und verweichlicht. »Ich habe doch bloß versucht, mir Unannehmlichkeiten zu ersparen«, sagte er.

»Dafür haben Sie jetzt sich ein paar Unannehmlichkeiten dazu eingehandelt. Mit Bestechung ist bei mir nichts zu machen, Mister.« Mit dem Daumen deutete er auf den Streifenwagen. »Steigen Sie schon ein. Ich will bloß noch Ihren Wagen anhängen, und dann fahren wir alle zusammen nach Perryville.«

»Nach Perryville? Wo zum Teufel liegt denn das?«

»Vor fünf Minuten sind Sie erst durchgekommen. Aber bei Ihrem Tempo haben Sie es wahrscheinlich gar nicht gemerkt. Es ist keine große Stadt, aber sie hat immerhin eine ziemlich wichtige Einrichtung: ein Gefängnis.«

Perryville hatte tatsächlich ein Gefängnis, und als Gorwald davor stand, schwankte er zwischen Verachtung und Bestürzung. Das Gefängnisgebäude war ein weißgetünchter, mit Stuck verzierter Kasten, aller Wahrscheinlichkeit nach das äußerlich ordentlichste Gebäude der ganzen Stadt. Aber mehr war darüber auch nicht zu sagen. Innen war das Gefängnis von Perryville naßkalt und düster, mit feuchten grünen Wänden, einem ziemlich mitgenommenen Ungetüm von Schreibtisch, einem hölzernen Aktenschrank mit unzähligen Luftlöchern und zwei vergitterten Zellen, die die ganze Breite des Vorraums einnahmen.

Weit und breit war niemand zu sehen, der Dienst tat, als der Polizist mit Gorwald das Gefängnis betrat, so daß der Beamte die Empfangsfeierlichkeiten selbst erledigte. Er nahm den Schlüsselbund von der tropfenden Wand, öffnete eine der Zellentüren und nickte in Gorwalds Richtung. Murrend ging der Geschäftsmann hinein.

»Wann kann ich einen Richter sprechen?« sagte er. »Ich habe das Recht, vernommen zu werden.«

»Mit dem Richter können Sie reden, sobald ich ihn gefunden habe. Heute ist Sonntag, Mister. Und sonntags ist es in dieser Gegend immer ziemlich still.« Er ging zu einer rückwärtigen Tür und öffnete sie. »He, Montague!« schrie er. »Sandy! Ist denn keiner hier?« Als er keine Antwort erhielt, zuckte er die Schultern. »Wahrscheinlich sind sie zum Essen weg. Ich gehe jetzt mal rüber zu Richter Webster und sage ihm Bescheid, daß Sie hier sind. Und Sie verhalten sich bis dahin ruhig!«

Als er die Vordertür erreichte, fing Gorwald an zu protestieren. »He! Sie können mich hier nicht einfach allein lassen!«

»Immer mit der Ruhe, Mister.« Er blickte wieder zur Hintertür, Ratlosigkeit auf dem Gesicht. »Ich verstehe einfach nicht, wo die alle hingegangen sind. Vielleicht...«

Er wurde dadurch unterbrochen, daß die Vordertür nach innen aufflog. Der Mann, der hereinstürzte, war alt und weißhaarig; die Aufregung hatte jedoch sein verfälteltes mürrisches Gesicht so verwandelt, daß es fast jugendlich und gestrafft wirkte.

»Carlie!« schrie er. »Mensch, bin ich vielleicht froh, daß du hier bist! In der Sekunde, wo ich draußen deinen Wagen sah, habe ich bloß noch gesagt: Gott sei Dank! Dieser Kerl ist ziemlich zäh...«

»Wovon redest du eigentlich, Montague?«

»Menschenskind, Carlie, hier in Perryville ist heute früh das schlimmste Verbrechen seit fünfzig Jahren passiert – hast du denn nichts davon gehört?« Er hustete asthmatisch und klopfte gegen die Pistolentasche, die er locker umgeschnallt hatte. »Ganz allein haben wir den Kerl geschnappt – ich meine, ich und Sandy haben ihn geschnappt, und jetzt versuche bloß nicht, den Ruhm für dich einzuheimsen. Du hast damit nicht mehr zu tun als uns zu helfen, daß wir ihn hier hereinkriegen, damit wir ihn einlochen können.« Er verstummte und starrte Gorwald an. »Ach du liebes Lieschen – was hat denn der hier zu suchen, Carlie?«

»Der ist eingesperrt«, sagte der Staatspolizist knapp.

»Vielleicht könntest du aber ein bißchen vernünftiger reden, Sheriff! Wen wollt ihr hier festsetzen? Und was soll er verbrochen haben?«

Der alte Mann ging zum Tisch, setzte sich auf die Kante und wischte sich mit dem Daumenballen die Stirn ab. »Das ist das Übelste, was ich bisher gesehen habe, Carlie«, flüsterte er. »Weiß der Himmel, in Frankreich habe ich damals eine ganze Menge erlebt, aber so was bestimmt nicht. Von oben bis unten zerschnitten...« Er wurde merklich blasser.

»Eines der Fremont-Mädchen war es. Kennst du sie? Susie hieß sie.«

»Nein, ich kenne sie nicht.«

»Die Leute haben eine Geflügelfarm. Ihr kleiner Bruder fand sie in einem Gehölz, ungefähr eine Viertelmeile hinter dem Haus. Sie war losgezogen, um Feuerholz oder Blumen oder was weiß ich zu sammeln. Hübsch war sie eigentlich nicht, aber häßlich eigentlich auch nicht. Und wie sie jetzt aussieht, Carlie! Möge Gott dem Verrückten verzeihen.«

»Wer ist der Mann?«

»Er muß per Anhalter hergekommen sein – von uns hat ihn noch keiner gesehen. Er versuchte gerade, wieder mitgenommen zu werden, keine dreißig Meter von der Stelle entfernt, wo wir die Leiche gefunden hatten. Dabei haben wir ihn erwischt. Er rannte wie der Teufel, aber wir holten ihn doch noch ein. Ich meine, Sandy holte ihn ein – ich kann nicht mehr ganz so schnell rennen. Und gewehrt hat er sich, daß Sandy ihm eins mit dem Revolvergriff überziehen mußte. Ein Landstreicher ist er, aber irgendwann muß er mal als Mechaniker gearbeitet haben. Er hat nämlich immer noch einen alten weißen Overall an – vorn und hinten steht *Seneca Garage* drauf, soweit man es noch entziffern kann.«

»Wo steckt er jetzt?«

»Draußen, in Sandys Wagen. Vor ungefähr zehn Minuten kam er wieder zu sich und hat uns gleich wieder ziemlich zu schaffen gemacht, aber jetzt ist er wieder ruhig. Hilfst du uns, ihn hier hereinzuschaffen?«

»Mache ich. Und dann gebe ich wohl lieber einen Bericht an die Zentrale durch – vielleicht soll ich dann gleich rausfahren. Ist draußen noch alles so, wie ihr sie gefunden habt?«

»Das ist doch klar, Carlie – ich weiß doch schließlich Bescheid. Zwei meiner Leute habe ich da gelassen.« Wieder sah er zu Gorwald hinüber. »Und was ist mit dem da? Was hat er gemacht?«

»Geschwindigkeitsübertretung und Bestechungsversuch«, sagte der Polizeibeamte kurz angebunden. »Keine große Sache. Dann wollen wir mal deinen Mechaniker in die andere Zelle stecken.«

Gorwald, der ihrer Unterhaltung gespannt zugehört hatte, fing jetzt an zu schreien und zu jammern.

»Ich will den Richter sprechen! Ich bezahle meine Strafe, und dann laßt mich wieder frei!«

Der alte Mann machte ein bekümmertes Gesicht. »Hör mal, Carlie, aber unter diesen Umständen... Ich meine, was ist denn das schon: ein Verkehrssünder! Glaubst du nicht...«

»Was ist los, Sheriff?« sagte der Polizeibeamte gereizt.

»Kommt man hier etwa mit zwei Gefangenen schon nicht mehr zurecht?«

»Das nicht...«

»Das wäre auch noch schöner, Montague – Gefangener ist Gefangener. Ich gehe nachher zu Richter Webster und sorge dafür, daß er verhört wird – und dann werden wir weitersehen.«

Der alte Mann knurrte. »Du warst schon immer ein ganz verdammter Pedant, Carlie. Genauso wie damals dein Alter.« Er seufzte, ging zum Tisch und ließ sich in den knarrenden Drehstuhl fallen. »Also gut, dann bring mit Sandy den Mechaniker rein, und ich werde inzwischen versuchen, ob ich den Richter telefonisch erreichen kann. Und paßt auf den Burschen auf, Carlie – das ist einer von den ganz Zähen.«

Der Polizist ging zur Tür. Gorwald trat gegen die Gitterstäbe seiner Zelle, und der alte Mann sah zu ihm herüber wie ein wütender Puter. »Nun machen Sie mal langsam, Mister«, sagte er.

Der Anruf des Sheriffs führte zu nichts. Gorwald konnte deutlich hören, daß das Telefon am anderen Ende der Leitung läutete, aber niemand nahm den Hörer ab. Drei Minuten später öffnete sich wieder die Tür. Der Mund des Geschäftsmannes verzog sich, als er die zusammengesackte Gestalt erblickte, die von dem Polizisten und einem stämmigen Mann mit sandfarbenen Haaren an den Armen hereingeschleppt wurde.

Die Haare des Gefangenen waren struppig und hingen ihm über die buschigen Augenbrauen herab, ohne jedoch den drohenden Blick seiner Augen zu verbergen. Er war breit in den Schultern, jedoch nicht groß, und der verdreckte, einstmals weiße Monteuranzug, den er trug, schlotterte um seinen Körper. Er wehrte sich gegen den Griff seiner Begleiter, obgleich es nur eine Art symbolischer Widerstand war.

Dann sperrte der alte Mann die benachbarte Zelle auf, und damit war Gorwald nicht mehr der einzige Insasse des Gefängnisses von Perryville.

»Ich glaube nicht, daß er uns noch mehr Kummer machen wird«, sagte der Hilfssheriff mit dem sandfarbenen Haar schwer atmend, jedoch nicht ohne Stolz. »Vorhin, auf der Straße, habe ich sicher einen Teil seiner Rauflust aus ihm herausgeprügelt.«

Der Polizist blickte den neuen Insassen durch das Gitter hindurch an und sagte: »Wie heißen Sie, Mister?«

»Schert euch zum Teufel!« fauchte der Mann.

Gorwald, der durch das Seitengitter blickte, das die beiden Eisenkäfige trennte, räusperte sich nervös. Daraufhin fuhr der Kopf des Mannes herum, und in seinem Blick lag soviel bestialische Wut, daß Gorwald instinktiv zurückwich.

»Damit kommen Sie bei uns nicht weit«, sagte der Polizist ruhig. »Auch für Sie selbst könnte es ganz nützlich sein, wenn Sie uns die Arbeit erleichtern.«

Der Monteur spie geschickt aus, und der stämmige Hilfssheriff fuhr mit seinem kräftigen Arm durch die Gitterstäbe und versetzte der verdreckten Schulter des Mannes einen harten Schlag mit der offenen Hand. Der Gefangene taumelte zurück und warf sich dann gegen die Zellentür, daß die Stäbe dröhnten. Er fluchte, daß man kein einziges Wort verstand, verstummte dann mitten in einem Satz, drehte sich um und schlurfte zu der Pritsche. Er setzte sich hin, stützte seinen zottigen Schädel in beide Hände und beruhigte sich – wie ein Mann, der an Gefängniszellen gewöhnt ist.

Mit aufgerissenen Augen beobachtete Gorwald ihn.

»Was ist mit dem Richter?« sagte der Polizist. »Hast du versucht, ihn anzurufen?«

»Den könnt ihr nicht anrufen«, sagte Sandy gedehnt. »Der ist doch mit seiner Alten nach Blanton gefahren, um Verwandte zu besuchen – jeden zweiten Sonntag fahren die beiden rüber. Aber gegen halb neun wird er zurück sein. Wenn ihr versuchen wollt, ihn in Blanton anzurufen.«

»Quatsch«, sagte Montague. »Für die Rückfahrt braucht er fast drei Stunden – das wäre also gegen acht. Dann kann er ruhig erst noch sein Abendbrot essen.« Entschuldigend sah er Gorwald an. »Tut mir leid, Mister, aber wir tun unser möglichstes.«

Der Polizist schnitt eine Grimasse. »Er kann warten – ich glaube nicht, daß er es immer noch so eilig hat. Sandy, kommst du mit zu den Fremonts?«

»Klar, wenn Monty nichts dagegen hat.«

»Meinetwegen kannst du mit.«

»Ich gebe dann den Bericht von da aus an die Zentrale durch«, sagte der Polizeibeamte. »Glaubst du, daß du allein zurechtkommst?«

»Das laß nur meine Sorge sein«, sagte der Sheriff zuversichtlich. »Ich komme hier schon zurecht.«

Es dauerte fast eine halbe Stunde, bis im Gefängnis von Perryville das nächste Wort gesprochen wurde. Den Kopf in den Armen verborgen, hockte der Monteur weiterhin auf seiner Pritsche. Gorwald, den die Gegenwart seines gefährlichen Nachbarn nervös machte, blieb in der entlegensten Ecke seiner Zelle. Der alte Sheriff, der einsame

Bewacher des kleinen Gefängnisses, saß an dem ramponierten Tisch und schien damit beschäftigt, einen ausführlichen Brief zusammenzustellen.

Der Monteur rührte sich nur ein einziges Mal. Er hob den Kopf und starrte Gorwald so lange und mit einem so lähmenden Blick an, daß der Geschäftsmann laut zu wimmern begann. Dann schwang der Monteur mit einem verächtlichen Schnaufen seine Beine hoch, streckte sich auf der Pritsche aus und drehte das Gesicht zur Wand. Es war zu dunkel, um es genau erkennen zu können, aber Gorwald glaubte, in den zerzausten Haaren geronnenes Blut entdecken zu können.

Als der Monteur sich nicht mehr rührte, trat Gorwald vorsichtig an die Tür seiner Zelle. »Hallo, Sie – bitte«, flüsterte er.

Der alte Mann blickte verständnislos zu ihm herüber.

»Ich möchte Ihnen etwas sagen – bitte.«

Der Sheriff seufzte und stand von seinem knarrenden Stuhl auf. »Was wollen Sie, Mister?«

»Hören Sie, ich bin jetzt schon seit Stunden...«

»Noch nicht einmal seit einer Stunde.«

»Ich habe das Recht, von einem Richter gehört zu werden – verdammt noch mal! Das ist gesetzlich vorgeschrieben!«

Der alte Mann kratzte sich am Kinn. »Eines weiß ich ganz sicher: daß Sie das Recht haben, ein einziges Telefongespräch zu führen. Wollen Sie irgend jemanden anrufen?«

»Nein«, erwiderte Gorwald wütend. »Ich kenne niemanden, den ich anrufen will!« Verzweifelt fuchtelte er mit den Händen. »Hören Sie – ich bin doch bloß etwas zu schnell durch diese verdammte Stadt gefahren. Verstehen Sie denn nicht? Ich bin doch bloß zu schnell gefahren.«

»Ist das alles, was Sie mir sagen wollen?«

»Nein – warten Sie.« Gorwald griff nach seiner Brieftasche. »Hören Sie – wie wäre es, wenn...«

Der Sheriff gaffte ihn ehrlich erstaunt an. Im gleichen Moment wußte Gorwald, daß er wieder einen Fehler gemacht hatte. Er steckte die Brieftasche ein und verfluchte diese idiotische Ehrlichkeit, die ihn in diese Situation gebracht hatte. Er wollte gerade auch den Sheriff verfluchen, als sich die Vordertür öffnete und der stämmige Hilfssheriff hereinkam, das Gesicht gerötet und vor Neuigkeiten fast platzend.

»Bist du schon wieder zurück?« sagte der alte Mann. »Ich dachte, du wolltest mit Carlie zu den Fremonts fahren?«

»Ich bin nicht mit Carlie gefahren – er ist alleine los. Er meinte, ich sollte lieber hierbleiben, als er drüben bei McMurtrie die vielen Leute sah...«

Er packte den Sheriff am Arm und zog ihn zur Seite, aber Gorwald, der sich an die Gitterstäbe preßte, konnte ihr Gespräch trotzdem verstehen. »Irgendwas ist im Gang, Monty. Als wir nach draußen kamen, sahen wir, daß vor dem Lokal der McMurtrie ziemlich viele Leute herumlungerten und aufgeregt redeten – du weißt selbst, wie das so ist. Mac strahlte natürlich wie ein Schneemann, weil er mit seiner Kneipe ein Geschäft macht wie sonst zu Silvester. Carlie meinte, daß wir vielleicht Ärger bekämen, und sagte, ich solle lieber hierbleiben und die Leute ein bißchen im Auge behalten.«

»Was denn für Ärger?« sagte der alte Mann einfältig. »Was tust du eigentlich plötzlich so geheimnisvoll?«

»Nicht so laut!« flüsterte Sandy. Bedeutungsvoll zeigte er mit dem Daumen auf die Zelle des Monteurs. »Sag mal, Monty, du kennst doch ein paar von den Burschen aus dieser Stadt – du weißt doch selbst, wie gefährlich sie werden können, wenn man sie ein bißchen aufputscht. Und glaubst du etwa, die wüßten nicht, was mit dem Mädel passiert ist – sowas kann man einfach nicht geheimhalten. Und genau darüber reden sie jetzt da drüben. Verstehst du?«

»Was ist denn daran so verdammt ungewöhnlich? Das ist die größte Sache, die hier in der Gegend passiert ist, seit Teddy Roosevelt, der Präsident, damals hier durchgekommen ist. Was glaubst du denn, worüber die jetzt reden sollten – etwa übers Angeln?«

»Monty, du bist schon lange Sheriff, aber so was hast du in deinem Leben noch nicht gesehen.«

»Kannst du nicht deutlicher reden?« Der alte Mann zog die Stirn kraus.

»Die Burschen drüben lassen sich langsam mit Schnaps vollaufen, und reden tun sie, als wären sie alle verrückt geworden. Weißt du jetzt, was ich meine? Über den da reden sie.« Wieder deutete der Daumen auf die Gefängniszelle. Gotwald, der an der Tür seiner eigenen Zelle stand, hielt den Atem an.

»Du bist übergeschnappt«, fuhr der Sheriff dazwischen. »Willst du mir etwa weismachen, daß die da drüben ihn lynchen wollen?« Er gluckste leise. »Sam Dugan und Vince Merrit und die anderen komischen Kerle? Du bist wohl nicht ganz klar, Sandy!«

»Ich war drüben«, sagte Sandy wütend und packte den knochigen Arm des alten Mannes fester. »Ich habe selbst an der Theke gestanden. Die meisten sind schon eine ganze Zeit ohne Arbeit, seit der Überschwemmung, und da genügt schon ein ganz kleiner Anlaß, daß sie losschlagen. Ich habe es selbst einmal erlebt, damals in Riverhead, 1937. Du kannst mir glauben, Monty – da drüben braut sich was zusammen.«

Der alte Mann befreite sich aus dem Griff des Hilfssheriffs und trat an das kleine Fenster neben der Tür. Er blickte in die aufkommende Dunkelheit hinaus, entdeckte jedoch nichts, was ihn interessieren konnte. Dann kehrte er an seinen Tisch zurück und legte seine Hand auf den Telefonhörer. »Und wenn ich vielleicht Mac anriefe...«

»Nun glaub mir doch endlich, Monty – ich habe den Burschen doch zugehört. Wir müssen irgendwas tun, und zwar möglichst sofort!«

»Was kann ich denn tun? Die Staatspolizei anrufen? In einer halben Stunde könnten sie hier sein.«

»Das dauert zu lange. Wenn wir vielleicht Carlie zurückholten...«

»Sandy, ich kann es mir einfach nicht vorstellen!«

Sandy schnaubte. »Und wenn er am Strick baumelt – wirst du es dann vielleicht glauben?«

Er hatte laut gesprochen – so laut, daß es den Monteur aus seinem Trancezustand riß. Er richtete sich auf; sein

33

zerzaustes Haar ragte widerborstig in die Höhe, Augen und Mund waren vor plötzlichem Entsetzen aufgerissen.

»Strick?« knurrte er. »Wer hat hier was von Strick gesagt?«

Er stand auf und ging dicht an die Zellentür.

»Wer hat hier was von Strick gesagt?« schrie er gellend und umklammerte die dicken Eisenstangen.

»Reg dich nicht auf«, sagte der Sheriff ruhig. »Das hat mit dir nichts zu tun.«

Das Telefon auf dem Tisch des Sheriffs läutete schrill und mißtönend. Sandy griff nach dem Hörer, lauschte eine Sekunde und legte dann die Hand auf die Sprechmuschel.

»McMurtrie«, sagte er.

»Ja, Mac, was ist los?«

Er lauschte etwa zehn Sekunden und knallte dann den Hörer auf die Gabel.

»Wenn du noch was unternehmen willst, Monty, mußt du dich beeilen. Mac sagt, eine Gruppe wäre unterwegs zu uns. Sie haben drei Gewehre bei sich, und nach allem, was sie getrunken und geredet haben, kann ich mir gut vorstellen, daß sie die Dinger auch benutzen.«

»Ach du lieber Himmel!« sagte der alte Mann.

»Laßt mich raus!« kreischte der Monteur und versuchte, die Gitterstäbe seiner Zelle herauszureißen. »Laßt mich hier raus!«

Der alte Mann stand wieder am Fenster. »Ich sehe nichts. Wenn sie kommen, dann nicht von dieser Seite. Sandy, hol lieber die alte Schrotflinte von hinten.« Er schnallte seine Pistolentasche ab und fing an, die Patronen in seinem Revolver zu zählen.

Sandy verschwand im hinteren Raum und erschien gleich darauf mit einer großkalibrigen Schrotflinte sowie einer Schachtel mit Patronen. Er lud die Flinte und sagte: »Hör mal zu, Monty, wenn du glaubst, die Kerle zurückhalten zu können, wo wir nur zu zweit sind...«

»Was, zum Teufel noch mal, soll ich denn tun?«

»Laßt mich hier raus!« brüllte der Gefangene. »Laßt mich raus! Die können mich nicht lynchen! Keiner kann mich lynchen!«

Der alte Mann sah ihn an und krauste die Stirn. »Vielleicht hat er sogar recht«, sagte er. »Vielleicht sollten wir ihn lieber wegschaffen, bevor wir auf alte Freunde schießen, um seinen dreckigen Hals zu retten...«

»Und was ist mit mir?« fuhr Gorwald dazwischen. »Mich könnt ihr doch nicht einfach hier lassen!«

Sie beachteten ihn nicht – es gab zu viele Dinge, an die sie jetzt denken mußten. »Ich geh' jetzt raus und sehe zu, ob ich sie noch eine Weile aufhalten kann«, sagte Sandy. »Dann verschwindest du mit den Gefangenen durch die Hintertür, steigst in den Ford und fährst zu den Fremonts. Und da holst du dann Carlie ab – er wird schon wissen, was wir tun müssen.«

»Gut.« Der alte Mann nickte. »Versuchen können wir es. Glaubst du, daß du es schaffst, Sandy?«

Der Hilfssheriff klopfte auf den Schaft seiner Flinte. »Bloß nicht allzu lange«, sagte er nur. »Also beeile dich lieber.«

Keuchend preßte sich der Monteur an die Gitterstäbe, und sein Blick flog zwischen den beiden Männern hin und her. Als Sandy schließlich durch die Vordertür nach draußen ging, begann er wieder, an den Stangen zu rütteln.

»Schon gut, schon gut«, knurrte der alte Mann. »Wir tun schon, was du willst – nun reg dich nicht auf und mach keinen Unsinn.«

Er nahm die Schlüssel von der Wand, zog seinen Revolver und schloß die Zellentür auf. Als er sie öffnete, bewegte sich der Monteur plötzlich mit der atemberaubenden Schnelligkeit einer Schlange. Er legte die Hände zusammen, als wollte er beten, hob sie hoch über seinen Kopf, und dann ließ er sie blitzschnell heruntersausen, so daß die Handkanten den Hals des alten Mannes trafen. Lautlos sackte der Sheriff auf den Betonboden und rührte sich nicht mehr, während Schlüssel und Revolver ebenfalls auf den Boden fielen.

Es ging so schnell, daß Gorwald mehr verwirrt als überrascht war. Wie betäubt blickte er auf den alten Mann hinunter, der auf dem Boden lag, und dann auf den Gefangenen. Der Monteur bückte sich, griff nach Revolver und Schlüsseln und kam zu Gorwalds Zellentür.

Gorwald wich zurück und beobachtete, wie der Monteur den Schlüssel in das Schloß steckte und die Tür aufriß. Gorwald glaubte, er würde jetzt befreit und den Monteur hätte irgendeine Art unerklärlicher Großzügigkeit gepackt; dann aber sah er, daß die Mündung des Revolvers genau auf den mittleren Knopf seines Anzugs gerichtet war.

»Ausziehen«, sagte der Monteur rauh.

»Was?«

»Ausziehen, Kerl. Anzug, Schuhe, Hemd – alles ausziehen!«

»Wovon reden Sie eigentlich?« sagte Gorwald. »Das kommt gar nicht in Frage.«

Der Monteur spannte den Hahn des Revolvers; es klang wie der Knall einer Peitsche.

»Gut!« sagte Gorwald. »Gut!«

Ungeschickt entledigte er sich des Jacketts und legte es auf die Pritsche. Dann stieg er aus seiner Hose und wollte sie instinktiv an den Hosenbeinen anfassen, um die Bügelfalte zu schonen, aber der Monteur riß sie ihm aus der Hand. Nur noch mit der Unterhose bekleidet, fing Gorwald zitternd an, Hemd und Krawatte abzulegen.

»Tempo!« sagte der Monteur. »Tempo, verdammt noch mal!«

Als Gorwald fertig war, wechselte der Monteur den Revolver von der rechten in die linke Hand und begann, seinen verdreckten Overall auszuziehen. Erst der nächste Befehl des Monteurs machte Gorwald klar, was diese Handlung zu bedeuten hatte.

»Anziehen!« sagte er und warf ihm den Overall zu.

»Wieso?« sagte Gorwald entsetzt, weil er den Grund kannte. »Wieso soll ich ihn anziehen?«

»Weil ich dich umlege, wenn du nicht parierst!«

Gorwald zog den Overall an.

Als die Verwandlung beendet war, holte der Monteur ihn mit einer Handbewegung aus der Zelle und schob ihn in den benachbarten Käfig. Dann schlug er die Tür zu, schloß sie ab und ließ Schlüssel sowie Revolver neben den niedergestürzten Sheriff auf den Boden fallen.

»Nein«, sagte Gorwald flehend, »nicht...«

Aber der Monteur war schon in Gorwalds Zelle und zog die Tür zu, ohne sie abzuschließen. Seine Zeitrechnung war großartig. Im nächsten Augenblick wurde die Tür des Gefängnisses durch einen Kolbenschlag aufgesprengt.

Sofort füllte sich der Raum mit erbosten Menschen, und bei ihrem Anblick fing Gorwald an zu schreien; schreiend versuchte er, den Leuten irgend etwas klarzumachen, was sie nicht verstehen konnten. Er schrie, als der Schlüssel wieder in das Schloß gesteckt wurde und sich ein Dutzend Hände nach ihm ausstreckten, sich an ihm festklammerten und ihn auf einer Welle der Wut und in einer ganz bestimmten Absicht zur Tür zerrten.

Er versuchte ihnen zu erklären, wer er wäre und daß sie einen großen Fehler begingen; und dann versagten ihm Sprache und Augenlicht, als er mit dem Kopf vor dem Gefängnis von Perryville auf die harte, kalte Erde schlug...

»Nicht sprechen«, sagte der Polizeibeamte.

Vorsichtig drückte er einen feuchten Lappen, den er in der Hand hielt, auf Gorwalds Mund, als wollte er seinem Befehl Nachdruck verleihen. Dann lächelte er, und es war der erste Anflug von Gutmütigkeit, den Gorwald seit ihrer Begegnung auf dem Highway an ihm entdeckte.

Die hintere Hälfte von Gorwalds Kopf fühlte sich an, als wäre sie doppelt so groß wie normal. Aber die Schmerzen waren erträglich. Er blickte an der khakifarbenen Schulter des Polizisten vorbei und merkte, daß er wieder in seiner Gefängniszelle war, daß die Tür jedoch offenstand. Seine Hand fühlte die rauhe Oberfläche der Gefängnisdecke, die unter ihm lag.

»Was ist passiert?« fragte er matt.

»Sie können sich bei Sandy bedanken, daß er Sie gerettet hat«, sagte der Polizist. »Er hat ein paar Schüsse über die Köpfe der Menge hinweg abgegeben, und dadurch kriegten sie vorübergehend Angst. Ich kam gerade in die Stadt zurück, und als sie den Streifenwagen sahen, wurden sie schnell wieder nüchtern.«

Gorwald versuchte sich aufzurichten. Der Polizeibeamte riet ihm, es sein zu lassen, aber schließlich saß Gorwald auf der Pritsche. Er blickte sich um und sah dann den Beamten an, der die Stirn furchte.

»Ja, unser Täubchen ist leider ausgeflogen. In dem ganzen Durcheinander ist er entwischt. Aber wir kriegen ihn schon wieder – darüber brauchen Sie sich keine Gedanken zu machen.« Er stand auf und hakte einen Daumen hinter seinen Gürtel. »Ich glaube, wir haben Ihnen das Leben ein bißchen schwer gemacht, Mr. Gorwald. Denken Sie nicht mehr an den Strafzettel wegen Geschwindigkeitsüberschreitung, und ich werde nicht mehr an das – an das Darlehen denken, das Sie mir anboten.« Er grinste. »Aber wenn Sie die Stadt verlassen, rate ich Ihnen, sich von mir nicht wieder bei einem Privatrennen erwischen zu lassen.

»Bestimmt nicht«, sagte Gorwald eifrig. »Darauf können Sie Gift nehmen.«

Am nächsten Morgen fuhr Gorwald schon sehr früh weiter. Um den Kopf hatte er einen Verband, und der Anzug, der ihm von der Stadt geschenkt worden war, saß nur unter den Armen und über dem Leib ein wenig stramm.

Als er neben der Straße die junge Frau stehen sah, die versuchsweise die Hand hob, sowie ihren engen blauen Pullover und die verstaubten Koffer, bremste er instinktiv, fuhr dann jedoch ziemlich schnell an ihr vorbei. Er konnte keinen neuen Ärger gebrauchen – ihm hatte es gereicht.

Als er jedoch hundert Meter weit von ihr entfernt war und ihre schlanke, einsame Gestalt im Rückspiegel immer kleiner wurde, bremste er und schaltete den Rückwärtsgang ein.

Langsam näherte er sich ihr mit seinem Wagen, und er sah, wie ein Lächeln auf ihrem Gesicht aufbrach, das eine dicke Schicht Make-up hatte. Schön war sie nicht – aber er hätte es auch schlimmer treffen können. Und er war doch sehr froh, daß er das Messer im Handschuhfach gelassen hatte.

Der Preis ist Schönheit

Die jeweilige Zeit war der eigentliche Hinweis. Zwölf, aber nicht ein Uhr. Zehn, aber nicht neun Uhr. Und dann die Tage: Montag, aber nicht Dienstag, Freitag, aber nicht Sonnabend. Nach drei Monaten genau festgelegter Tage und Stunden begann Elliot West, in Enids Verabredungen ein genaues Schema zu erkennen – ein Schema, das sich durch ihre Arbeit als Modell nicht erklären ließ. In seiner Werbeagentur hatte er mit Modellphotographen zu tun und wußte daher einiges über das Leben eines Photomodells; und obgleich er nichts sehnlicher wünschte, als der sanften Stimme und den strahlenden Augen Enid Pattersons zu glauben, waren die Tatsachen doch zu auffällig. Wo ging sie hin? Was tat sie? Das Geheimnis war eine köstliche Qual.

Als er sie an einem Freitagabend wie verabredet um zehn Uhr abholte, blieb er mitten auf dem Wohnzimmerteppich wie angewurzelt stehen, den Mantel über dem Arm, mit grüblerischer Miene. Enid flatterte, wie üblich, durch das Zimmer, knipste überall das Licht aus und drängte ihn dann zur Tür, als wäre Eile von lebenswichtiger Bedeutung. »Um Himmels willen – gehen wir nun endlich oder nicht?« sagte sie und warf das dichte kastanienbraune Haar zurück, das ihr lang auf die Schultern hinunter hing. »Ich kann dieses Zimmer nicht mehr sehen, Elliot.«

»Ich um so mehr«, murmelte er. »Immer drängst du mich hier schnell hinaus, Enid; warum diese Besorgnis?«

»Besorgnis?« Sie stand vor ihm, ein kleines Mädchen, jedoch zu entwickelt, um als winzig bezeichnet zu werden. »Was meinst du damit?«

»Jeden Abend, wenn ich dich abhole, heißt es immer: schnell, schnell, schnell! Was, zum Teufel, stört dich denn an deiner Wohnung?«

»Stören tut mich nichts«, sagte sie ruhig. »Aber ich verbringe einen sehr großen Teil meiner Zeit hier, und wenn ich kann, gehe ich gern aus. Störend ist daran doch wohl nichts, oder?« Elliot machte einen zerknirschten Eindruck und griff nach ihrer Hand. Sie wandte sich ihm zu, und in ihren Augen spiegelte sich etwas, das sich nicht in diesem Raum befand. »Bitte, laß uns jetzt gehen«, flüsterte sie.

»Erst müssen wir darüber gesprochen haben. Weißt du – ich bin doch nicht dumm. In dieser Wohnung ist irgend etwas los. Ich spüre es förmlich. Diese verrückten Zeiten unserer Verabredungen, dieser ganze Terminkalender. Warum Freitag und nicht Sonnabend? Was tust du als Photomodell ausgerechnet am Sonnabend?«

Sie setzte sich, den Mantel immer noch um die Schultern. »Ich glaubte, daß du mich vielleicht nie danach fragen würdest«, sagte sie leise. »Das war sehr dumm von mir, oder?«

»Um was handelt es sich, Enid? Was ist los?«

Sie erzählte es ihm. Er hörte ihr zu, ließ sie wichtige Sätze noch einmal wiederholen und versuchte, die Bedeutung jedes Wortes und jeder Betonung zu erfassen. Sein Gesicht blieb unbewegt, selbst wenn er ihr Fragen stellte.

»Und was verdienst du?« sagte er spöttisch. »Hundert, hundertfünfzig pro Woche? Des Geldes wegen hast du es doch wohl kaum getan?«

Den Mund zusammengepreßt, schüttelte sie den Kopf.

»Hat er dir wenigstens geholfen? War das seine Absicht? Ein Job als Photomodell, dein Name in großen Leuchtbuchstaben und dann der Broadway? Was, zum Teufel, war es, Enid? Es interessiert mich – rein akademisch.«

»Elliot!«

Er atmete jetzt wieder normal – mühsam, jedoch normal; nur seine Stimme war durch die unterdrückten Gefühle der Wut und Eifersucht verzerrt. »Was war es denn? Brillanten, Pelze?

»Hör auf!« rief sie. »Dann sollst du meinetwegen auch noch den Rest erfahren!«

»Was gibt es denn noch? Du hast dir jedenfalls einen *Big Daddy* angelacht. Dazu herzlichen Glückwunsch und alles Gute!« Er stand auf, ging jedoch nicht weg. »Meinetwegen erzähle auch noch den Rest!«

Nach einem kurzen Augenblick sagte sie: »Er liebt mich. Das ist die Wahrheit, Elliot. Er heißt Cyril Hardeen und ist fünfundfünfzig Jahre alt. Er ist nett zu mir, nett und freundlich. Er ist überhaupt ein so freundlicher Mensch, Elliot, wie du es dir gar nicht vorstellen kannst.«

»Das klingt großartig.« Der Hohn war unverkennbar. »Einfach ideal. Ich bin froh, daß du glücklich bist, Enid.«

»Das bin ich eben nicht!« rief sie schluchzend.

»Warum erzählst du das mir? Warum nicht deinem *Big Daddy?* Vielleicht kann ein neuer Nerzmantel auch diese Tränen trocknen...«

»Du versuchst nicht einmal, mich zu verstehen. Als ich Cyril kennenlernte, war ich einundzwanzig. Das ist jetzt drei Jahre her, Elliot. Ich hätte ihn jederzeit verlassen können; ich hatte es geschafft und bekam lohnende Aufträge. Nicht das Geld hielt mich zurück, sondern – etwas anderes.«

»Willst du damit etwa sagen, daß du ihn liebst?«

»Nicht so, wie du meinst. Auch in einer Million Jahre könnte ich es dir nicht klarmachen. Du siehst alles immer nur schwarz oder weiß, Elliot, sauber oder schmutzig. Wenn du Cyril kenntest, wenn du wüßtest, wie er mich behandelt...« Sehnsüchtig, aber auch herausfordernd, blickte sie hoch. »Er ist der netteste Mensch, den ich jemals kennengelernt habe. Ich könnte ihm nie wehtun. Er ist wie der Ritter in einem Märchenbuch, ein Don Quichotte...«

»Und was jetzt?« sagte er grob. »Schlägt die Uhr bereits zwölf?«

Einen Augenblick lang betrachtete sie ihn.

»Das braucht sie nicht, Elliot. Nicht, wenn du es aussprichst.«

»Wenn ich was ausspreche?«

»Das Zauberwort. Weißt du nicht, wie es heißt?«

»Hör zu, Enid...«

»Sprich es aus, Elliot.«

»Also gut! Ich liebe dich! Ist das die richtige Formel?«

Sie lächelte leicht. »Das Wort stimmt. Nur der Ton klingt falsch.«

»Ich liebe dich«, wiederholte Elliot langsam. »Ich möchte, daß du hier ausziehst. Ich möchte, daß du diesen Don Quichotte zum alten Eisen wirfst.«

»Sage es nicht, weil es ihn gibt, Elliot. Sage es für mich.«

»Ich liebe dich«, sagte Elliot.

Bis Montag morgen klirrte ein Ritter mit weißem Bakkenbart durch seine Träume. Elliot wachte schon früh auf, blieb jedoch im Bett liegen und murmelte gelegentlich eigene Ratschläge vor sich hin. Das war eine Angewohnheit von ihm. Zu gern hätte er gewußt, was Enid dazu sagen würde, wenn sie verheiratet wären.

Als er in das Büro kam, lag auf dem Löschblatt seines Schreibtisches ein gelber Zettel. Zeit: 9.30. Anrufer: Mr. Cyril Hardeen. Mitteilung: Sie sollen ihn anrufen. Darunter stand die Telefonnummer. Cyril Hardeen. Und ausgerechnet ihn sollte er anrufen.

Er befolgte die Anweisung nicht – jedenfalls nicht sofort. Zuerst rief er Enid an.

»Hör zu, Schatz«, sagte er. »Vielleicht ist es ein verrückter Zufall, aber Mr. Hardeen scheint mich zu kennen.«

»Ich habe ihm alles erzählt, Elliot. Ich konnte nicht anders. Und er hat mir weder eine Szene noch sonst etwas gemacht. Er war nur schrecklich nett. Er sagte, er verstünde alles und hoffte nur, du seist – ach, du weißt schon.«

»Deiner wert?«

»So ungefähr.«

»Aber warum ruft er hier an? Was will er?«

»Nur mit dir reden. Und bitte, Elliot – sei freundlich zu ihm. Um meinetwillen.«

»Meinetwegen«, knurrte er. »Um deinetwillen.«

Einen Augenblick später meldete Cyril Hardeen sich am Telefon.

»Mr. West? Vielen Dank, daß Sie anrufen.« Hardeens Stimme klang dünn und schrill, so daß man sich von ihm kein Bild machen konnte. »Enid hat mir von Ihnen erzählt...«

Elliot schluckte und hatte plötzlich das Gefühl, nicht mehr sprechen zu können. »Mr. Hardeen, wenn ich...«

»Ich hätte gern gewußt«, sagte die Stimme ungerührt, »ob es eine Möglichkeit gibt, daß wir uns einmal zusammensetzen? Am liebsten wäre es mir schon heute mittag, aber leider habe ich eine Verabredung zum Essen, die ich nicht absagen kann.«

»Nennen Sie eine andere Zeit, Mr. Hardeen.«

»Gut. Da Sie Junggeselle und so weiter sind, wüßte ich gern, ob es Ihnen etwas ausmachte, mich heute abend in meiner Wohnung aufzusuchen? Ich wohne mitten in der Stadt. Wir könnten einen Drink zusammen nehmen und gegenseitig feststellen, was mit dem anderen los ist. Wie finden Sie das?«

Elliot schnitt eine Grimasse. »Großartig. Um welche Zeit?«

»Sagen wir um sieben. Würde Ihnen das passen?«

»Sieben Uhr paßt mir ausgezeichnet.«

Hardeen nannte ihm die Adresse, und Elliot kritzelte sie auf einen gelben Zettel. Die Unterhaltung war so zurückhaltend und zivilisiert verlaufen, wie er es sich nur wünschen konnte; und deshalb war ihm auch wohler – wegen des Versprechens, das er Enid gegeben hatte. Ganz so selbstbewußt war er allerdings nicht mehr, als die große Uhr im Gang des Büros auf zwanzig nach sechs zeigte; aber vielleicht erwies es sich, daß dieser alte Knabe ein wahrer Noel Coward für alles und jedes war. Am liebsten hätte er Cyril Hardeen niemals kennengelernt, niemals Anlaß gehabt, sich ihn beim liebevollen Zusammenwirken mit Enid Patterson vorzustellen. Etwas besser fühlte er sich allerdings, als er im Waschraum des Büros war, um sich zu erfrischen; er betrachtete sein junges Gesicht, die glatte Kinnlinie, und wußte, das er – trotz allem, was Enid für Hardeen empfand – dieses eine besaß: dieses saubere, ungetrübte Aussehen und die Kraft der Jugend. Welche Chance hatten dagegen weiße Haare und von der Zeit erschlafftes Fleisch?

Cyril Hardeens Adresse war, wie sich herausstellte, ein renoviertes Haus aus Sandstein in einer stillen Straße der East Side. Elliot läutete, und sofort öffnete ihm ein kräftiger Mann in weißem Hemd und schwarzer Fliege, der

gerade ein graues Jackett überzog, das nicht zu seinen schwarzen Hosen paßte. Mit der abgeplatteten Nase und dem narbigen Gesicht machte der Mann nicht gerade den Eindruck eines Butlers, obgleich er diese Funktion zu haben schien. »Mr. West?« sagte er mit sanfter Stimme. »Mr. Hardeen erwartet Sie.«

Elliot trat in die Diele und ließ zu, daß der Mann ihm Mantel, Halstuch und Handschuhe abnahm. Die Diele war schmal, aber in den tapezierten Wänden befanden sich schattige Nischen, in denen kühle weiße Büsten heroischer Gestalten standen.

»Hier entlang, bitte«, sagte der Butler, und Elliot folgte ihm. Es war ein eindrucksvoller Raum, so eingerichtet, wie ein englischer Lord des neunzehnten Jahrhunderts wahrscheinlich seine Ausgrabungen aufgestellt hätte. Das

Mobilar war stabil und stand auf Löwenpranken, die tiefe Polsterung war mit kostbarem Samt überzogen. Der Kamin war groß genug, um einen Ochsen am Spieß zu braten, und davor stand ein kostbarer Tisch mit einem eingelegten Schachbrett; die Figuren selbst waren fünfzehn Zentimeter hoch und in Schlachtordnung aufgestellt. Lediglich die weiße Königin fehlte. Sie befand sich in Cyril Hardeens Hand, als dieser aufstand, um seinen Gast zu begrüßen, und bei der Art, wie sein Daumen über die glatte Oberfläche des königlichen Leibes strich, krampfte Elliots Magen sich zusammen.

»Pünktlich auf die Minute«, sagte Hardeen fröhlich. »Vielen Dank, daß Sie gekommen sind, Mr. West. Ich freue mich ehrlich, Sie kennenzulernen.«

Ihm die Hand geben? Elliot war sich nicht ganz sicher. Er unterließ es. Mit einer Handbewegung forderte Hardeen ihn zum Platznehmen auf und hielt ihn dann dadurch zum Narren, daß er sich selbst nicht setzte und damit den Vorteil hatte, von oben auf ihn hinunter zu blicken. ›Ein Punkt für dich‹, überlegte Elliot.

»Wie wäre es mit einem Drink? Ich mache meine Wahl immer vom Wetter abhängig. Sehr kalt – Kognak. Mild – Scotch. Warm – Gin.« Hardeen lachte vergnügt.

»Gin«, sagte Elliot. Draußen war es kalt. Ein Punkt also für ihn. Prüfend beobachtete er den alten Mann, der die Gläser füllte. Don Quichotte war kein schlechter Vergleich: Hardeen war dünn und hager, jedoch nicht sehr groß. Sein Haar war voll und wachsgrau; seine feine Nase und der schmale Mund wurden von einem fast unsichtbaren Schnurrbart getrennt. Am eindrucksvollsten waren jedoch seine Hände: Sie waren wie gemeißelt, empfindsam und alterslos.

»Hören Sie zu«, sagte Elliot. »Warum kommen wir nicht gleich zur Sache, Mr. Hardeen? Ich bin überzeugt, daß ich Ihnen nicht erst erzählen muß, was Enid bei dem allem empfindet. Sie ist – nicht undankbar für das, was Sie für sie getan haben, und hat nur den Wunsch, daß nichts Unerfreuliches geschieht. Sie hält sehr viel von Ihnen – das wissen Sie sicher selbst.«

Hardeen neigte den Kopf zu einer knappen höhnischen Verbeugung.

»Ich möchte nicht, daß es irgendwie gönnerhaft klingt«, sagte Elliot, »aber Sie müssen doch damit gerechnet haben, daß etwas Derartiges früher oder später passiert. Sie konnten doch nicht erwarten, daß sie...« Er unterbrach sich.

»Einen älteren Mann liebt?«

»Von Liebe habe ich nichts gesagt.« Höflichkeit wurde langsam langweilig. »Warum sollte ich Sie im unklaren lassen? Enid ist vierundzwanzig, verstehen Sie doch! Was für eine Zukunft könnten Sie ihr schon bieten? Eines Tages würde es doch dazu kommen – warum sich also dagegen wehren?«

Hardeen lächelte leise. »Jugend ist ein mächtiger Gegner.«

Einen Augenblick herrschte Stille zwischen den beiden.

»Darf ich Ihnen von mir selbst berichten, Mr. West?«

»Wenn Sie wünschen.«

»Ich bin jetzt neunundfünfzig Jahre alt«, sagte Hardeen. »Also älter, als Enid glaubt. Noch schlimmer ist jedoch, Mr. West, daß ich rückständig bin, ein Anachronismus. Ich gehöre zu den hoffnungslosesten aller Geschöpfe – ich bin ein Romantiker, der in eine Zeit schmutziger Straßen und billiger Musik hineingeboren wurde. Hätte ich Glück gehabt, wäre ich in der Zeit des Mittelalters zur Welt gekommen, als Ehre noch Ehre und Schönheit der Preis war...«

Unruhig rutschte Elliot in seinem Sessel hin und her.

»Noch einen Augenblick, Mr. West. Ich weiß, daß ich Sie mit meinem Gerede langweile, aber schenken Sie mir bitte noch einige Minuten. Zumindest das sind Sie mir schuldig.«

»Ich höre, Mr. Hardeen.«

»Nein – Sie verstehen mich nicht. Ich möchte nicht, daß Sie mich hier anhören. Ich möchte vielmehr, daß Sie mich begleiten – nach unten.«

»Nach unten?«

»Ja, unten ist ein Keller – ›komplett‹, wie man es wohl nennt. Und wenn Sie nichts dagegen haben, würde ich unsere Unterhaltung gern dort zum Abschluß bringen. Glauben Sie mir, daß ich dazu meine Gründe habe. Kommen Sie mit?«

»Warum nicht?«

»Bitte hier entlang«, sagte Cyril Hardeen. Elliot ging hinter ihm her durch ein Speisezimmer mit einem imposanten Tisch, durch eine Küche, die in völlig unpassender Weise ganz modern eingerichtet war, ausgenommen lediglich die riesigen schmiedeeisernen Scharniere an den Buffets, und dann eine steile Treppe hinunter, die in die untere Region des Sandsteingebäudes führte. Als Hardeen den Schalter gefunden hatte, ertönte das Klinken verborgener Leuchtstoffröhren, deren Licht flackerte, als wären sie aus einem langen Schlaf geweckt worden; dann aber warfen sie kaltes, hartes Licht auf Wände, die mit Kork gepolstert waren, auf den Linoleumboden und eine schallschluckende Decke.

»Für Spielzimmer habe ich im Grunde nicht viel übrig«, sagte Hardeen ironisch. »Der frühere Besitzer hat bei dem allem vielleicht an Spiele wie Shuffleboard und an gemütliche Stunden vor dem Fernseher gedacht. Ich selbst benutze diesen Raum nur ganz selten, aber heute abend habe ich für ihn eine gute Verwendung.«

Elliot drehte sich um und blickte ihn an. Der ältere Mann knöpfte langsam sein zugeschnittenes Jackett auf und ging dann zu dem Sofa. Er zog das Jackett aus, faltete es sorgfältig zusammen und legte es über die Sofalehne. In Hemdsärmeln wirkte er noch kleiner und gebrechlicher als oben.

»Also, Mr. West?« sagte er. »Verstehen Sie jetzt?«

»Was soll ich verstehen?«

»Was ich von Ihnen erwarte. Was ein Mann – jedenfalls ein Mann wie ich – von einem anderen Mann erwartet, der zwischen ihn und seine Frau tritt. Es ist ein alter Brauch, Mr. West, alt und ehrenhaft.« Er faltete seine Hände und trat einen Schritt näher.

»Ich habe keine Ahnung, wovon Sie reden.«

Hardeens Kinn reckte sich vor.

»Ich spreche vom Kampf«, sagte er.

»Wovon?«

»Vom Kampf – von körperlichem Kampf. Was könnte näherliegen? Jahrhunderte hindurch haben Männer ihre Streitigkeiten auf diese Weise beigelegt. Daher schlage ich vor, daß wir unsere Streitigkeit auf dieselbe Art und Weise regeln.«

Elliot lachte ungehaglich. »Einen Moment. Sie glauben doch wohl nicht im Ernst, daß ich gegen Sie kämpfen werde, nicht wahr?«

»Warum nicht? Finden Sie, daß es sich um Enid nicht lohnt?«

»Das hat nichts damit zu tun. Ein Schlag auf das Kinn wird überhaupt nichts ändern, Mr. Hardeen – das sollten Sie eigentlich wissen.«

»Vielleicht haben Sie recht«, fauchte Hardeen. »Aber ob es etwas ändert oder nicht, spielt hierbei keine Rolle. Ich verlange lediglich den Beweis Ihrer Gefühle für Enid, Mr. West; ich selbst bin bereit, den Beweis für meine eigenen anzutreten. Wollen Sie jetzt kämpfen?«

Drohend kam er näher, und Elliot zog einen schnellen Vergleich. Der Mann war gut fünfzehn Zentimeter kleiner als er und wahrscheinlich neunzig Pfund leichter. Von nahem gesehen zeigte das kleine gutgeschnittene Gesicht deutlich die Spuren der neunundfünfzig Jahre.

»So etwas Verrücktes habe ich noch nie erlebt«, sagte Elliot und versuchte, das Grinsen auf seinem Gesicht nicht zu verlieren. »Gegen Sie kämpfe ich nicht, Mr. Hardeen; das würde mir nicht einmal im Traum einfallen. Selbst wenn sich dadurch irgend etwas regeln ließe, würde ich es nicht tun. Ich bin fast dreißig Jahre jünger als Sie, Mr. Hardeen.«

»Daran brauchen Sie nicht zu erinnern, Mr. West. Beantworten Sie lediglich meine Frage. Sind Sie bereit zu kämpfen?«

»Wenn Sie die verrückte Vorstellung haben, daß wir ein Duell oder etwas Ähnliches ausfechten sollten...«

»Ich spreche nicht davon, daß wir uns gegenseitig umbringen, Mr. West. Ich spreche lediglich von einem Kampf ohne Waffen, von der altmodischen und primitiven Art.

Und wenn Sie sich Sorgen über die Ungleichheit unseres Alters und unserer Kraft machen...« Hardeen lächelte. »Daran habe ich ebenfalls gedacht. Bei Affären dieser Art gibt es einen alten Brauch, und meiner Ansicht nach läßt er sich hier anwenden.«

»Welcher Brauch?«

»Unter Louis Quatorze waren viele französische Adlige der Ansicht, ein persönlicher Kampf sei für sie eine Beleidigung, und deswegen beauftragten sie Stellvertreter mit der Erledigung ihrer Ehrenangelegenheiten. Selbst Napoleon machte, als er einmal gefordert wurde, das Angebot, als seinen Bevollmächtigten einen Fechtmeister zu stellen.« Hardeens starre Haltung lockerte sich. »In unserem Fall scheint ein Ersatzmann noch gerechtfertigter – finden Sie nicht auch? Irgend jemand, der Ihrem Alter und Ihrer Kraft näher kommt? Entschuldigen Sie mich bitte.«

Hardeen ging an ihm vorüber zu der Treppe. Die eine Hand auf das Geländer gelegt, rief er: »Joseph! Sind Sie oben, Joseph?«

Die Tür am oberen Ende der Treppe öffnete sich, und Elliot hörte die schweren Schritte des Butlers, der langsam herunterkam. Als er sichtbar wurde, war sein vernarbtes Gesicht ausdruckslos. Hardeen ergriff den Ellbogen des Mannes, der noch das graue Jackett trug, und kam mit ihm näher, als wollte er einen lieben Freund vorstellen.

»Das hier ist Joseph, Mr. West – Sie haben ihn oben bereits kennengelernt. Seit seinem Rücktritt ist Joseph ein guter Freund von mir.«

Elliot betrachtete das zerschlagene Gesicht und konnte sich denken, wovon Joseph einmal zurückgetreten war. Dann schluckte er und sagte: »Wenn Sie glauben, mich zum Kampf reizen zu können, Mr. Hardeen, irren Sie sich gewaltig. Ich werde weder gegen Sie noch gegen Joseph oder irgend jemand anders kämpfen. Und wenn Sie nichts dagegen haben...« Er machte einen Schritt zum Ausgang, merkte dann jedoch, daß Josephs massiger Körper nicht zufällig dort aufgestellt war. »Verzeihung«, sagte er.

Joseph grunzte, legte seine Hand flach gegen Elliots Brustkasten und schob ihn mit einer leichten Bewegung zurück. Hardeen, den neben ihm stand, lächelte und begab sich dann unbemerkt zum Sofa. Der Butler zog sich das Jackett aus und ließ es auf die unterste Treppenstufe fallen. »Los«, sagte er sanft. »Los, Mr. West.«

»Rühren Sie mich nicht an«, sagte Elliot und versuchte, ruhig zu bleiben. »Wenn Sie mich anfassen, hole ich die Polizei.«

Joseph zuckte mit den Schultern, hob seine fleischige linke Hand und betrachtete sie neugierig. Dann ballte er sie leicht und versuchsweise zur Faust und schlug Elliot ins Gesicht. Verblüfft über die physische Wirkung, weiteten sich Elliots Augen; er legte seine Hand an die Wange und rieb die Stelle, die schmerzte. »Los – bitte«, sagte Joseph mit gequälter Stimme.

Elliot versuchte, mit einem Satz die Treppe zu erreichen, stieß dabei jedoch gegen das fleischige Hindernis, das der Brustkasten des Butlers bildete. Er spürte, wie er zurückprallte, während die rechte Faust von Joseph im gleichen Augenblick, wenn auch noch verhalten, vorschnellte und ihn oberhalb des Herzens traf. Die Luft wurde aus ihm herausgepreßt, aber trotzdem hob er die Arme nicht. Kopfschüttelnd holte Joseph wieder mit der Linken aus, und diesmal schmerzte der Schlag so, daß Elliot wütend und unbesonnen wurde. Verteidigungsbereit hob er beide Fäuste, und diese Haltung war der Anlaß, daß Joseph bebefriedigt seufzte; mit der Rechten traf er Elliots Körper, und ihr folgte ein linker Haken, der Elliot gegen die Wand taumeln ließ. Mit wild geschwungener Rechten ging Elliot auf Joseph los, der diesen Schlag jedoch ungerührt abwehrte; dann versetzte der Butler Elliot einen Kinnhaken, daß das Licht im Kellerraum ausging und der Linoleumboden plötzlich nach oben schoß. Elliot wollte nicht aufstehen, tat es aber doch. Joseph traf sein Gesicht mit zwei Linken, nahm einen wirkungslosen Schlag gegen die Schulter hin und ließ dann seine Rechte in Elliots Gesicht krachen, daß der junge Mann wie ein Kreisel gegen die Wand taumelte. Er schlug gegen den Kork, prallte ab und glitt zu Boden. Diesmal versuchte er nicht, wieder auf die Beine zu kommen. Er blickte zu Joseph hoch,

wischte sich über das Gesicht und spürte das klebrige Blut.

»Gut«, sagte eine weit entfernte Stimme. Es war Hardeen. »Gut, Joseph – ich glaube, das genügt.«

Der Butler nickte, ging gelassen zur Treppe zurück und hob sein Jackett auf. Dann zog er es sorgfältig über, holte einen kleinen schwarzen Kamm aus der Innentasche und zog ihn durch sein glattes schwarzes Haar.

Hardeen half Elliot auf die Beine. »Es tut mir leid«, sagte er voller Güte. »Ich glaubte, Sie würden sich zu wehren versuchen. Jedenfalls bin ich befriedigt.«

»Sie sind verrückt«, sagte Elliot schwer atmend. »Mehr kann ich dazu nicht sagen. Sie haben völlig den Verstand verloren.«

»Wenn Sie es wünschen, können Sie jetzt gehen. Aber ich würde Ihnen nicht raten, Enid von dieser Geschichte zu erzählen, Mr. Elliot – ich hege starke Zweifel, daß sie Ih-

51

nen glauben wird. Immerhin kenne ich sie erheblich länger, als Sie sie kennen.«

»Darüber machen Sie sich keine Gedanken. Ich werde Enid noch heute abend aus ihrer Wohung herausholen. Nicht einen einzigen Tag darf sie mehr mit Ihnen zusammensein.«

Hardeen zuckte die Achseln. »Dann haben Sie vielleicht doch noch gewonnen, Mr. West. Sind Sie mir böse?«

Elliot sah ihn an und versuchte nach Anzeichen für den Wahnsinn, der in den Augen des Älteren lauern mußte, entdeckte jedoch nichts anderes als Grillenhaftigkeit und ironischen Humor. Dann wandte er sich um und ging zur Treppe.

»Hoffentlich nehmen Sie es mir nicht übel, daß Joseph Sie nicht hinausbegleitet, Mr. West, aber Joseph und ich haben noch einige Dinge zu besprechen.«

Elliot stierte die beiden an und ging dann die Treppe hinauf. Als er auf der Straße stand, biß die kalte Luft schmerzhaft in seine zerschlagene Backe, so daß er leicht stöhnte. Dann winkte er ein Taxi heran und nannte die Adresse seiner Wohnung.

Im Spiegel des Badezimmers betrachtete er den lilafarbenen Striemen unter seinem rechten Auge und berührte vorsichtig die mit geronnenem Blut bedeckte Lippe, die bereits anschwoll. Seit seiner Kindheit war dies der erste Boxkampf gewesen, aber selbst die Prügeleien seiner Jugendzeit hatten irgendwie mehr Sinn gehabt als diese. Konnte er Enid diese Geschichte erzählen? Würde sie jemals glauben, daß ihr freundlicher Ritter fähig war, das zu verursachen, was er in seinem Spiegel erblickte? Er schüttelte den Kopf, denn er wußte, daß er als Erklärung etwas Besseres als die Wahrheit brauchte.

Er wusch sich das Gesicht mit kaltem Wasser und tupfte es behutsam ab. Dann ging er ins Wohnzimmer und rief Enid an. Sie war nicht zu Hause. Eine Stunde später rief er nochmals an, und als sie sich immer noch nicht meldete, ging er zu Bett.

Er war gerade am Einschlafen, als er das Hämmern

gegen die Tür hörte. Er fluchte und knurrte selbst dann noch, als er die grauen, unfreundlichen Gesichter der beiden Männer sah, die im Treppenhaus standen. Als sie sagten, sie seien Polizeibeamte, betrachtete er blinzelnd ihre Ausweise in den Brieftaschen und ließ sie dann ein. Der Größere der beiden hieß Marsh, und er gehörte zu jenen Leuten, die keine Zeit vergeuden.

»Sie werden uns begleiten müssen, Mr. West«, sagte er kurz angebunden. »Die Beschuldigung lautet auf tätlichen Angriff und Mißhandlung. Sie müssen zum Präsidium mitkommen und einige Fragen beantworten.«

»Was, um Himmels willen, soll denn das? Tätlicher Angriff und Mißhandlung? Wovon zum Teufel reden Sie eigentlich?

Der zweite Mann grunzte. »Sieht so aus, als wäre es Ihnen selbst nicht gut bekommen. Vielleicht sollten Sie sich lieber mit Ihren eigenen Angelegenheiten beschäftigen, Mr. West.« Er lächelte, allerdings ohne jede Liebenswürdigkeit.

»Hören Sie – ich habe keine Ahnung, was das alles bedeuten soll.«

Marsh blätterte in einem Notizbuch. »Mr. Cyril Hardeen, 118 East 81 st. Sie kennen ihn, stimmt's?«

»Ja, ich kenne ihn.«

Marsh klappte das Buch zu. »Ich habe ihn kurz gesehen, bevor man ihn ins Krankenhaus brachte. Ein kleiner Kerl. Und auch nicht mehr ganz jung. Sie sollten sich lieber Ihre eigene Hutnummer aussuchen, junger Mann.«

»Aber Sie irren sich! Ich habe den Mann überhaupt nicht angerührt.«

»Sparen Sie sich das«, sagte Marsh daraufhin nur. »Das können Sie nachher anderen erzählen.«

Er erzählte es nachher anderen, und zwar jedem beamteten Ohr, das ihn anhören wollte, sah jedoch nur zynische Zweifel in jedem beamteten Auge. Er bat, Enid sprechen zu dürfen, aber Enid befand sich im Krankenhaus und pflegte ihren gefallenen Ritter. Als sie schließlich erschien, stürzte er sich sofort auf sie.

»Enid! Erkläre es diesen Leuten doch bitte! Ich habe

den alten Knaben überhaupt nicht angerührt – das weißt du!«

Sie schüttelte den Kopf, und die Wut auf ihrem Gesicht mischte sich mit Verachtung. »Wie kannst du es nur leugnen, Elliot? Der Beweis steht dir doch im Gesicht geschrieben!«

»Aber ich war es nicht! Sein eigener Butler muß es gewesen sein!«

»Sein Butler? Welcher Butler? Cyril hat in seinem ganzen Leben noch keinen Butler gehabt.«

»Aber diesmal hatte er einen! Einen untersetzten scheußlichen Kerl. Er hat auf mich eingedroschen, und dann muß Hardeen ihn dafür bezahlt haben, daß er auch ihn zusammenschlug. Das war genau überlegt! Merkst du denn nicht seine Absicht? Er wollte doch nur, daß du das alles glaubst.«

Enid schloß die Augen. »Bitte, Elliot. Mach es nicht noch schlimmer. Du hast ihm deinen Standpunkt klargemacht. Du bist größer und kräftiger als er – das weiß ich. Ich möchte jetzt nichts mehr davon hören. Laß uns bitte in Ruhe, Elliot.«

Sie wandte sich um und verließ den Raum. In einer Geste hilfloser Verzweiflung hob Elliot die Arme und ließ sie wieder sinken – wie die Flügel einer Windmühle, die plötzlich keinen Wind mehr bekommen.

Weibliche Hilfe

Arnold Bourdon litt an einem progressiven Muskel-
leiden, das zwar schwächend und unerfreulich, jedoch weder schmerzhaft noch unmittelbar tödlich war. Arnold litt –
das stimmte; aber die Krankheit hatte Elizabeth, seine
Frau. Wie eine Königin hüllte sie sich in die Symptome
dieses Leidens und beherrschte vom Bett und vom Rollstuhl aus ihre Untertanen (Arnold, die drei Hausangestell-
ten und ihren Arzt) mit einer Tyrannei, die für Arnolds
empfindsames Wesen manchmal überwältigend war.

Arnold war ein gutaussehender, gut erzogener Mann,
den angestrengte Gymnastik und die Wohltaten einer be-
quemen, nicht von Geldsorgen bedrängten Existenz jünger als seine dreiundvierzig Jahre aussehen ließen. Sein
ganzes Leben lang hatte er die Hilfe der Frauen genossen.
Seine Mutter war zwar arm und verwitwet gewesen, hatte
sich jedoch in seiner Jugendzeit ganz seiner Pflege und
seiner Ernährung gewidmet. Seine Schwester hatte seinet-
wegen ihr eigenes Glück zum Opfer gebracht und ihn während des Studiums an einem der besseren Colleges im
Osten unterstützt. Dann hatte er Elizabeth kennengelernt,
die reich war und eine besondere Vorliebe für hübsche,
empfindsame Männer hatte.

Jeder Zug an Arnold war empfindsam. Seine Augen
hatten ein zartes Blau. Seine Nase war aristokratisch, sein
Mund zart und fein. Am empfindsamsten waren jedoch
seine Ohren. Schrille, klagende Stimmen verursachten ihm
Kopfschmerzen. Das Geräusch launenhaften Schluchzens
war quälend. Das Knarren eines Rollstuhls, der sich im
oberen Stockwerk bewegte, ließ ihn mit den Zähnen
knirschen. Vor allem aber bedeutete das Läuten der
Glocke, die auf dem Nachttisch lag und ihn in die un-
mittelbare Umgebung der königlichen Kranken rief, eine
Marter.

Als die Glocke Ende Februar eines Montagmorgens er-
klang, befand Arnold sich gerade in der Küche und wachte

darüber, daß das Ei für Elizabeth haargenau zweieinhalb Minuten kochte. Die blaßblauen Augen verdrehten sich, der feine Mund zuckte, und die zartgliederigen Finger schlossen sich in einer seltsam grausamen Bewegung um den Griff eines Buttermessers. Dann ergriff er das Frühstückstablett und trug es über die Treppe in den ersten Stock, wobei er versuchte, Trost in der Tatsache zu finden, daß er diese Aufgabe zum letzten Mal erfüllte.

Elizabeth saß aufrecht im Bett, als er hereinkam. Hinter ihrem Rücken befand sich ein seidenes blaues Polster, und rote Kissen stützten ihren Kopf. Für das ergrauende Haar und die gelbliche Haut Elizabeths war dieser Hintergrund falsch gewählt. Sie war nie eine hübsche Frau gewesen; jetzt war sie kaum mehr präsentabel. Sowohl als Ästhet wie als Ehemann hatte Arnold Mühe, sie anzusehen.

»Du hast dir ziemlich viel Zeit gelassen«, murrte sie und strich die Decke über ihrem Schoß glatt. »Wenn dieses Weib, das du engagiert hast, es nicht besser macht, werde ich eines Tages vermutlich noch Hungers sterben. Nun stell schon hin – los!«

Arnold stellte das geflochtene Tablett vor sie hin und blickte auf ihre Uhr. »Es ist gleich neun. In zehn Minuten läuft ihr Zug ein; vielleicht sollte ich jetzt lieber zum Bahnhof fahren.«

»Du scheinst schrecklich besorgt zu sein«, sagte sie.

»Ich möchte nur nicht, daß Miss Grecco sich verloren vorkommt. Du kennst doch den Bahnhof Hillfield. Natürlich könnte ich auch Ralph hinschicken, wenn es dir lieber ist, daß ich bei dir bleibe.«

»Nun geh schon – geh schon«, sagte sie verdrossen, »Ich bin sehr gespannt, deine Miss Grecco kennenzulernen. Wahrscheinlich ist sie eine füllige Blondine mit zehn Daumen und einer schlechten Dauerwelle.«

»Ich bin überzeugt, daß sie dir gefällt. Die Stellenvermittlung hat sie uns sehr empfohlen, und ihre Zeugnisse hast du selbst gesehen. Du brauchst die Hilfe einer Frau, Elizabeth – das hast du selbst gesagt.«

»Ach, hör endlich mit dem Gejammer auf und geh.« Heftig klopfte sie mit dem Löffel gegen die Kuppe ihres

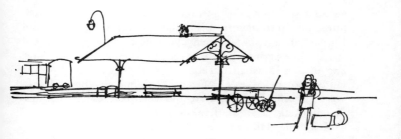

Eis. »Und schicke sie sofort herauf. Ich möchte mir dieses Geschöpf selbst ansehen.«

Der Zug hatte, wie üblich, Verspätung. Arnold, der hinter dem Steuer des kleinen ausländischen Wagens wartete, den Elizabeth ihm zu ihrem Hochzeitstag geschenkt hatte, trommelte mit den Fingern ungeduldig gegen das Armaturenbrett. Als der Zug, statt um 9.05, endlich um 9.15 in den Vorortbahnhof rumpelte, stiegen nur drei Fahrgäste aus. Zwei davon waren Männer; der dritte war eine junge Frau mit einer hübschen Figur und einem saloppen Federhut, der ihr Gesicht verdeckte. Ein Schaffner half ihr bei ihren drei schäbigen Koffern. Aus der Ferne konnte Arnold ihre Erscheinung nicht genau beurteilen, aber er bemerkte sofort, daß Miss Grecco prachtvolle Beine hatte. Prachtvolle! Mit einem Finger strich er sich seinen dünnen eisengrauen Schnurrbart.

Als er aus dem Wagen stieg, um ihr behilflich zu sein, sah er, daß sie unter dem Mantel ein strenges Tweedkostüm trug, das Elizabeth sicherlich als ›Frühe Garbo‹ bezeichnet hätte. Irgend etwas an der Herbheit ihrer Kleidung und an der Vorzüglichkeit ihrer Beine ließ die Figur dieser Frau provozierend wirken. Arnold ertappte sich dabei, daß er darauf brannte, zu sehen, was sich unter diesem Hut verbarg.

»Guten Tag«, sagte er fröhlich. »Ich bin Arnold Bourdon, und Sie sind vermutlich Miss Grecco. Die Sache mit dem Zug tut mir leid; die Eisenbahnverbindung könnte erheblich besser sein.«

Unter dem fedrigen Hutrand hervor blickte sie zu ihm

auf. Sie war ohne das geringste Make-up. Hätte sie auch nur eine Spur davon aufgetragen, wäre eine Spur von Lippenstift auf ihre Lippen und eine Spur von Lidschatten auf ihren Augenlidern zu sehen gewesen, wäre ihr Einzug in den Haushalt der Bourdons nahezu wollüstig verlaufen. So aber war Miss Grecco lediglich eine bemerkenswert hübsche Frau, und Arnold verspürte ein Beben des Zweifels, als er an die Reaktion seiner Frau dachte.

»Ich hoffe, daß es Ihnen hier gefallen wird«, sagte er mit einem charmanten Lächeln. »Meine Frau braucht schon lange die Betreuung durch ein weibliches Wesen, also einen Menschen, der ihre Wünsche besser erfüllen kann als ich. Über ihr Leiden sind Sie sicherlich unterrichtet, nicht wahr?«

»Ja, man hat es mir mitgeteilt«, sagte Miss Grecco scheu. »Ich habe schon früher Kranke gepflegt, dachte jedoch, daß Ihre Frau mehr eine – eine Gesellschafterin benötigt.«

»So kann man es ausdrücken. Zusätzlich zu der ärztlichen Betreuung braucht sie alle möglichen kleinen Aufmerksamkeiten; Sie wissen ja, wie Frauen sind.« Er blickte sie kurz an. »Und ich hoffe sehr, daß es Ihnen bei uns gefallen wird, Miss Grecco.«

»Davon bin ich überzeugt«, murmelte sie.

Arnold fand die Unterhaltung zwischen Miss Grecco und Elizabeth genauso nervenaufreibend wie eine Geburt. Wie ein werdender Vater lief er im Wohnzimmer auf und ab und wartete darauf, daß die Schlafzimmertür im ersten Stock sich öffnete. Als dies endlich geschah, kam Miss Grecco auf ihren bemerkenswerten Beinen die Treppe herunter, und ihre blassen Wangen waren von der natürlichen Kosmetik der Empfindungen gerötet. Er erkundigte sich kurz bei ihr, aber sie hatte ihm nur die Mitteilung zu machen, daß seine Frau ihn oben zu sprechen wünsche.

Elizabeth war eine Gewitterwolke, als er eintrat. Sie zog das Spitzenjäckchen über der Brust zusammen.

»Wo hast du sie eigentlich her?« fragte sie verbittert. »Aus den Folies Bergères?«

»Aber Elizabeth...«

»Ihre Aufmachung hat mich nicht eine Minute getäuscht. Wahrscheinlich glaubst du, sehr klug gewesen zu sein, nicht wahr?«

»Unsinn. Du hast Miss Grecco selbst aus den drei Angeboten, die die Stellenvermittlung uns geschickt hat, ausgesucht. Bis heute habe ich die Frau noch nie gesehen.«

»Du gibst jedoch zu, daß sie hübsch ist?«

»Miss Grecco ist attraktiv – ja. Aber hübsch – nein.«

Elizabeth lachte kurz auf. Dann setzte sie ihre Lesebrille auf und verbarg dahinter die Gespanntheit ihrer Augen.

»Also gut – behalten wir sie hier. Es wird interessant sein, euch beide zu beobachten. Aber damit kein Irrtum entsteht, Arnold: Ich werde aufpassen!«

»Jetzt redest du wirklich Unsinn.«

»Ich kenne dich, Arnold, kenne dich durch und durch. Die ganze Zeit höre ich schon dein romantisches kleines Herz hämmern.«

»Elizabeth, bitte...«

»Dann geh jetzt und sage Miss Grecco, daß sie angestellt ist. Nein, laß das; ich werde es ihr selber sagen.« Sie griff nach der Glocke und läutete heftig. Das beharrliche Klingeln veranlaßte Arnold zu einer Grimasse, aber Elizabeth hörte erst damit auf, als Miss Grecco merkte, daß es ihr galt.

»Ja, Mrs. Bourdon?« sagte Miss Grecco, als sie in der Tür erschien.

»Ich möchte heute vormittag ins Freie gefahren werden«, sagte Elizabeth. »Dazu brauche ich Ihre Hilfe. Außerdem möchte ich, daß Sie sich um Arnolds Mittagessen kümmern; unsere Köchin hat eine Vorliebe dafür, alles zu braten, und Arnold hat einen empfindlichen Magen. Sie sehen also«, meinte sie hinterhältig, »ich bin hier nicht der einzige Mensch, der betreut werden muß. Mein Mann verdient es ebenfalls.«

»Ja, Mrs. Bourdon«, sagte Miss Grecco und blickte Arnold mit einer Spur von Panik in ihren bezaubernden veilchenblauen Augen an.

Es vergingen zwei Monate, ehe er sie küßte. Es waren zwei anstrengende Monate gewesen, in denen das Läuten von Elizabeths Glocke unablässig durch das Haus hallte: nicht so sehr, um jemanden zu rufen, sondern vielmehr als Warnung. Sie war eifersüchtig, und sie genoß ihre Eifersucht mit einem seltsamen, perversen Vergnügen. Ständig spielte sie auf die keimende Romanze der beiden an und lachte in sich hinein, wenn das Blut in Miss Greccos alabasterfarbene Wangen stieg. Arnold gegenüber begnügte sie sich allerdings nicht mit Anspielungen; ihn beschuldigte sie offen. Schließlich, als wäre er es müde, eines Verbrechens verdächtigt zu werden, das er gar nicht beging, küßte Arnold Miss Grecco.

Es geschah in der Küche, gegen Mitternacht. Miss Grecco war nach unten gekommen, um einsam noch eine Tasse heiße Schokolade zu trinken. Als Arnold eintrat, sagte er nichts. Miss Grecco wirkte in ihrem Schlafrock besonders weiblich. Ihr kastanienbraunes Haar, das sie normalerweise straff gekämmt und festgesteckt trug, hing ihr lose auf die Schultern hinunter.

»Möchten Sie auch eine Tasse heiße Schokolade?« flüsterte sie.

»Ja – gern«, sagte Arnold. Dann nahm er sie in seine Arme.

Eine halbe Stunde danach legte Miss Grecco ihren Kopf an seine Schulter und sagte: »Ich liebe dich, Arnold.«

»Ich liebe dich auch.«

Sie seufzte. »Aber es ist hoffnungslos, nicht wahr?«

»Das hängt davon ab, was du unter hoffnungslos verstehst.«

»Natürlich die Ehe.«

»Oh.«

»Das verstehst du doch auch darunter, nicht wahr?«

»Normalerweise schon«, sagte Arnold zerknirscht. »Aber wie du weißt, bin ich verheiratet.«

»Schließlich gibt es Scheidungsgerichte.«

»Aber auch Armenhäuser.«

Miss Grecco löste sich aus seinen Armen. »Dann brauchen wir wohl nicht mehr darüber zu sprechen.«

»Wir können doch nicht zulassen, daß...«

»Was gibt es anderes? Ich habe keine Lust, mein ganzes Leben in Armut zu verbringen, Arnold.«

»Das klingt entsetzlich nach einem romantischen Roman. Mir wäre etwas anderes lieber – eine Geliebte.«

»Und mir – ein Ehemann.«

Jetzt seufzte Arnold.

Sie saßen einen Meter voneinander entfernt am Küchentisch, die leeren Tassen in den Händen, und warteten, daß ihnen irgend etwas einfiele. Die Gedanken, die schließlich zum Ausdruck kamen, waren für beide nicht neu – besonders nicht für Arnold.

»Kennst du dich mit Pentathalymin aus?« sagte er.

»Mit dem Mittel, daß ich ihr jeden Abend gebe?«

»Ja.«

»Ich weiß, daß es ein starkes Beruhigungsmittel ist. Nachts ist sie häufig unruhig – dann hilft es ihr.«

»Mit der richtigen Dosis und so weiter weißt du auch Bescheid?«

»Ich weiß, daß das Mittel gefährlich ist, daß eine Überdosis sich auf das Gehirn auswirken kann und möglicherweise eine Blutung verursacht.«

»Aber in der Dosis, die du ihr gibst, irrst du dich natürlich nie.«

»Natürlich nicht.«

»Das wäre sehr dumm«, sagte Arnold nachdenklich.

»Ja, das wäre es«, sagte Miss Grecco. »Es ist so leicht nachzuweisen.«

»Stimmt es denn nicht, daß eine Überdosis nicht nachgewiesen werden kann, wenn man sie über einen längeren Zeitraum verteilt? So viel ich weiß, hat ein zusätzlicher Kubikzentimeter pro Abend dieselbe Wirkung, nur nicht sofort.«

»Ja, ich glaube, das stimmt.«

»Sie würde von Tag zu Tag schwächer werden.«

»Und die Übelkeit? Das ist ein sicheres Symptom.«

»Schon, aber sie muß nicht unbedingt auf das Mittel zurückzuführen sein. Der Unterschied in der Flasche würde auch kaum erkennbar sein. Wie lange würde es deiner Ansicht nach dauern, bis sie...?«

»Ganz genau weiß ich es nicht.«

»Aber ungefähr!«

»Vielleicht zwei Monate«, sagte Miss Grecco.

»Das wäre dann also Juni«, sagte Arnold Bourdon und lächelte gefühlvoll.

Als Dr. Ivey zwei Wochen später gerufen wurde, verbrachte er eine volle Stunde hinter der geschlossenen Tür von Elizabeths Schlafzimmer, und als er wieder erschien, machte er einen verlegenen und unglücklichen Eindruck. Er bat darum, Arnold unter vier Augen sprechen zu dürfen, und da er ein redlicher Mann war, gab er zu, sich der Ursachen für das Befinden von Elizabeth nicht ganz sicher zu sein.

»Diese Anfälle von Übelkeit, die sie jetzt hat«, sagte er. »Sie sind in derartigen Fällen nicht üblich, und trotzdem kann ich keinen anderen Grund finden. Sie ist äußerst schwach, aber das ist verständlich, und ihr Blutdruck ist höher, als er sein sollte.«

»Können Sie nicht irgend etwas für sie tun?« sagte Arnold voller Mitgefühl.

»Ich habe ihr befohlen, den Rest der Woche im Bett zu bleiben; vielleicht hat sie sich in letzter Zeit zu viel zugemutet. Außerdem...« Er verstummte und blickte Arnold verlegen an. »Ihr Geisteszustand scheint mir auch nicht ganz normal zu sein. Scheinbar hat sie irgendwelche seltsamen Vorstellungen von ... nun ja, von Ihrer Miss Grecco.«

»Welche Art von Vorstellungen?«

»Ihre Frau ist ein phantasievoller Mensch. In ihrem behinderten Zustand kommt sie daher auf alle möglichen Gedanken. Sie wissen, was ich meine...«

»Miss Grecco ist absolut loyal«, sagte Arnold. »Ich bin überzeugt, daß Elizabeth dies auch selbst zugeben würde. Offengestanden weiß ich nicht, wie wir früher ohne sie ausgekommen sind.«

»Das mag sein. Aber immerhin sollte man dies berücksichtigen. Wenn Sie mich vor meinem regulären Besuch im nächsten Monat brauchen, Mr. Bourdon, so zögern Sie bitte nicht, mich zu rufen.«

Und Arnold rief ihn tatsächlich – vier Tage danach. Elizabeth war, als sie durch den Garten geschoben wurde, plötzlich ohnmächtig geworden. Miss Grecco jedoch hatte sofort das Richtige getan. Sie hatte die Kleidung ihrer Arbeitgeberin gelockert, hatte deren Kopf zwischen ihre Knie genommen und sie bald wieder zu Bewußtsein gebracht. Dr. Ivey, der eine Stunde später eintraf, machte ihr Komplimente über ihre Geistesgegenwart und schlug vor, Miss Grecco solle sich als Krankenschwester ausbilden lassen. Miss Grecco lehnte mit der Begründung ab, sie habe für die Zukunft andere Pläne.

Eine Woche darauf wollte Elizabeth selbst den Arzt sprechen. Sie drohte, ihm die Behandlung zu entziehen, wenn es ihm nicht gelänge, ihren gesundheitlichen Zustand zu bessern, und steigerte sich in derartige Erregung, daß sie sich auf dem kostbarsten orientalischen Teppich des Wohnzimmers übergab.

»Die Nerven«, sagte der Arzt zu Arnold. »Die Frau ist nur noch ein einziges Nervenbündel. Sie müssen sie sorgfältig beobachten, Mr. Bourdon; wenn ihr Zustand sich nicht bis zum Wochenende gebessert hat, halte ich es für richtig, daß wir sie zur Beobachtung ins Krankenhaus bringen.«

Arnolds blaue Augen weiteten sich bei dieser unheilvollen Erklärung.

»Das können Sie nicht tun«, stammelte er. »Ich meine, Elizabeth würde nie einwilligen.«

»Das wird sie müssen«, sagte Dr. Ivey fest. »Wenn sie

es nicht tut, übernehme ich für die Folgen keine Verantwortung.«

Noch in derselben Nacht wurde Miss Grecco von Arnold über die drohende Gefahr unterrichtet. Bei ihrer mitternächlichen Tasse heißer Schokolade hatten sie ernsthafte Entscheidungen zu treffen. Wenn der Zustand von Elizabeth den prüfenden klinischen Augen ausgesetzt wurde, bestand die Möglichkeit, daß die Überdosis des Beruhigungsmittels, das sich langsam bei ihr auswirkte, entdeckt wurde.

»Es bleiben uns nur zwei Möglichkeiten«, sagte er nachdenklich.

»Entweder könnten wir die Dosis verringern, die wir ihr geben...«

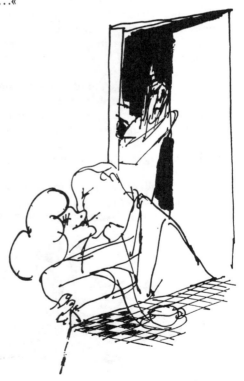

»Daran habe ich auch gedacht«, sagte Miss Grecco.

»Oder…«

»Auch daran habe ich bereits gedacht«, sagte Miss Grecco.

Sie fielen einander in die Arme, mit jener anmutigen Bewegung, die Liebende durch lange Übung erlangen. In dieser Stellung verharrten sie etwa fünf Minuten, während Arnold irgend etwas in ihr Ohr flüsterte und die weiße Haut ihres Halses mit kleinen trockenen Küssen bedeckte. Es war wie in allen Nächten ihrer Romanze, die mit Zuneigung gesüßt und mit Gefahr gewürzt waren. Nur das Ende änderte sich plötzlich. Arnold merkte es zuerst; sein Rücken straffte sich, und geräuschvoll zog er die Luft durch die Nase ein. Miss Greccos Augen wurden groß und rund, und dann blickte sie über seine Schulter hinweg zur Küchentür. Sie stieß einen unterdrückten Laut aus, und Arnold drehte sich mit ihr um, als wollte er sich hinter ihr verstecken. Dann sah er selbst die Erscheinung, die plötzlich aufgetaucht war.

Es war Elizabeth in ihrem Nachtgewand. In ihrem weißen Gesicht, das im Halbdunkel gespenstisch wirkte, die abgemagerten Hände gegen den Türrahmen gestützt, glühten ihre Augen wie Kohlen.

»Laßt euch von mir nicht stören«, sagte sie leise, aber boshaft. »Mach ruhig weiter, Arnold.«

»Elizabeth, du hättest nicht herunterkommen dürfen.«

»Ich konnte die Glocke nicht finden. Dieser verdammte Idiot von Arzt muß sie irgendwo hingelegt haben. Deswegen mußte ich selbst herunterkommen…« Sie zwang sich zu einem Lächeln; ihre Zähne sahen wie winzige Grabsteine aus. »Aber ich bin doch sehr froh, daß ich es tat. Um nichts in der Welt hätte ich dieses hübsche Bild verpassen mögen, Arnold…«

»Oh, Mrs. Bourdon«, schluchzte Miss Grecco. »Oh, Sie dürfen nicht glauben, daß…«

»Halten Sie den Mund! Von Ihnen habe ich jetzt genug. Hast du verstanden, Arnold? Restlos genug!«

»Du irrst dich«, sagte Arnold tapfer. »Miss Grecco war nur irgend etwas ins Auge geflogen…«

»Ich weiß«, sagte Elizabeth. »Du nämlich. Aber auf diese Frau wirst du dich nicht mehr stützen können, Arnold. Ich werde schon dafür sorgen, daß sie verschwindet. Morgen!«

Miss Grecco begann zu bitten.

»Das ist vollkommen sinnlos!« sagte Elizabeth. »Sie sind entlassen, Miss Grecco. Und wenn Arnold nicht mein Mann, sondern mein Angestellter wäre, würde ich ihn ebenfalls rausschmeißen. Aber er ist nun einmal mein Mann. Verstanden? *Mein* Mann.«

Miss Grecco drehte sich um und floh. Hilflos lauschte Arnold dem schnellen Klappern ihrer flachen Absätze, als sie über den Läufer der Treppe nach oben rannte.

»Und jetzt kannst du mir helfen«, sagte Elizabeth – müde, aber triumphierend. »Du kannst mich nach oben tragen, Arnold. Und morgen rufst du die Stellenvermittlung an und besorgst einen Ersatz für Miss Grecco. Aber diesmal werde ich mich selbst mit den Bewerberinnen unterhalten.«

»Ja, Elizabeth«, sagte Arnold.

Ralph, der Chauffeur, fuhr Miss Grecco am folgenden Nachmittag zum Bahnhof. Sie verließ das Haus in dem gleichen Kostüm, in dem sie angekommen war, und der saloppe Federhut war tief über ihre rotgeränderten Augen gezogen. Sie blickte sich auch nicht nach Arnold um, der ihre Abfahrt durch das Fenster des Wohnzimmers beobachtete; er machte einen gequälten und hoffnungslosen Eindruck. Nicht nur die Geliebte hatte man ihm genommen; auch die Retterin war verschwunden. Während er zusah, wie sie neben dem Fahrer einstieg, wußte er, daß der Reiz, der von Miss Grecco ausging, nur zu einem Teil romantisch gewesen war. Erheblich wichtiger als ihre attraktiven Beine und das hübsche Gesicht waren für ihn ihre Hilfe, ihr Verständnis und die talentierte Art gewesen, in der sie mit dem Beruhigungsmittel umging, das ihn eines schönen Tages von Elizabeth befreien sollte. Mit einem Seufzer wandte er sich vom Fenster ab und stand Elizabeth gegenüber, die im Rollstuhl saß und ihn beobachtet hatte.

»Mein armer Arnold«, sagte sie boshaft lächelnd. »Immer hast du eine Frau gefunden, die dir half, nicht wahr? Aber jetzt ist sie weg, und nun mußt du dich wieder mit mir begnügen – mit mir armem krankem Etwas.« Sie rollte näher. »Hast du getan, was ich dir gesagt habe? Hast du die Stellenvermittlung angerufen?«

»Ja«, sagte er müde. »Heute nachmittag kommen die Bewerberinnen, unter denen du wählen kannst. Sie sind angewiesen worden, zu verschiedenen Zeiten zu kommen – die erste um zwei.«

»Gut.«

»Ich glaube, ich werde ins Kino gehen«, sagte Arnold. »Vorausgesetzt, daß du mich hier nicht brauchst.«

»Geh nur«, sagte Elizabeth mit unterdrücktem Lachen. »Sieh dir einen hübschen romantischen Film an, Arnold, mit viel Leidenschaft und vielen hübschen Mädchen. Schlag es dir aus dem Kopf, Arnold; schlag es dir endgültig aus dem Kopf!«

Unvermittelt drehte sie mit ihrem Rollstuhl um und ließ ihn allein zurück.

Um fünf kam er wieder nach Hause. Kaum hatte er die Haustür hinter sich geschlossen, als oben die Glocke läutete. Er warf seinen Mantel über die Rückenlehne des Sofas und schleppte sich die Treppe hinauf. Elizabeth lag im Bett und wickelte das Haar auf Lockenwickler auf. Sie war beinahe leutselig.

»Die Sache ist erledigt, Arnold. Ich habe die vollkommene Frau gefunden.«

»Das freut mich, Elizabeth. Sind alle pünktlich gekommen?«

»Die ersten beiden waren unmöglich«, sagte sie höhnisch. »Viel zu jung. Du weißt selbst, wie du immer hinter jungen Frauen her bist, Arnold. Aber diejenige, die ich jetzt genommen habe, wirst du bestimmt äußerst attraktiv finden – wenn auch auf reife Weise attraktiv. Sie ist unten in der Küche. Warum gehst du nicht hinunter – und siehst sie dir an?« Sie kicherte.

»Du scheinst das Ganze äußerst amüsant zu finden.«

»Amüsant? Warum? Geh doch hinunter, Arnold, und

sieh sie dir selbst an. Vielleicht gefällt sie dir. Vielleicht sogar noch mehr als diese Miss Grecco. Nun geh schon!«

Er furchte die Stirn und verließ das Zimmer.

In der Küche stand die beleibte und kleine Gestalt einer Frau am Herd und beobachtete den Kaffeefilter. Als Arnold eintrat, drehte sie sich um. Sie war Mitte Sechzig, hatte strähniges weißes Haar, mehr als nur ein Doppelkinn und rote Backen.

»Wünscht sie mich?« flüsterte sie, »die Missus? Ich war gerade dabei, Kaffee aufzugießen.«

Von oben erscholl wieder das Scheppern der Glocke. Ärgerlich ging Arnold zur Treppe und blickte nach oben. Seine Frau stand in der Tür ihres Schlafzimmers. »Wie gefällt sie dir?« schrie Elizabeth. »Wie gefällt dir dein neues Traummädchen, Arnold?« Dann lachte sie wild und knallte die Tür hinter sich zu.

Mit rotem Kopf kehrte Arnold in die Küche zurück.

»Das Beruhigungsmittel bekommt meine Frau immer um neun«, sagte er knapp, »und zwar pünktlich.«

»Darum werde ich mich schon kümmern«, sagte die Frau.

»Die Dosis ist auch klar?«

»Ja. Immer einen Kubikzentimeter mehr als verordnet.«

»Richtig. An sich dürfte es nicht mehr lange dauern, bis sie fertig ist. Gott allein weiß, wieso sie es so lange aushält.« Liebevoll tätschelte er die roten Backen der Frau. »Ich bin dir wirklich dankbar, Mutter.«

Sie strahlte glücklich und ging dann in den ersten Stock hinauf, weil die Glocke wieder läutete.

Die Macht des Gebetes

Durch einen einzigen Regenguß am Sonntagvormittag wurde Father Amion vom Himmel daran erinnert, daß das Dach seiner bescheidenen Kirche dringend einer Reparatur bedurfte. In der folgenden Woche kam man auf der Sitzung des Kirchenvorstands zu dem Schluß, daß neun Jahre zwischen zwei Anstrichen zu lange wären; aber Vorschläge, woher die dazu notwendigen Mittel kommen könnten, wurden nicht gemacht. Und an einem anderen Sonntag, als er seine Predigt vor einer Gemeinde von weniger als vierzig Seelen hielt, kam eine Gruppe von Menschen, die sich verspätet hatten, durch den Mittelgang, und dabei quietschten die Bohlen des Fußbodens so, daß er auf der Kanzel zusammenfuhr.

Es war daher begreiflich, daß Father Amion mehr als sonst auf die Beträge achtete, die bei der Kollekte zusammenkamen. Die Gemeinde, der er diente, war in kirchlicher Hinsicht unübertrefflich, da die Gemeindemitglieder arm und des Trostes, den er bieten konnte, besonders bedürftig waren. Aber als Gemeindepfarrer sagte er eines Tages – mit einem betrübten Lächeln auf dem freundlichen Gesicht – zu Bischof Cannon, daß die Kirche nicht einmal wohlhabend genug wäre, um sich eine eigene Maus zu halten. Der Bischof lachte und erbot sich an, der Gemeinde eine seiner eigenen Mäuse zu schenken.

Am Sonntag nach Ostern hatte sich die Zahl der Kirchgänger, wie üblich, auch in Father Amions Kirche erheblich verringert, und diese Tatsache bedeutete für ihn keine Überraschung. Eine Überraschung jedoch bildete das Ergebnis der Kollekte. Auf den Münzen und Ein-Dollar-Scheinen lag unübersehbar das Abbild Alexander Hamiltons, das das amerikanische Finanzministerium herausgibt. Als Morton, Freund und Küster zugleich, ihm diese Tatsache mitteilte, erklärte Father Amion dankbar: »Zehn Dollar! Ich glaube, ich habe seit der Vorkriegszeit keine

Zehndollarnote mehr in der Kollekte gesehen. Wissen Sie, wer es war, Morton?«

Morton wußte es. »In der vierten Reihe links saß der Betreffende, Father; bis jetzt habe ich ihn noch nie beim Gottesdienst gesehen. Er sah ziemlich ungehobelt aus und trug ein – ein etwas auffallendes Jackett.«

»Was meinen Sie mit auffallend?«

»Das richtige Wort ist – glaube ich – knallig, Father.«

»Meinen Sie etwa den Herrn in dem auffällig gemusterten Anzug? Natürlich habe ich ihn bemerkt. Aber meiner Ansicht nach ist es von Ihnen nicht nett, seinen Anzug zu kritisieren, Morton.«

»Oh, ich habe ihn auch gar nicht kritisiert, Father.« Morton grinste unbeholfen. »Besonders nicht, nachdem ich seine Spende gesehen habe.« Das Grinsen verschwand, als der Geistliche statt einer Antwort die Stirn runzelte, und schnell fügte er eine Entschuldigung für seine unziemliche Haltung hinzu. Father Amion seufzte und berührte seinen Arm.

»Schon gut, Morton, ich verstehe Ihre Gefühle. Es scheint auch schändlich, daß wir uns so um unsere Ausgaben sorgen müssen; aber ich fühle mich nicht berechtigt, die Diözese um mehr Hilfe anzugehen, als sie bereits geleistet hat.«

»Der Herr wird schon helfen«, sagte der Küster betrübt.

Im Nachmittags-Gottesdienst am Mittwoch sah Father Amion den Mann in dem auffällig gemusterten Jackett wieder. Er lächelte und nickte zu ihm hinüber, aber der Mann war so in sein eigenes Gebet versunken, daß ihm der Blick des Pfarrers entging. Als er dann die Kirche verließ, steckte er einen Fünfdollarschein in die Armenkasse an der Kirchenpforte. Am folgenden Tag sah Father Amion ihn zu seiner Überraschung wieder, und am Freitag merkte er, daß er ihn bereits erwartete. Und tatsächlich, der Mann erschien schon frühzeitig und schien der erste und einzige Kirchenbesucher zu sein, der an diesem Morgen geistlicher Hilfe bedurfte. Als er die Kirche verließ, war die Armenkasse um zehn Dollar reicher.

Am Sonntag wählte Father Amion die Großzügigkeit

zum Thema seiner Predigt und hoffte, der Mann in dem auffällig gemusterten Jackett, der diesmal in der ersten Reihe saß, würde erkennen, daß die Dankbarkeit in seinen Worten auf ihn gemünzt war. Nach dem Gottesdienst näherte Father Amion sich ihm.

»Darf ich Sie einen Augenblick sprechen?« fragte er.

Das gerötete Gesicht des Mannes wurde noch röter. Er war groß und stämmig, mit großen roten Händen. Er schien nicht zu wissen, was er mit diesen Händen anfangen sollte, und so steckte er sie einfach in die Taschen seines Jacketts und sagte: »Tag, Father, ich – mir hat Ihre Predigt richtig gefallen.«

»Hoffentlich haben Sie auch gemerkt, daß sie teilweise Ihnen zugedacht war. Mir ist nicht entgangen, wie großzügig Sie in der vergangenen Woche unserer armen Kirche gegenüber waren. Sind Sie neu in der Gemeinde?«

»Neu?« Der Mann zwinkerte mit den Augen und lächelte dann unbehaglich. »Nein, Father, ich wohne hier schon seit zwanzig Jahren. Bloß habe ich für die Kirche nie viel übrig gehabt – verstehen Sie? Das erste Mal bin ich vor zwei Wochen hergekommen, an einem Sonntag.«

»Ich bin wirklich froh, daß Sie Ihre Ansicht geändert haben. Und wie mir scheint, sind Sie in der vergangenen Woche fast jeden Tag hier gewesen.«

»Gewiß. Es geht doch in Ordnung, nicht wahr, Father? Ich meine – Sie haben doch nichts dagegen?«

»Dagegen? Wieso sollte ich etwas dagegen haben?«

»Man kann nie wissen... Übrigens heiße ich Sheridan, Father.« Es fiel ihm ziemlich schwer, seine große Hand aus der Tasche zu ziehen, aber dann war es ihm doch gelungen, und er schüttelte die Hand des Pfarrers. »Ich bin Ihnen bestimmt dankbar, wenn Sie wissen, was ich meine. Für mich bedeutet es nämlich sehr viel.«

»Das freut mich.«

»Mich auch. Wissen Sie – als ich draußen die kleine Tafel sah, wo draufsteht, daß jeder versuchen solle zu beten, habe ich mir gesagt: Was kann ich dabei schon verlieren? Deswegen kam ich rein und hörte mir Ihre Predigt an.«

»Und hat es geholfen?«

»O ja, es hat geholfen, ganz bestimmt. Ich sagte mir, wenn ich so bedenke, was ich schon alles angestellt habe, und nichts hat geklappt, dann könnte ich mich vielleicht diesmal an Ihren Rat halten. Das habe ich dann auch getan, und – Junge, Junge, es hat tatsächlich geklappt, Father. Großartig hat es geklappt.«

Augenblicke wie dieser waren es, die Father Amion mit Freude über seine Berufung erfüllten, die ihn erkennen ließen, daß die vierzig Jahre seines Dienens der Mühe wert waren. Er lächelte zufrieden, bis der Mann hinzufügte: »Sie werden es zwar nicht glauben, Father, aber am nächsten Tag hatte ich von acht Siegern sechs richtig. Sechs Sieger, darunter ein Außenseiter mit zwanzig zu eins. So was habe ich noch nie erlebt, seit ich damit angefangen habe. Bis auf zwei Dollar war ich nämlich völlig blank, und...«

»Einen Moment«, sagte Father Amion schnell, und ihm wurde leicht schwindelig. »Ich verstehe nicht ganz, was Sie meinen.«

»Wetten, Father, auf Pferde.« Als wollte er um Entschuldigung bitten, scharrte er mit den Füßen. »Ich weiß, daß Sie deswegen sicher sauer sind, denn wahrscheinlich machen Sie sich nichts aus Wetten und solchen Sachen...«

»Meine Predigt hat Sie zum Wetten verleitet?«

»Nein, nein, Father, das habe ich schon immer getan. Die ganze Zeit mache ich es; damit verdiene ich mir mein täglich Brot. Früher war ich mal im Gebrauchtwagenhandel, aber dann hatte ich dazu einfach keine Lust mehr. Als ich dann Ihre Tafel sah, sagte ich mir, Charlie, probier es mal, schaden kann es nicht. Und deswegen, Father, fing ich dann an zu beten. Junge, habe ich vielleicht gebetet! Gib mir einen Sieger, habe ich gesagt. Bitte, bitte, schenk mir einen Sieger!« Er grinste, glücklich wie ein Kind. »Und dann kriegte ich sechs auf einmal!«

Father Amion, ohnehin nicht groß gewachsen, hatte das Gefühl, auf einen halben Meter einzuschrumpfen. Mit erstickter Stimme sagte er: »Ich glaube fast, daß Sie meine Botschaft nicht richtig verstanden haben, Mr. Sheridan. Ich meinte zwar, daß das Gebet Wunder wirken kann, aber doch nicht für derart egoistische Zwecke.«

»Ein richtiges Wunder war es«, sagte Sheridan zuversichtlich. »Genau wie Sie es prophezeit haben, Father. Und das alles verdanke ich bloß Ihnen; wenn ich Ihnen also irgendwie helfen kann...«

»Bitte! Sie leben in einem entsetzlichen Irrtum, Mr. Sheridan; es hat ein schreckliches Mißverständnis gegeben. Das Gebet ist nicht für Pferderennen bestimmt; dazu ist es viel zu heilig. Sie sollen nicht für Ihre Geldbörse, sondern für Ihre Seele beten.«

»Wußte ich doch, daß Sie sauer sein werden«, sagte Sheridan nachdenklich.

»Nein, nein – ich bin keineswegs zornig.« Father Amion preßte seine Hände zusammen und flehte stumm um Inspiration, damit er die richtigen Worte fände. »Sie müssen es folgendermaßen ansehen, Mr. Sheridan. Was wäre beispielsweise, wenn jeder Wetter zu Gott betete, daß sein Pferd gewönne? Sie wissen selbst, daß das nicht möglich ist; Sie werden sicher auch einsehen, welche Schwierigkeiten Sie dem Herrn damit bereiten. Ist das vielleicht anständig?«

Sheridan zwinkerte mit den Augen. »Daran habe ich noch nie gedacht. Wahrscheinlich haben Sie recht, Father.«

»Sie erkennen also, wie falsch es ist?«

Sheridan überlegte einen Augenblick, und dann strahlte er über das ganze Gesicht. »Sicher, es wäre ziemlich schwierig, Father. Ich meine, wenn jeder darum betete, daß sein Pferd gewönne. Bloß stimmt das nicht, verstehen Sie? Keiner weiß bisher was von diesem Geschäft. Und das ist ihr Pech!«

Father Amion seufzte. »Ich fürchte, daß Sie mich immer noch nicht verstanden haben, Mr. Sheridan.«

»Aber daß ich weiter hierher komme, geht doch in Ordnung, nicht? Ich meine, wenn Sie wollen, daß ich nicht...«

»Nein – nein, das habe ich damit nicht gemeint. Dies ist ein Haus Gottes, und Sie sind immer willkommen. Ich hoffe lediglich, daß Sie erkennen, wie falsch Ihre Absicht ist.«

»Oh, falsch ist sie nicht«, sagte Sheridan fröhlich. »Ich habe es ausprobiert. Fast jedesmal, wenn ich um einen

Sieg gebetet habe, hat das Pferd gewonnen. Es funktioniert zwar nicht hundertprozentig, aber doch viel besser als alles andere. Wenn Sie also nichts dagegen haben...«

»Ich habe nichts dagegen«, sagte Father Amion niedergeschlagen. »Und ich hoffe nur, daß auch Gott nichts dagegen hat, Mr. Sheridan.«

Erst am folgenden Donnerstag sah Father Amion sein auf Pferde wettendes Pfarrkind wieder. Es nickte ihm höflich zu, unterbrach jedoch seine wortlosen Meditationen nicht. Am Freitag morgen saß der Mann wieder in derselben Reihe, und als Morton an ihm vorüberkam, blickte Sheridan einen Augenblick auf und fuhr dann fort, leise seine Gebete zu murmeln. Später berichtete Morton, was er Sheridan hatte sagen hören, und war darüber offensichtlich entsetzt.

»Er hat irgend etwas von Satan gesagt, Father, das habe ich genau gehört! Was ist das nur für ein Mensch!«

»Von Satan? Sind Sie sich dessen ganz sicher, Morton?«

»Ja! Es kann allerdings auch Teufel gewesen sein. Richtig – roter Teufel, *red devil*! Das hat er ständig wiederholt.«

Father Amion verzog seinen Mund. »Darüber würde ich mir keine Gedanken machen. Zweifellos war es der Name eines Pferdes.«

Am Sonntag erfuhr er, daß er recht gehabt hatte. Nach dem Gottesdienst kam Sheridan bescheiden zu ihm und sagte: »Zwanzig zu fünfzehn hat das Pferd eingebracht, Father. Und als ich meinen Einsatz machte, habe ich mir gesagt, fünf Dollar davon sind für die Kirche, wenn Red Devil gewinnt. Und tatsächlich, Father, das Pferd gewinnt, und die fünf Dollar habe ich schon in die Kollekte getan. Das geht hoffentlich in Ordnung, Father?«

»Ich frage nicht, woher Ihre Spende kommt, Mr. Sheridan«, sagte Father Amion, und es klang beinahe streng. »Ich danke Ihnen dafür, möchte jedoch lieber nicht wissen, aus welcher Quelle es stammt.«

»Sind Sie immer noch wütend auf mich?«

»Wütend, wie Sie es ausdrücken, bin ich auf Sie nie gewesen«, sagte der Pfarrer freundlich. »Aber ich bete für Sie, Mr. Sheridan.«

»Wirklich?« sagte Sheridan strahlend. »Junge, jetzt weiß ich, daß nichts mehr schiefgehen kann, Father!«

»Verstehen Sie mich nicht falsch. Ich bete um den Sieg Ihrer Seele, Mr. Sheridan, und nicht um den Sieg Ihrer Pferde.«

»Ach so.«

»Aber halten Sie mich nicht für undankbar. Offengestanden ist unsere Kirche eine arme Kirche, und wir können jeden Beitrag gebrauchen. Sie waren uns eine große Hilfe, und dafür bin ich dankbar.«

»Das lassen Sie nur, Father; das haben Sie verdient. Und wenn ich mal glaube, wirklich was Besonderes zu haben, und Sie möchten, daß ich für Sie darauf setze...«

»Aber Mr. Sheridan!«

»Das war keine Beleidigung, Father. Ich dachte nur...«

»Bitte denken Sie nicht derartige Dinge. Ich habe nicht den Wunsch, mich in Ihre Lebensweise einzumischen, möchte jedoch bestimmt nicht hineingezogen werden. Unsere Kirche wird auch ohne Pferderennen bestehen bleiben.«

»Tut mir leid, Father. Ich wollte Ihnen keinen Kummer machen.«

»Das weiß ich«, sagte der Geistliche. »Guten Tag, Mr. Sheridan.« Dann sah er, wie der Wettlustige durch den Mittelgang zur Kirchentür ging. Lauter als je zuvor quietschten die Holzbohlen unter seinem beträchtlichen Gewicht.

Am Dienstag nachmittag kehrte Father Amion gerade vom Besuch eines bettlägerigen Gemeindemitgliedes zur Kirche zurück, als er die Hupe hörte, die ihn aufmerksam machen sollte. Er drehte sich um und sah am Straßenrand das leuchtendblaue Automobil, das Verdeck heruntergeklappt, während der Fahrer gerade auf den Beifahrersitz rutschte, um Father Amion zu begrüßen.

»Tag, Father!« sagte Sheridan vergnügt. »Kann ich Sie ein Stück mitnehmen?«

»Ich habe nur noch eine kurze Wegstrecke vor mir«, sagte der Geistliche. »Und mir bereitet es Spaß, zu Fuß zu gehen.«

»Wie gefällt er Ihnen?« sagte Sheridan und wies mit einer Handbewegung auf die Länge des Wagens. »Nagelneu, Father, und nicht einen einzigen Cent bin ich schuldig geblieben. Von jetzt an fahre ich standesgemäß.«

»Ein sehr hübsches Fahrzeug«, sagte Father Amion feierlich. »Und ich wünsche Ihnen viel Freude daran, Mr. Sheridan.«

»Davon können Sie überzeugt sein. Aber ob Sie es glauben oder nicht – vor wenigen Wochen war ich doch tatsächlich bis auf zwei Dollar völlig abgebrannt.«

»Das ist wirklich bemerkenswert«, gab der Geistliche zu. »Daran besteht kein Zweifel.«

»Um ganz ehrlich zu sein«, sagte Sheridan vertraulich, »der säuft wahnsinnig viel Benzin. Der Motor wird schnell warm, und das Benzin kostet mich ein Vermögen. Aber bei meinem Glück in letzter Zeit kann ich es mir leisten. Wissen Sie, wie viele Sieger ich diese Woche gehabt habe?«

»Nein.«

»Vierzehn von achtzehn. Jedesmal, wenn ich wirklich angestrengt um einen Sieger bete, ist das Rennen praktisch gelaufen.« Einfältig wandte er seinen Blick ab. »Wissen Sie, mir ist aufgefallen, daß die Kirche dringend gestrichen werden muß, Father. Kapital habe ich augenblicklich zwar nicht viel übrig; wenn Sie jedoch ein paar Dollar haben, die Sie setzen wollen – einen Augenblick, werden Sie doch nicht gleich sauer –, nächsten Sonnabend läuft ein Pferd, das Sally's Gal heißt, und ...«

»Ich dachte, wir hätten dieses Thema bereits abgeschlossen, Mr. Sheridan.«

»Lassen Sie mich doch erst mal ausreden, Father. Ich weiß, daß Sie was gegen das Wetten haben, aber die Sache mit diesem Pferd muß ich Ihnen doch erzählen.« Er rückte noch näher heran und senkte seine Stimme zu einem Flüstern. »Dieser Gaul wird nämlich heimlich trainiert, Father, und sein Besitzer hat mir selbst gesagt, daß er jetzt fit ist. Den Bahnrekord hat der Gaul bereits um fünf Sekunden verbessert, und nicht bloß einmal, sondern mehrmals. Und nächste Woche läuft er sein erstes großes Rennen, und zwar gegen lauter Neulinge. Sie wissen wohl selbst, wie junge Pferde rennen, Father...«

»In diesen Dingen kenne ich mich nicht aus«, sagte Father Amion.

»Das verstehe ich«, erwiderte Sheridan unverblümt. »Die Biester rennen wie verrückt. Jedenfalls haben die Besitzer sich ausgerechnet, daß die Wetten früh morgens auf zwanzig zu eins stehen werden, wahrscheinlich jedoch noch höher. Die Sache sieht äußerst günstig aus, Father, und wenn ich dann noch anfange zu beten...«

»Ich muß jetzt gehen«, sagte Father Amion. »Um vier Uhr beginnt eine Sitzung des Kirchenvorstands.«

»In Ordnung, Father, ich wollte es Ihnen auch nur sagen«, erwiderte Sheridan und schob sich wieder hinter das Lenkrad seines neuen Wagens. »Ich persönlich setze meinen letzten Cent auf dieses Pferd, und wenn Sie mitmachen wollen, bin ich jederzeit gern bereit, Ihnen behilflich zu sein.«

Aber Father Amions Begegnung mit Sheridan war nur das Vorspiel zu einer noch enttäuschenderen Angelegenheit. Die Sitzung des Kirchenvorstands brachte, wie sich herausstellte, nur eine neue betrübliche Aufzählung der finanziellen Schwierigkeiten, in der die Kirche sich befand. Die Frage der Reparaturen wurde aufgeschoben, damit der Kirchenrat die normalen Ausgaben diskutieren konnte, die ebenfalls viel zu hoch zu sein schienen. Mit gequältem Lächeln kam der Vorsitzende zu dem Schluß, daß Father Amion ein besserer Pfarrer als Geschäftsmann wäre, und zitierte dazu einige tollkühne Liebeswerke, die Father Amion zugeschrieben werden mußten, die jedoch eine vernünftige Verwaltung des Kirchenvermögens, das sich mittlerweile auf keine sechshundert Dollar mehr belief, schwierig, wenn nicht sogar unmöglich machten. Father Amion gab die Beschuldigungen zu, versprach jedoch nicht, seine Fehler zu berichten. Als die Sitzung beendet war, ertappte er sich dabei, daß er immer wieder an den neuen blauen Wagen von Mr. Sheridan denken mußte.

In dieser Woche erschien der wettlustige Mr. Sheridan täglich zum Gottesdienst. Doch erst am Freitag vormittag sprach Father Amion wieder mit ihm, und als er es tat, geschah etwas, das er sich für den Rest seines Lebens einfach nicht erklären konnte.

»Guten Morgen, Father«, sagte Sheridan liebenswürdig. »Ein schöner Tag ist das heute, nicht? Hoffentlich ist es morgen auch noch schön.«

»Morgen?« fragte der Geistliche unsicher.

»Ja. Morgen ist nämlich das Rennen, verstehen Sie? Und Sally's Gal ist zwar bei schwerem Boden auch gut, aber auf hübsch trockener Bahn erheblich besser. Ich habe mich genau erkundigt, Father. Wenn alles gut geht, werden Sie mich hier wohl leider nicht mehr sehen.«

»Wieso?«

»Weil ich mir dann nämlich ein Haus in Florida kaufe. In der Nähe von Hialeah.«

Father Amion lächelte freundlich. »Ich wünsche Ihnen dazu viel Glück, Mr. Sheridan – wirklich.«

Er wandte sich gerade ab, als ein Impuls ihn veranlaßte, sich noch einmal umzudrehen und zu sagen: »Mr. Sheridan...«

»Ja, Father?«

»Sind Sie sich bei dem Pferd wirklich ganz sicher?«

»Völlig sicher, Father. Die ganze Woche über habe ich gebetet, und ich weiß, daß das Pferd das Zeug dazu hat.«

»Wenn jemand – sagen wir einmal: fünfhundert Dollar auf dieses Pferd setzt: Mit welchem Gewinn könnte er möglicherweise rechnen?«

»Das wollen wir mal eben überschlagen«, sagte Sheridan und biß sich auf die Lippe. »Wenn das Pferd zehn Dollar bringt – aber bestimmt sind es mehr, Father, viel mehr –, würde er mindestens 2.500 Dollar kriegen.«

Father Amion, der im Mittelgang stand, wippte leicht auf dem Fußballen. Die Bohlen quietschten. Dann sagte er träumerisch: »Wenn ich Ihnen nun fünfhundert Dollar gäbe, Mr. Sheridan? Würden Sie sie für mich setzen?«

»Ist das Ihr Ernst, Father?«

Father Amion schloß die Augen. »Würden Sie es tun, Mr. Sheridan?«

»Aber klar, Father – mit Vergnügen.«

»Ich bin gleich wieder hier. Genügt auch ein Scheck?«
»Mit Schecks kann ich umgehen, Father«, erwiderte Sheridan grinsend.

Keine fünf Minuten, nachdem Sheridans stämmige Gestalt verschwunden war, bedauerte Father Amion bereits seine Tat. Die Hände flehentlich zusammengepreßt, rannte er den Mittelgang entlang zur Kirchentür und auf die Straße hinaus, wo er nach beiden Seiten blickte, um den Wetter oder sein auffallendes blaues Automobil zu entdecken. Zu sehen war jedoch nur eine Gruppe dreckiger Kinder, die auf der Straße Ball spielten; ärgerlich schalt Father Amion sie aus, weil sie die Kirchenstufen als Tor benutzten, und kehrte dann in die Kirche zurück, das Herz von Zorn und Sorge erfüllt. Niemals würde es ihm möglich sein, diesen Impuls zu erklären – weder sich selbst noch seiner Gemeinde, weder dem Kirchenrat noch vor allem Gott. Und als er Morton, den Küster, sah, der sein besorgtes Gesicht neugierig betrachtete, stellte er fest, daß

er diesen Impuls nicht einmal seinem besten Freund erklären konnte.

»Was ist denn los, Father?« erkundigte Morton sich besorgt. »Sie sehen gar nicht gut aus.«

»Ich fühle mich auch nicht gut«, flüsterte Father Amion.

Der Küster trat interessiert näher. »Sie haben in letzter Zeit zuviel gearbeitet, Father. Vielleicht sollten Sie sich ein bißchen hinlegen...«

»Nein, nein, das kann ich jetzt nicht. Ich habe noch etwas zu erledigen – etwas sehr Wichtiges.« Als er diese Worte aussprach, wurde ihm völlig klar, was er zu tun verpflichtet war. »Morton, Sie kennen doch diesen Mr. Sheridan?«

»Ja, Father.«

»Wissen Sie vielleicht, wo er wohnt? Hat er jemals seine Adresse angeben?«

»Nein, Father.«

»Das habe ich mir gedacht«, sagte Father Amion unglücklich. »Dann muß ich noch heute nachmittag Bischof Cannon aufsuchen.«

»Aber Sie waren doch erst gestern bei ihm, Father. Und in einer halben Stunde kommen schon die Gemeindemütter.«

»Ich muß ihn dringend sprechen. Rufen Sie bitte die Vorsitzende des Müttervereins an und verschieben Sie die Sitzung auf nächste Woche.«

»Gut, Father, wenn Sie meinen. Wie lange werden Sie weg sein?«

»Das weiß ich nicht«, erwiderte Father Amion bedrückt.

Er hatte Glück, daß der Bischof zu Hause war. Bischof Cannon, ein kräftiger Mann und zehn Jahre jünger als Father Amion, war bekannt für seine Energie und Aktivität; es war ein seltenes Ereignis, wenn er einen ruhigen Nachmittag in seinem Wohnzimmer verbrachte. Erstaunt blickte er auf, als Father Amion eintrat, legte das Buch hin, in dem er gerade las, und bot dem Pfarrer einen Stuhl an. Er erkundigte sich nicht nach dem Grund des Besuches, denn er sah deutlich, daß Father Amion nur mühsam an sich halten konnte.

»Ich brauche Ihre Hilfe«, sagte der Father, die Hände ringend und auf den Teppich starrend. »Ich habe etwas Schreckliches getan, Bischof Cannon, und brauche jetzt dringend Ihren Rat.«

Der Bischof nickte. »Das ehrt mich, Father. Aber ich kann mir kaum vorstellen, daß Sie etwas so Schreckliches getan haben könnten.«

Dann berichtete Father Amion ihm jedoch alles, und der Unglaube des Bischofs verwandelte sich in entsetztes Erstaunen.

»Ein Pferd, Father? Das ist doch nicht Ihr Ernst! Sie haben also aus dem Kirchenvermögen fünfhundert Dollar genommen, um auf ein Pferd zu setzen?«

Father Amion neigte den Kopf. »Ich kann mir selbst nicht verzeihen, was ich getan habe. Ich werde nie begreifen, wie ich dazu kam. Der Mann schien seiner Sache so sicher, wirkte so erfolgreich, und dann dieses ständige Gerede über das dringend benötigte Geld, das schon so lange dauert... Helfen Sie mir, zu begreifen, was ich getan habe, Bischof Cannon. Helfen Sie mir, daß ich es mir selbst erklären kann...«

»Ich kann es nicht fassen! Father, wenn ich Sie nicht so gut kennte...« Der Bischof erhob sich und ging, das Gesicht in eine Hand gestützt, auf und ab. »Wenn Sie ein Neuling wären, wenn Sie ein junger Mann wären – dann könnte ich so etwas vielleicht begreifen. Aber vierzig Jahre sind es jetzt her, Father – vierzig Jahre sind es her, seit Sie das Gelübde ablegten! Und dann so etwas...«

»Ich weiß, ich weiß«, sagte Father Amion gepeinigt. »Ich habe mich gegen alles versündigt, an das ich glaube.«

»Nicht nur gegen Gott, Father. Sondern auch gegen Ihre Herde, gegen die Kirche, der Sie dienen. Und soweit ich orientiert bin, sogar gegen das Gesetz! Das Geld war Ihnen nur anvertraut; es gehörte der Gemeinde, nicht Ihnen.«

»Ich hätte den Scheck sperren lassen, wenn es mir möglich gewesen wäre; aber die Banken haben bereits geschlossen.«

Der Bischof setzte sich wieder, starrte düster vor sich

hin und wog seine nächsten Worte sorgfältig ab. Als er dann sprach, geschah es mit feierlichem Ernst.

»Sie sagen, Sie können den Mann nicht ausfindig machen?«

»Ja.«

»Und es gibt keine Möglichkeit, ihn an der Verwendung des Kirchenvermögens zu hindern?«

»Nein, keine. Das Rennen findet morgen statt.« Sinnend blickte Father Amion aus dem Fenster. »Außerdem bezieht es sich. Die Bahn wird wahrscheinlich aufgeweicht sein.«

Der Bischof erhob sich und schlug sich mit den Händen auf die Schenkel. »Dann bleibt nur noch eines übrig, Father. Eine einzige Möglichkeit, diese Sünde zu mildern.«

»Und welche?«

»Sie müssen beten, Father. Sie müssen beten, wie Sie noch nie gebetet haben, und ich werde Sie mit meinem Gebet dabei unterstützen.« Düster blickte er den Geistlichen an und streckte seine Hand aus. »Sie müssen beten, daß dieses Pferd nicht gewinnt, Father Amion.«

Dem Pfarrer verschlug es fast die Stimme. »Es soll nicht gewinnen?«

»Ja. Für Ihren Irrtum darf es nicht auch noch eine Belohnung geben, Father – ungeachtet aller Folgen. Ich sehe keine andere Möglichkeit, den Fehler zu berichtigen, als Gott zu bitten, diesen sündigen Sieg zu verhindern. Und darum müssen Sie mit aller Kraft beten.«

»Aber das Geld, Bischof Cannon! Wir brauchen es so dringend! Fünfhundert Dollar zu verlieren…«

»Das Geld ist unwichtig. Jetzt steht mehr auf dem Spiel. Werden Sie tun, was ich sage?«

Father Amion sackte auf seinem Stuhl in sich zusammen.

»Ich bin bereit, Bischof Cannon. Ich weiß natürlich, daß Sie recht haben. Das Pferd darf nicht gewinnen.«

Als er das Haus verließ, war der Bischof bereits in sein Gebet versunken.

Um fünf kehrte Father Amion zu seiner Kirche zurück, aß eine Kleinigkeit und zog sich dann in die kleine Kapelle neben der Sakristei zurück. Morton befahl er, ihn nicht zu stören, und dann begann er mit seinem Marathongebet. Er betete ununterbrochen bis zehn Uhr abends – bis Morton seiner Anordnung zuwider handelte, seinen Kopf in die Kapelle steckte und irgend etwas von Abendbrot murmelte. Father Amion schickte ihn fort und bat den Herrn wiederum um Vergebung seines Irrtums sowie darum, daß Sally's Gal am nächsten Tag daran gehindert würde, das Rennen zu gewinnen. Gegen Mitternacht begann er einzunicken und legte sich auf die schmale Pritsche in der Sakristei. Gegen sechs Uhr morgens erwachte er und nahm seine Gebete wieder auf.

Als Father Amion gegen Mittag dieses Sonnabends die Kapelle verließ, erwartete der Küster ihn mit besorgten Fragen. Father Amion erwiderte nichts, sondern ging in sein Studierzimmer, um die Predigt für den nächsten Tag vorzubereiten. Es machte ihm keine Schwierigkeit, die Textstelle auszusuchen, mit der er die Predigt beginnen wollte. Sie stammte aus 1. Timotheus VI, 9, und die ersten Worte lauteten: »Denn die da reich werden wollen...«

Die Stunden verstrichen, ohne daß es ihm bewußt wurde. Um halb sechs, als seine Predigt fertig war, verließ er das Studierzimmer und sah, daß Sheridan, der Wettlustige, in der vordersten Reihe des Kirchengestühls saß.

Sheridan hatte eine gesunde Hautfarbe; jetzt aber war sein Gesicht so blaß wie die hellen Flecken seines Jacketts, und Melancholie malte sich in seinen Zügen. Die Niedergeschlagenheit dieses Mannes rührte Father Amion, und so näherte er sich ihm. Sheridan blickte zu ihm auf, aber als Father Amion ihn ansprach, schien er einer Antwort nicht fähig zu sein.

»Es ist schon gut, mein Sohn«, sagte Father Amion freundlich. »Ich verstehe.«

»Was soll das heißen, Father? Was verstehen Sie?«

»Die Geschichte mit dem heutigen Rennen. Wahrscheinlich kommen Sie gerade von dort?«

»Ja, ich komme gerade vom Rennen. Das Geld habe ich für Sie gesetzt – so, wie ich es versprochen hatte.«

»Ich möchte nicht, daß Sie das Gefühl haben, daran

schuld zu sein. Sie versuchten auf Ihre Weise, Gutes zu tun; wenn es überhaupt Schuld gibt, fällt sie auf meine Schultern.«

Sheridan blinzelte ihn verstört an. »Ich verstehe Sie nicht, Father.« Dann griff er in sein Jackett, zog die Brieftasche heraus, und diese Brieftasche war gewaltig angeschwollen. »Hier ist Ihr Geld, Father. Es ist zwar nicht so viel, wie ich ursprünglich glaubte, aber wahrscheinlich wird es Ihnen doch helfen.« Er blätterte es langsam hin und sagte: »Zweitausendeinhundert Dollar, Father. Vielleicht zählen Sie es selbst noch einmal nach.«

Father Amion betrachtete das Bündel Geldscheine in seiner Hand, und seine Augen wurden groß. »Das verstehe ich nicht. Es kann nicht mir gehören.«

»Natürlich gehört es Ihnen«, sagte Mr. Sheridan. »Nehmen Sie es ruhig, Father.«

»Nein! Es muß sich um einen Irrtum handeln!«

»Was?«

»Sie können doch nicht behaupten, daß das Pferd gewonnen hat! Sie hielten mich zum Narren. Mr. Sheridan, sagen Sie, daß es nicht wahr ist! Sagen Sie, daß Sally's Gal nicht gewonnen hat!«

»Gewonnen? Nein, gewonnen hat er nicht!«

»Er hat nicht gewonnen?«

»Nein«, sagte Sheridan unglücklich. »Bis in die Zielgerade hat er sich gut gehalten; er lag vier Längen vor dem Feld. Aber dann war plötzlich Schluß, Father, und warum – das weiß ich auch nicht. Eine so todsichere Sache, und dann war mit dem Gaul einfach Schluß.«

»Aber wenn das Pferd nicht gesiegt hat – warum bringen Sie mir dann dieses viele Geld?«

Sheridan lächelte müde. »Sehen Sie, Father, Sie wollten doch sicher nicht, daß ich Ihr Geld auf Sieg riskierte, nicht? Ich meine, für einen Mann wie mich geht das in Ordnung. Aber bei Ihnen ging ich auf Nummer sicher und setzte Ihr Geld auf Platz. Gewonnen hat das Pferd zwar nicht, aber immerhin ging es als Zweiter durchs Ziel. Das reichte für zwanzig zu vier.«

»Sie wollen damit sagen, daß dieses Geld mir gehört‘ obgleich das Pferd nicht gesiegt hat?«

»Klar, Father, das stimmt.«

»Warum machen Sie dann ein so unglückliches Gesicht? Ich dachte...«

Sheridan machte eine verzweifelte Geste. »Ich selbst bin nicht so gescheit gewesen, Father. Ich habe jeden Cent, den ich besaß, auf Sieg gesetzt. Und jetzt bin ich wieder genau da, wo ich anfing, mit zwei Dollar in der Tasche. Wissen Sie was?« sagte er trübsinnig. »Vielleicht gehe ich doch wieder in den Gebrauchtwagenhandel zurück. Halten Sie das für eine gute Idee?«

»Ja«, erwiderte Father Amion mit bebender Stimme und nahm das Geld. »Meiner Ansicht nach ist es wahrscheinlich eine wundervolle Idee, Mr. Sheridan.«

Beim Hinausgehen zögerte Sheridan einen Augenblick, als er an der Armenkasse vorüberkam, holte schließlich die beiden letzten Dollar aus der Brieftasche und schob sie durch den Schlitz. Dann winkte er und verschwand durch die Tür.

Dienstbotenprobleme

Entgegen allen Gerüchten rasieren Männer sich gern. Kerwin Drake genoß den Vorgang gründlich, von der ersten kühlen Berührung des Seifenschaums bis zum abschließenden Abreiben mit dem Rasierwasser zu zehn Dollar, das er benutzte. Er liebte den hellen Glanz seines Badezimmers, das luxuriöse Gefühl des weichen Teppichs unter seinen bloßen Füßen. Er liebte es, wenn die Klinge um den grauen Schnurrbart herumrasierte und an den langen hageren Wangen hinunterglitt. Er war Narziß mit einem Rasierapparat in der Hand.

Das Ankleiden war ein noch befriedigenderes Erlebnis. Kerwin besaß zwanzig Anzüge, alle Maßarbeit, viele aus dem Ausland. Den Akt der Auswahl genoß er besonders. Zum heutigen Abend, einer besonderen Gelegenheit, wählte er einen schimmernden Anzug aus italienischer Seide. Seine Krawatte, silberne Seide mit einem angedeuteten Lilienmuster, schien sich von selbst um seinen Hals zu schlingen.

Im Bewußtsein der distinguierten Wirkung, die er damit geschaffen hatte, begab er sich die Treppe zum Hauptraum seines Hauses hinunter. Bisher war noch niemand da, der diese Wirkung bewundern konnte; aber bald würden sie kommen: Colton und Frau, Standish und Frau sowie deren Tochter Sylvia. Standish war der Verleger, der Kerwins Romane herausbrachte. Bisher waren es nur zwei gewesen. Einige Exemplare dieser Romane lagen deutlich sichtbar auf dem Kaffeetisch im Wohnzimmer, wo sie immer zu finden waren. Kerwin ergriff sie und versteckte sie widerwillig zwischen den Büchern auf den Wandregalen. Hätte er es nicht getan, hätte es vielleicht zu selbstbewußt gewirkt.

Es blieb noch eine Wartezeit von einer Stunde. Er bedauerte die Hast, mit der er sich angekleidet hatte. Vor dem Regal blieb er stehen und betrachtete prüfend das Exemplar von *Lovers in Our Midst*, seinem zweiten und erfolgreicheren Buch. Von der normalen Buchausgabe waren vierzigtausend, von der Taschenbuchausgabe fünfhundertachtzigtausend Exemplare verkauft worden. Der Verkauf der Filmrechte hatte ihm achtundsechzigtausend, abzüglich Steuern, eingebracht. Aber Kerwin sah nicht Geld, als er den Schutzumschlag betrachtete; er sah die Photographie auf der Rückseite. Der lange, ziemlich knochige Schädel. Der graue Schnurrbart. Das zu lange Kinn, das der Photograph durch die Finger der einen Hand verdecken ließ, so daß es nachdenklich wirkte.

»Kerwin Drake«, flüsterte er.

Die Hausglocke läutete. Er warf einen Blick auf seine Patek-Philippe – und dann in die vordere Diele. Viel zu früh. Sein Marsch zur Tür verriet seinen Unwillen.

Kerwin öffnete. Natürlich war es nicht Colton und auch nicht Standish. Gute Manieren ließen es nicht zu, so früh zu kommen. Es war ein Fremder, eine Frau.

»Ja?« fragte er.

Sie rückte einige Zentimeter mehr in das Licht. Ihre Figur war im Türrahmen eine dicke und formlose Masse. Ihr unförmiger Tuchmantel war unordentlich zugeknöpft,

und außerdem wölbte ihr Leib sich auf häßliche Weise vor. In der einen Hand trug sie einen kleinen zerschrammten Koffer, und die andere rauhe Hand hielt auf dem Kopf einen gewaltigen Federhut fest, der an schwarze Holzwolle erinnerte.

»Mervin?« sagte sie.

»Was soll das?«

»Mervin!« wiederholte sie und verzog ihren Mund zu einem klaffenden, nahezu zahnlosen Lächeln. »Mervin, um Himmels willen, ich bin es doch!«

»Sie müssen sich im Haus geirrt haben«, sagte er eisig.

»Mervin, das darfst du nicht sagen. Ich bin Angela. Kennst du mich denn nicht mehr?«

In seinem ersten Roman hatte Kerwin eine Szene geschildert, wo seine Heldin bei der Erwähnung eines Namens in Ohnmacht fiel. Diese Szene war selbst ihm immer überspannt vorgekommen; aber jetzt wußte er, daß er nicht übertrieben hatte. Er wich zurück und griff nach dem Türrahmen, um dort Halt zu finden. Auf die Frau mußte seine Bewegung wie eine Aufforderung gewirkt haben, denn sie trat in die Diele und stieß die Tür hinter sich zu. Dann stellte sie den Koffer ab und stürzte sich auf ihn.

»Mervin!« sagte sie frohlockend. »Ich bin so glücklich, dich endlich gefunden zu haben! Oh, ich bin so glücklich, daß ich sterben könnte!«

Er zerrte an den dicken Fingern, die seinen Hals umklammerten. Die weiche Masse ihres Leibes preßte sich gegen seinen Körper und zerdrückte die empfindlichen Aufschläge seines Seidenanzuges. Die schrecklichen, mißgestalteten Lippen suchten sein Gesicht – groteske rote Blätter einer fleischfressenden Pflanze. Am meisten überwältigte ihn der Duft billigen Puders, noch billigeren Parfüms und irgendeiner Wäscheseife. Das Ganze war eine so ungeheuerliche Zumutung, daß sein Protest nicht in einem Aufschrei oder in einem Ruf, sondern lediglich in einem fast weibischen Quieken des Entsetzens bestand.

»Laß dich ansehen!« sagte die Frau und ließ ihn los, um ihn besser betrachten zu können. »Oh, du siehst wunderbar aus! Eine lebende Puppe! Du siehst besser aus als je zuvor, Mervin – weißt du das eigentlich?«

»Angela«, krächzte er. »Angela, um Himmels willen, ich dachte, du wärest...«

Sie lachte und schlug sich auf die Manteltasche. »Tot? Wetten, daß du das geglaubt hast? Mein Gott, wie lange ist das her? Fünfundzwanzig Jahre? Freust du dich, daß ich noch lebe, Schatz?«

Er sank auf einen Stuhl und schlug die Hände vor das Gesicht. »Ich habe dich nicht wiedererkannt. Du hast dich so verändert.«

»Glaubst du, das weiß ich nicht?« sagte sie glucksend. Betrübt massierte sie sich den Leib. »Ich weiß auch nicht, wie das gekommen ist. Ich meine – erinnerst du dich noch, wie schlank ich damals war, Mervin, als wir heirateten? Damals hast du immer gesagt, ich wäre dein Rehlein; weißt du noch?« Sie kicherte und wollte sich den Mantel ausziehen.

»Was machst du da?« fragte er bestürzt.

»Ich ziehe bloß meinen Mantel aus, Mervin.«

»Das geht nicht! Hier kannst du nicht bleiben, Angela!«

Sie lächelte. »Das darfst du nicht sagen, Mervin. Gott allein weiß, wie lange es gedauert hat, bis ich dich fand, Schatz, und jetzt willst du mich doch hoffentlich nicht einfach wieder wegschicken? Vergiß nicht, daß ich deine Frau bin.«

»Du bist nicht mehr meine Frau! Du hast mich verlassen – vor fünfundzwanzig Jahren!«

»Schon – aber das war ein Fehler von mir. Ich war damals noch ein Kind, und was wußte ich schon? Ich konnte es einfach nicht mehr ertragen, wie du dauernd mit dieser alten klapprigen Schreibmaschine in der lausigen Küche herumsaßest.«

»Hier kannst du nicht bleiben, Angela! Das geht auf keinen Fall!«

»Menschenskind, wenn ich an damals denke! Was war ich doch noch für ein einfältiges Kind, was, Mervin? Weißt du noch, wie ich dich immer drängte, du solltest dir eine Stellung suchen? Wie ich immer sagte, daß ich keine Lust mehr hätte, für dich mit zu verdienen, während du diese blöden Geschichten schriebst?«

»Du verstehst mich nicht«, sagte er verzweifelt. »Ich habe heute abend Gäste, Angela, wichtige Gäste. Sie können jeden Augenblick kommen.«

»Wer hätte damals gedacht, daß doch noch etwas aus dir wird? Ich bestimmt nicht. Deswegen habe ich dich auch verlassen, Mervin, das weißt du. Ich meine, wenn ich damals gewußt hätte, daß du einmal reich und berühmt...«

»Ich bin nicht reich!«

»Oho!« sagte die Frau und lachte kehlig. »Mach mir doch nichts vor, Mervin, schließlich lese ich auch Zeitungen. Mein Gott, als ich dein Bild in der Zeitung sah, wäre ich vor Verblüffung beinahe in Ohnmacht gefallen. Wieso nennst du dich jetzt eigentlich Kerwin? Und nicht nur Kerwin, sondern auch noch Drake? Was ist das für ein Name?« Sie tätschelte seine Schulter. »Das ist sicher einer, den du dir selbst ausgesucht hast, Mervin. Der alte hat mir sowieso nie richtig gefallen. Mervin Goff. Ich haßte es, wenn die Leute mich Mrs. Goff nannten.« Sie merkte, daß er ihren Koffer ansah und lächelte. »Du brauchst dich gar nicht aufzuregen. Ich hatte mir nur vorgenommen, ein paar Tage zu bleiben. Mein Gott, ich bin doch kein Dummkopf, Mervin; ich habe nie die Absicht gehabt, gleich ganz zu dir zu ziehen. Das hat noch Zeit, bis wir alles geregelt haben. Bis dahin habe ich mir eine eigene Wohnung besorgt, in der 48th Street, nur drei Querstraßen von hier entfernt.«

»Es gibt nichts zu regeln«, sagte er zähneknirschend. »Du hast mir gegenüber keine Ansprüche, Angela.« Er stand auf, ermutigt von ihrem versöhnlichen Ton. »Du warst es damals, die mich verlassen hat, und hätte ich dich finden können, wären wir schon lange geschieden. Also nimm jetzt deinen Koffer und verschwinde.«

Das war für sie das Zeichen, zu weinen. Es war ein fürchterlicher Anblick. Die dicken Tränen wuschen tiefe Rinnen in ihre gepuderten Backen. Ihr mächtiges Kinn zitterte, und ihr fleischiger Leib erbebte bei jedem Schluchzen.

»Angela, bitte«, stöhnte Kerwin.

»Ich verschwinde nicht!« winselte sie. »Wenn du mich hinauswirfst, werde ich wiederkommen. Ich werde dir das Leben schwer machen, Mervin, du wirst schon sehen!«

Er schlug eine Hand vor das Gesicht und drehte sich um, von quälenden Überlegungen wie gelähmt. Dann sah er sie wieder an und sagte: »Also gut; hör zu. Heute nacht kannst du hierbleiben, aber nur heute nacht. Morgen früh werden wir dann alles besprechen.«

»Ach, Mervin!«

»Rühr mich nicht an!« schrie er. »Geh sofort nach oben und in das erste Zimmer rechts. Das ist das Gästezimmer. Und ich wünsche, daß du dort bleibst. Ich wünsche nicht, daß du es auch nur für eine einzige Minute verläßt – verstanden? Ich habe heute abend sehr wichtige Gäste und möchte nicht, daß man auch nur dein Atmen hören kann!«

Sie nickte demütig. »Natürlich, Mervin.« Dann griff sie nach ihrem Koffer. »Diese Treppe hier?«

»Ja! Und vergiß nicht, was ich gesagt habe.«

»Nein, Mervin«, sagte sie.

Ergeben blickte sie ihn an; dann raffte sie ihren Mantel um die Hüften und stieg die Treppe zum oberen Stockwerk hoch. Er beobachtete das Verschwinden ihres gewaltigen Hinterteils, der formlosen Beine, an denen die Strumpfnähte verrutscht waren, und der breiten Schuhe mit den abgelaufenen Absätzen; dann schüttelte er wütend die Faust himmelwärts. »O Gott!« flüsterte er. »Wie konntest du mir so etwas antun?«

Er brauchte dringend einen Drink, und deshalb ging er zur Bar und goß sich ein Glas ein. Bis die Hausglocke wieder läutete, waren es drei Gläser geworden. Aber sie hatten ihn nicht gestärkt für den Anblick seiner Gäste: Martin Standish, den ergrauten Riesen der Verlagswelt; Tilda, die silberhaarige Königin, die seine Frau war; Sylvia, die farblose Nymphe und zugleich ihre Tochter; George Colton, den Lektor des Verlages Standish Publishing, der seine gescheiten Augen hinter der funkelnden und randlosen Brille verbarg; Grace, seine Frau, eine vollschlanke ehemalige Schönheit mit wissendem Lächeln. Zum ersten Mal, seit sein erster Roman vor drei Jahren angenommen worden war, spürte Kerwin, daß diese aalglatten, überaus gescheiten und weltlichen Leute eine ganz andere Rasse darstellten. Er gehörte nicht mehr zu ihnen; er war ein Schwindler – und das alles wegen jener Fleischmasse, die er oben in seinem Gästezimmer versteckt hatte.

Sie kamen herein, lachend und schwatzend, äußerten sich begeistert über dieses und jenes in seinem Wohnraum und waren so mit ihrem eigenen Witz und ihrer Unterhaltung beschäftigt, daß ihnen nicht auffiel, wie sehr er heute verändert war. Standish stürzte sich in die Wiedergabe der neuesten literarischen Anekdoten; Colton streute gelegentlich die letzten Verkaufszahlen von Kerwins Büchern ein. Mrs. Standish pries wortreich die Einrichtung des Raumes, während Sylvia fast ebenso wortreich Kerwin pries. Coltons Frau saß mit gefrorenem weisem Lächeln da und sagte nichts. Kerwin verteilte die Gläser; mechanisch lachte er über die Bonmots des Verlegers; ernsthaft nickte er, wenn Colton geschäftliche Dinge erwähnte. Nur Mrs. Colton, die stille, war aufmerksam genug, um zu fragen: »Ist irgend etwas los, Mr. Drake?«

»Was soll denn los sein?« sagte er lächelnd. »Natürlich nichts. Darf ich Ihnen nachgießen?«

»Ich hoffe nur, daß das, was ich hörte, nicht stimmt«, sagte Standish. »Über das Angebot, das Hollywood Ihnen gemacht hat, Kerwin. Erinnern Sie sich noch an Parkman, der damals *Escape Before Dawn* schrieb? Er hat seinerzeit nachgegeben, und letzte Woche erhielt ich von ihm einen Brief...«

»Das hast du Mr. Drake bereits erzählt«, sagte seine Frau und klopfte ihm leicht auf die Hand. »Auf deine alten Tage fängst du tatsächlich an, dich zu wiederholen, Martin.« Wieder einmal sah sie sich im Zimmer um. »Mein Gott, ich kann mich über diesen Raum gar nicht beruhigen, Mr. Drake. Ich hätte schwören können, daß alle Junggesellen in ständiger Unordnung leben. Welch ein Jammer!«

Colton lachte. »Mr. Drake macht den Eindruck eines sehr glücklichen Menschen, Tilda. Ich würde nicht versuchen, ihn zu ändern.«

»Trotzdem«, sagte Mrs. Standish seufzend und berührte mit den Fingerspitzen die dünne Wachsschicht, mit der ihr silbernes Haar fixiert war. »Müttern heiratsfähiger Töchter gegenüber finde ich so etwas äußerst ungerecht.«

»Aber Mutter!« sagte Sylvia Standish und wurde nicht nur rot, sondern lachte auch gleichzeitig. Schüchtern blickte sie zu Kerwin auf. »Wie Sie sehen, Mr. Drake, ist meine Mutter eine unverbesserliche Ehestifterin – besonders bei den Autoren meines Vaters.«

Mrs. Colton kicherte, aber ihre klugen Augen schienen sich immer noch über Kerwins Nervosität zu wundern. Er goß sich sein Glas voll. Langsam stieg der Alkohol ihm zu Kopf. Nach einer Weile konnte er sich endlich entspannen und vergaß beinahe den unwillkommenen Besuch, den er in seinem Heim beherbergte.

Die intime Party hatte gerade ihren Höhepunkt erreicht, als Grace Colton plötzlich in ihrem Sessel erstarrte und wie gebannt auf die Diele hinausblickte. Kerwin, der sich wortreich mit Sylvia Standish über die Bücher unterhielt, die sie als Kinder gelesen hatten, bemerkte es nicht. Als nächste erstarrte Mrs. Standish, wobei ihre Augen in dieselbe Richtung blickten. Die Gäste waren plötzlich verstummt, so daß Kerwin auf einmal feststellte, daß seine eigene Stimme als einzige noch zu hören war. Erstaunt sah er die anderen an und sagte: »Was ist denn? Was ist denn los?«

Dann folgte er der Richtung ihrer Blicke und sah das Weib, das langsam die Treppe herunterkam.

Sicherlich hatte Angela sich gelangweilt. Sie war es müde geworden. Gefangene des Gästezimmers zu sein, während von unten die verlockenden Geräusche der Party heraufdrangen. Daher hatte sie das einzige Kleid aus ihrem billigen Koffer geholt und sich hineingezwängt. Der Stoff war ein lebhaft roter Druck und das Kleid so eng, daß der seitliche Reißverschluß auf Halbmast stand. Ihr Make-up hatte sie dadurch aufgefrischt, daß sie einfach zwei weitere Schichten darüber gelegt hatte. Ihr Mund war eine klaffende, verschmierte Wunde, und ihre Augenwimpern waren schwarz und mit Tusche verklebt. Jeder Schritt, mit dem sie die mit einem Läufer belegte Treppe herunterkam, erschütterte ihren ganzen Leib.

Sylvia quietschte auf und schlug die Hand vor den Mund. »Um Himmels willen!« sagte sie gedämpft. »Was ist denn das?«

Mrs. Standish stand auf, und dasselbe tat ihr Mann. Colton und seine Frau waren zu überrascht, um etwas anderes zu tun, als die Erscheinung anzustarren und darauf zu warten, daß Kerwin sie aufklärte.

Angela hatte beinahe den Fuß der Treppe erreicht, als er endlich etwas unternahm. Er sprang auf und sagte: »Beruhigen Sie sich. Das ist nur meine Köchin – Angela, meine Köchin.«

Dann ging er mit schnellen Schritten in die Diele. »Angela!« sagte er.

Schmollend blickte sie ihn an und wich vor dem Zorn auf seinem Gesicht zurück. Wütend ballte er seine Hände, erinnerte sich jedoch rechtzeitig, daß er nicht allein war. Deshalb glättete er seine Züge, so daß sie einen würdigen, ruhigen Ausdruck annahmen, und sagte: »Angela, ich habe Ihnen doch befohlen, in der Küche zu bleiben, wenn ich Gäste habe. Ich möchte nicht, daß Sie ständig durch das Haus rennen.«

»Aber...«

»Das ist mir egal! Ich wünsche, daß Sie wieder in die Küche gehen und dort auf Ihren Freund warten. Haben Sie mich verstanden?«

Sie nickte einfältig und merkte, daß sie einen Fehler begangen hatte. Er zwang sich, eine Hand auf ihren fleischigen Arm zu legen und sie in Richtung Küche zu steuern. Als sie sich noch einmal umwandte, um zu protestieren, kniff er sie schmerzhaft in den Arm und schob sie durch die Pendeltür.

»Du bleibst jetzt hier!« sagte er. »Verstanden?«

»Ja«, flüsterte sie. »Es tut mir leid. Ich dachte nur...«

Er machte auf dem Absatz kehrt und ging wieder in den Wohnraum, wo er seine Gäste einfältig angrinste. »Die Geschichte tut mir leid«, sagte er. »Sie hat heute Ausgang; aber ich glaube fast, daß ihr Freund sie versetzt hat.«

»Mein Gott, habe ich mich erschrocken«, sagte Mrs. Standish und preßte ihre Hand auf den Busen. »Wie können Sie es nur ertragen, so etwas um sich zu haben, Mr. Drake?«

»Ach, Mutter«, sagte Sylvia. »Ich bin überzeugt, daß sie eine sehr gute Köchin ist.«

»Das stimmt tatsächlich«, sagte Kerwin, ergriff sein Glas und leerte es in einem Zug. »Sie kocht wirklich ausgezeichnet. An ihren Anblick gewöhnt man sich, wenn man einmal probiert hat, wie sie kocht. Ich habe sie schon seit Jahren.«

»Aha«, knurrte der Verleger. »Sie sind wirklich ein Glückspilz, Kerwin. Tilda gelingt es genausowenig, eine gute Köchin zu behalten, wie es mir gelingt, meine Autoren von Hollywood fernzuhalten.«

»Es ist wirklich ein schreckliches Problem«, sagte Mrs. Standish. »Sie haben keine Ahnung, wie schwierig Dienstboten heutzutage sind.«

»Ich glaube«, sagte Sylvia, »Mutter hat im letzten Jahr sieben Köchinnen gehabt, und jede war schlechter als die vorige. Wenn man mich fragen würde – das ist wahrscheinlich der Grund, daß Mr. Drake so gut aussieht.«

Kerwin wurde rot. »Ich habe nie viel darüber nachgedacht. Ich meine, da ich sowieso nur selten zu Hause esse.«

»Welch eine Verschwendung«, seufzte Mrs. Standish.

»Wir haben in letzter Zeit auch sehr viel auswärts gegessen«, sagte ihr Mann verstimmt. »Unsere neue Köchin hat nämlich eine Vorliebe dafür, mit Wein zu kochen. Allerdings verwendet sie den Wein nicht für die Gerichte.«

Alle lachten, und die Atmosphäre war wieder entspannt.

Eine halbe Stunde später ging Kerwin mit Standish und Colton in das Billardzimmer, während die Frauen zurückblieben und sich den neuesten Klatsch erzählen konnten. Mit Colton spielte er eine kurze Partie, während Standish seine Sammlung koptischer Wandteppiche bewunderte. Als das Spiel beendet war, setzten die drei sich in die Ledersessel und sprachen über das neue Buch, das Kerwin gerade begonnen hatte. Sowohl Verleger als Lektor waren von seinen Ideen angetan; als sie zu den Damen zurückkehrten, war Kerwin wieder einmal ein glücklicher Mensch.

Um halb eins, nachdem man sich an der Haustür verabschiedet hatte, marschierte er in die Küche. Angela saß am Tisch, zusammengesunken neben einer Tasse kalten Tees. Betrübt blickte sie auf.

»Ach, Mervin«, sagte sie.

»Laß das jetzt«, erwiderte er knapp. »Ich möchte, daß du nach oben gehst und deinen Koffer packst. Hier kannst du nicht bleiben, Angela.«

»Aber Mervin, wir haben doch noch nicht einmal über...«

»Es gibt nichts zu besprechen. Ich habe dir nichts mitzuteilen – es sei denn die Tatsache, daß du hier äußerst unwillkommen bist.«

Ihre Augen liefen über. »Du hast gesagt, ich sei deine Köchin«, sagte sie schnüffelnd. »Ich habe es genau gehört. Und jetzt denken alle, ich sei bloß deine Köchin.«

»Was hätte ich denn sonst sagen sollen?« erwiderte er beißend. »Daß du meine Frau bist?«

»Aber ich bin doch schließlich deine Frau!«

»Darüber möchte ich nicht sprechen! Ich wünsche, daß du verschwindest, und zwar sofort!«

Immer noch schluchzend stand sie auf und watschelte zur Tür. Er folgte ihr die Treppe hinauf und knallte die Tür des Gästezimmers hinter ihr zu. Als sie wieder erschien, in einem Straßenkleid und den kleinen Koffer in der Hand, blickte er sie angewidert an und weigerte sich sogar, ihr auf Wiedersehen zu sagen.

Dann war sie verschwunden.

Am nächsten Vormittag wachte er um zehn Uhr auf, und nach dem Kaffee trottete er in sein Arbeitszimmer zu der wartenden Schreibmaschine, während er zugleich versuchte, das bleierne Gefühl der Depression im Magen nicht zu beachten. Bei der ersten Berührung der Tasten floß jedoch Blei in seine Fingerspitzen und verhinderte, daß er irgendwelche Wörter zu Papier brachte. Er dachte an das Unheil, das der vergangene Abend ihm beinahe gebracht hatte, an das gräßliche Gesicht, das ihn an einen Wasserspeier erinnerte, und an den mißgestalteten Körper jener Frau, an die er gesetzmäßig gebunden war. Er konnte sich kaum daran erinnern, wie sie ursprünglich ausgesehen hatte, als sie achtzehn gewesen war; das schlanke gesichtslose Geschöpf, das er in seiner Jugend aus einem Impuls heraus geheiratet hatte, war in jener gewaltigen Ansammlung von Fleisch verschwunden und nicht mehr zu erkennen. In den vergangenen fünfundzwanzig Jahren hatte er sich immer nur vorübergehend erlaubt, an sie zu denken, und schließlich vernünftigerweise beschlossen, daß sie tot sei. Aber jetzt...

Das Telefon läutete. Dankbar für die Unterbrechung nahm er den Hörer ab.

»Mervin?«

»Laß mich in Ruhe!« schrie er. »Ich will nicht, daß du mich anrufst! Ich will von dir überhaupt nie wieder etwas hören!«

Darauf folgte eine Pause. Dann hatte die Stimme sich verändert. »Ich habe mir alles überlegt«, sagte sie in dünnem, verbittertem Tonfall. »Du hast nicht das Recht, mich so zu behandeln. Ich habe gesetzliche Ansprüche. Es wäre besser, wenn du zu mir kämst und wir alles besprächen.«

»Ich werde nicht kommen. Und du kommst ebenfalls nicht hierher!«

»Das wird dir noch leid tun, Mervin – das ist mein Ernst. Ich werde mich an die Presse wenden.«

»Angela – bitte!«

»Von mir lassen sich keine guten Aufnahmen mehr machen«, sagte sie kichernd. »Möchtest du gern, daß die Zeitungen ein Bild von mir neben deinem bringen, Mervin?«

Diese Vorstellung war entsetzlich. Er rang nach Atem. »Angela, sei doch vernünftig! Wir bedeuten uns doch gegenseitig nichts mehr. Wenn du von mir Unterstützung verlangst...«

»Es wäre besser, du kämst zu mir und wir würden alles besprechen, Mervin. Das ist mein Ernst.«

Er schüttelte den Hörer wie eine Keule. Dann sagte er: »Also gut – in einer Stunde bin ich da.«

»Meine Adresse ist 349 West«, sagte sie. »Oberstes Stockwerk.«

»Ich komme«, sagte Mervin.

Er legte den Hörer auf. Dann ging er zu seiner Schreibmaschine, zog den unbeschriebenen Bogen heraus und riß ihn in Fetzen. Er ging nach oben, duschte, rasierte sich und suchte irgendeinen Anzug heraus. Bevor er das Haus verließ, nahm er sein Scheckbuch aus der Schreibtischschublade und steckte einen Füllfederhalter in die Innentasche.

Eine gute Stunde war vergangen, als er vor dem Haus 349 West stand. Es war ein verkommenes Haus aus Sandstein. Ein halbes dutzendmal hatte er während des kurzen Weges seine Ansicht geändert, dann jedoch beschlossen, ihr fünftausend Dollar anzubieten; notfalls war er jedoch auch bereit, bis auf fünfzehntausend Dollar hinaufzugehen. Angela endgültig loszuwerden, war in Wirklichkeit sehr viel mehr wert.

Er stieg die knarrende Treppe bis zum obersten Stockwerk hoch; dort entdeckte er nur eine einzige Tür und klopfte leise. Als sich niemand meldete, rief er: »Angela? Ich bin es.«

»Einen Augenblick.«

Ungeduldig schnalzte er mit den Fingern. Als die Tür geöffnet wurde, versuchte Angela krampfhaft, den Morgenmantel über ihrem vorquellenden Bauch zusammenzuhalten, was ihr jedoch nicht gelang. Sie machte einen seltsam besorgten Eindruck, und ihre Augen blickten unruhig.

»Nun?« sagte er unwirsch. »Du hast doch darauf bestanden, daß ich herkäme, und jetzt bin ich da.«

»Ja, sicher. Komm herein, Mervin.«

Er betrat das Zimmer. Sie blieb an der Tür stehen und stützte sich auf die Klinke. Das Zimmer war genauso schmutzig und unordentlich, wie er es sich vorgestellt hatte; aber die Einrichtung interessierte ihn jetzt nicht. Er holte sein Scheckheft aus der Tasche und schraubte die Kappe seines Füllfederhalters ab.

»Wir wollen die Geschichte schnell hinter uns bringen«, sagte er barsch. »Ich weiß, was du von mir willst, und bin bereit, dir fünftausend Dollar zu geben.«

»Mervin, vielleicht sollten wir das bis nachher lassen.«

»Wir werden es jetzt sofort erledigen. Ich möchte die

Geschichte zum Abschluß bringen, Angela, verstanden?«
Er begann den Scheck auszufüllen, zögerte jedoch, bevor
er die Zahl hinschrieb. »Fünftausend – einverstanden?«
»Nein!« sagte sie. »Ich bin nicht damit einverstanden!«
»Zehntausend – das ist mein letztes Angebot«, knurrte
er. »Zehntausend, Angela, aber dann möchte ich nie mehr
etwas von dir hören.«

»Ich lasse mich nicht auszahlen! Ich bin keine Angestellte, Mervin; da kannst du sagen, was du willst. Ich bin
deine...«

»Fünfzehntausend«, sagte er mit geschlossenen Augen.
»Ich habe mir geschworen, daß ich dir mehr nicht zahlen
werde, Angela, und das ist also mein letztes Angebot.
Aber wenn du nicht willst, ist es mir egal. Dann werde ich
mich eben wehren. Ich werde dich wegen böswilligen Ver-
lassens anzeigen; es dürfte nicht schwer sein, von dir geschieden zu werden – darauf kannst du dich verlassen.«

»So?« Sie stützte die Hände dorthin, wo eigentlich ihre
Hüften sein sollten, und watschelte auf ihn zu. »Das würde
doch sicher nett aussehen, was? Ein berühmter Schriftsteller wie du, der einen Menschen wie mich verklagt!
Aber mich kannst du nicht an der Nase herumführen.
Ich weiß genau, was du denkst. Du kannst die Vorstellung
nicht ertragen, daß irgend jemand erfahren könnte, daß
ich deine Frau bin.«

»Ja«, sagte er. »Damit hast du recht, Angela. Dieser
Gedanke macht mich ganz krank.«

»Nun, du wirst es dir anders überlegen müssen. Es ist
schließlich die Wahrheit. So leicht wirst du mich nicht los,
Mervin. Ich bestehe auf meinen legalen Ansprüchen. Verstehst du? Ich will mein Recht!«

Er setzte sich auf die Bettkante und senkte sinnend den
Kopf. »Angela«, sagte er. »Hab doch Mitleid.«

»Ach, Mervin«, sagte sie.

Sie setzte sich neben ihn. Sie tätschelte sein hageres Gesicht. Sie war sehr vertrauensselig – eine dumme, ver-
trauensselige Person. Er legte einen Arm um ihre Schultern, und sie lächelte zufrieden. Dann hob er die andere
Hand und grub seine Finger in die fetten, schlaffen Falten

ihres Halses. Es war nicht leicht, die richtige Stelle zu finden, aber schließlich gelang es ihm. Sie versuchte, seine Hand wegzuzerren, hatte jedoch nicht mit der Kraft seiner Verzweiflung gerechnet. Hilflos gurgelte sie, während er sie rücklings auf das Bett stieß und dann nach dem Kissen aus gestreiftem Drell griff, das nicht einmal einen Überzug hatte. Er preßte das Kissen auf ihr Gesicht und war froh, dem Anblick ihrer fetten, erschrockenen Züge entronnen zu sein. Die Anonymität seines Opfers erleichterte ihm die Aufgabe; er drückte kräftiger auf das Kissen und hörte die erstickten Laute nicht mehr, die sie von sich gab. Ihr gewaltiger Körper wand sich und strampelte eine Weile, wurde dann jedoch schlaff. Sicherheitshalber hielt er das Kissen noch weitere dreißig Sekunden fest. Als er es wegnahm, waren ihre winzigen Augen geschlossen und ihr unförmiger Mund stand offen. Er hielt seine Hand darüber und spürte keinen Atem mehr.

Das Kissen immer noch in der Hand, richtete er sich auf.

Dann hörte er das Klicken der Klinke, und sein Blick wanderte zu der Tür, die sich einen Spalt geöffnet hatte. Es war die Tür des Badezimmers, von dem er allerdings nichts sehen konnte. Irgend jemand versperrte ihm die Aussicht.

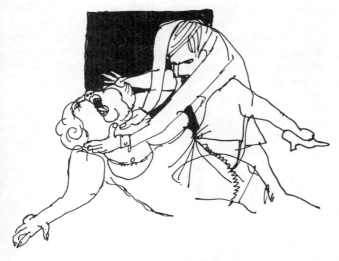

Mit einem Wutschrei packte er die Klinke und riß die Tür auf.

»Bitte nicht!« schrie Mrs. Standish und schlug die Hände vor ihr Gesicht. »Bitte tun Sie mir nichts!«

Wortlos starrte er sie an und konnte nicht fassen, was er sah. Er öffnete seinen Mund und stammelte ihren Namen. Vorsichtig schob sie sich in das Zimmer und wich langsam zur Korridortür zurück.

»Was machen Sie hier?« sagte er. »Um Himmels willen, was haben ausgerechnet Sie hier zu suchen?«

»Es tut mir so leid«, stammelte sie. »Oh, es tut mir so leid...«

»Warum sind Sie hier?«

»Ich – ich bin hergekommen, weil ich Ihre Köchin anstellen wollte. Ich weiß, daß man so etwas nicht tut. Aber gestern abend, als Sie und mein Mann nach oben gingen – da ging ich in die Küche und ließ mir ihre Adresse geben.«

Kerwin Drake schüttelte den Kopf.

»Es tut mir so leid«, sagte die Frau zitternd. »Ich weiß, daß es gräßlich von mir war. Als ich ihre Stimme draußen hörte, versteckte ich mich schnell im Badezimmer. Bitte tun Sie mir nichts, bitte. Ich wollte doch nur eine Köchin – eine Köchin...«

Ihre Hand fuhr zur Klinke. Mit einer blitzschnellen Bewegung riß sie die Korridortür auf und floh. Aber Eile hätte nicht not getan; Kerwin hatte sich ihr keineswegs drohend genähert. Dazu war er zu erschöpft. Er seufzte und ging zur Tür, da er zu dem Schluß gekommen war, daß der beste Ort, die Polizei zu erwarten, sein eigener Wohnraum sei.

Wer leistet mir Gesellschaft?

Für Julia Roman war die Liebe bis zu ihrem dreißigsten Lebensjahr ein Sport geblieben, bei dem sie lediglich Zuschauerin war. Dann lernte sie Marco Roman kennen und stürzte sich kopfüber und mit einem wilden Schrei der Ekstase in dieses Spiel. Sie waren zwar ein Liebespaar, aber nicht im Sinne einer Frauenzeitschrift. In ihrer Ehe gab es zuviel Leidenschaft und zuviel Doppelsinn. Wenn sie sich beispielsweise liebten, geschah dies ärgerlich und heftig, während ihre Streitereien voller Mitgefühl und Zärtlichkeit waren. Als Marco sich dann jedoch zu einem geschäftlichen Unternehmen mit seinen Brüdern Sam und Kenny zusammenschloß, so daß er auch nachts kaum mehr zu Hause war, erhielten ihre Streitigkeiten eine neue Note – das Jammern.

»Ach, Marco! Nicht schon wieder«, sagte Julia eines Morgens beim Frühstück. Sie zog die Zeitung, die er sich wie einen Schild vor das dunkle scharfe Gesicht hielt, herunter. »Das ist in dieser Woche schon der vierte Abend. Glaubst du eigentlich, ich sei völlig gefühllos?«

Er war verlegen, zog die Stirn kraus, rührte in der Tasse, suchte nach einer Zigarette und tat alles mögliche – nur antworten tat er nicht.

»Mein Gott, wenn du nur eine Ahnung hättest, wie einsam es in dieser Wohnung sein kann, wenn du erst spät nach Hause kommst. Ich meine, ich kenne hier doch fast niemanden.« (Das war ein alter Streitpunkt: Julia war erst vor kurzem aus Cincinnati, Ohio, gekommen.)

»Ich kann es nicht ändern, Schatz«, sagte Marco einfältig. »Du weißt, daß ich es nicht ändern kann. Sam und Kenny gegenüber wäre es nicht anständig, wenn ich ihnen die ganze Arbeit überlassen würde. Also nörgle nicht ständig, ja?«

»Ich nörgle gar nicht. Ich sage es dir bloß. Wenn du mir nur erlauben würdest, einen Hund oder irgendwas anzuschaffen. Damit ich jemanden zur Gesellschaft habe – mehr will ich doch gar nicht.«

»Du weißt genau, daß ich Hunde nicht ausstehen kann, Julia. Dann muß ich ständig niesen. Warum siehst du dir nicht das Fernsehprogramm an?«

»Ach, zum Teufel mit dem Fernsehen. Mit einem Holzkasten kann man nicht reden.«

Er tätschelte ihre Hüfte und stand auf. »Weißt du, du brichst mir richtig das Herz. Deswegen will ich dir was sagen: Heute abend bin ich gegen halb neun zurück.«

Sie hielt den Atem an. »Ist das dein Ernst?«

»Ich schwöre es. Halb neun, das wäre doch nicht übel. Und wie ist es mit einem Kuß? Nennst du das einen Kuß? Ich meine so einen!«

»O Marco!« quietschte sie.

Den ganzen Tag verbrachte sie damit, darüber nachzudenken, wie sehr sie ihn liebte. Um ihm das zu zeigen, verschönerte sie die Wohnung und sich selbst, wobei sie die meiste Zeit für das letztgenannte brauchte. Um halb neun zog sie ihr schönstes Negligé an und ging ins Wohnzimmer.

Um neun gab sie sich den strikten Befehl, nicht an den Worten ihres Mannes zu zweifeln. Sie stellte Kaffee auf das Feuer. Um halb zehn, als sie immer noch die Wohnungstür anstarrte, kochte er über. Der Kaffee war bitter – genauso wie schließlich auch Julia.

Um Viertel nach zehn nahm sie den pastellfarbenen Telefonhörer ab und hielt ihn unschlüssig in der Luft. Wen sollte sie anrufen? Sie hatte keine Ahnung, wo Marco zu erreichen war, und ihre Familie und ihre Freundinnen lebten in Cincinnati. Ärgerlich wählte sie eine Nummer.

»Mit dem letzten Ton des Zeitzeichens ist es zweiundzwanzig Uhr fünfzehn Minuten und vierzig Sekunden...«

Wütend warf sie den Hörer auf die Gabel und beglückte die vier Wände mit einem lauten und unmißverständlichen Fluch.

Dann lächelte sie; es war ein schmallippiges, rachsüchtiges Lächeln.

»Das geschieht dir recht, du Schuft«, sagte sie laut und nahm wieder den Hörer ab.

»Hier ist das Fernamt.«

»Ich möchte ein Ferngespräch mit Voranmeldung für Mrs. Cecilia Roman in Cincinnati, Ohio, Edgewood 2890 anmelden.«

Sie kicherte vor sich hin, während sie wartete. Das geschah ihm recht!

»Es tut mir leid, aber der Teilnehmer meldet sich nicht. Soll ich es später noch einmal versuchen?«

»Nein!« kreischte Julia. »Nein!« Dann legte sie den Hörer wütend auf. Es war elf.

»Ich hasse dich«, sagte sie zu dem Haus. »Ich hasse dich, du gemeiner Kerl, du Lügner!«

Lustlos ging sie zum Fernsehapparat und drehte an einem Knopf. Irgend etwas machte ›Piep‹, und mitten auf dem Bildschirm erschien ein heller Punkt, der sich dann jedoch in nichts auflöste. Sie lachte laut auf. Großartig! Ausgerechnet auch das noch! Nichts plus nichts plus nichts.

›Mein Gott!‹ dachte sie. ›Es ist hier so einsam...‹

Gegen Mitternacht betrat sie mit lauten Schritten das Schlafzimmer, zog ihr ›bestes‹ Negligé aus und statt dessen ihren praktischen Bademantel an. Als sie gerade mit dem linken Arm in den Ärmel fahren wollte, hörte sie vor dem Schlafzimmerfenster, vor dem die Feuerleiter hinunterführte, ein Geräusch. Deutlich definieren konnte sie es nicht: es war die Mischung aus Kratzen und Scharren. Vorsichtig blickte sie hinaus, aber das Licht, das sich in der Scheibe spiegelte, verhinderte, daß sie etwas erkannte. Sie knipste die Deckenlampe des Schlafzimmers aus und blickte noch einmal hinaus. Bis auf einen leeren Blumentopf, der auf der Feuerleiter stand, war nichts zu sehen.

Aber sie hatte ein Geräusch gehört. Eine Katze? Ein Schritt? Vielleicht ein Einbrecher? Diesen letzten Gedanken wurde sie nicht mehr los.

Sie kehrte in das Wohnzimmer zurück, eine Hand auf das hämmernde Herz gelegt. Dann setzte sie sich auf das Sofa und überlegte alle Möglichkeiten.

»Ach, verdammt«, sagte sie. »Ein Einbrecher kann es nicht gewesen sein.«

Dann kicherte sie.

»Immerhin hätte er mir wenigstens Gesellschaft geleistet.«

Auf Zehenspitzen schlich sie zur Schlafzimmertür und hatte den Bademantel mit den Fingerspitzen so weit hochgerafft, daß er nicht über den Boden schleifte.

»Juhuh!« sagte sie zu dem dunklen Zimmer. »Juhuh, Mister! Kommen Sie doch heraus und spielen Sie mit!«

Natürlich erhielt sie keine Antwort.

Dann aber hatte sie eine Idee. Es gab doch jemanden, den sie anrufen konnte, eine menschliche Stimme, die sie hören konnte. Also zurück zum Telefon.

»Hallo, Vermittlung? Verbinden Sie mich mit der Polizei.«

Bis zu dem Augenblick, da die Verbindung hergestellt wurde, steigerte sie sich in eine wahnsinnige Angst; aber dann meldete sich am anderen Ende eine ruhige, besänftigende männliche Stimme. Sie klang nett, melodisch, und beschwor das Bild eines hageren Gesichts sowie den Geruch nach aromatischem Tabak herauf.

»Sie sagen, daß sich unmittelbar vor Ihrem Schlafzimmer die Feuerleiter befindet, Mrs. Roman?«

»Ja, das stimmt. Und von dort habe ich auch das Geräusch gehört.«

»Aber es war nur ein Geräusch, nicht wahr? Ich meine, gesehen haben Sie nichts?«

»Nein«, sagte sie zögernd. »Richtig gesehen habe ich nichts.«

»Dann sind Sie sich also auch nicht ganz sicher, nicht wahr?« Die Stimme wurde vertraulich. »Ich versuche nicht, Sie abzuwimmeln, Mrs. Roman. Aber im Augenblick sind wir etwas knapp an Beamten und trotzdem verpflichtet, uns um jede gerechtfertigte Beschwerde zu kümmern.«

»Das verstehe ich«, sagte Julia schuldbewußt. »Vielleicht habe ich mich auch geirrt. Wissen Sie, ich bin nämlich ganz allein, und Sie können sich sicher vorstellen, wie es ist, wenn man allein ist: man bildet sich alles mögliche ein.«

»Ja, natürlich, das verstehe ich, Mrs. Roman. Wenn Sie

wieder irgend etwas hören oder sehen, rufen Sie mich ruhig an. Mein Name ist Parks«, sagte er fröhlich. »Lassen Sie sich dann gleich mit mir verbinden.«

»Vielen Dank«, sagte sie und hatte nur den einen Wunsch, daß er das Gespräch nicht abbreche. »Vielen herzlichen Dank...«

Dann aber war die Verbindung unterbrochen und sie wieder allein.

Um eins war sie auf Marco so wütend, daß sie in dem Durcheinander einer Kommodenschublade nach einem Bild von ihm suchte, es schließlich auch fand und zerriß. Um halb zwei wirkte die Leere der Wohnung so bedrükkend auf sie, daß sie sich am liebsten angezogen hätte und spazieren gegangen wäre. Dann fiel ihr jedoch etwas Besseres ein.

»Hallo, ist dort die Polizei? Können Sie mich bitte mit Mr. Parks verbinden?«

Seine Stimme klang herzlich. Und so nett. »Glauben Sie wirklich, jemanden gehört zu haben, Mrs. Roman?«

»Diesmal glaube ich es bestimmt, Mr. Parks. Ich habe

so entsetzliche Angst... Wäre es Ihnen nicht möglich, zu mir zu kommen – um einmal nachzusehen?«

»Aber...«

»Ich glaube, ich werde vor Angst noch wahnsinnig, Mr. Parks. Wenn Sie vielleicht für einen kurzen Augenblick herüberkommen würden!«

»Ich könnte eine Streife vorbei schicken, Mrs. Roman.«

»Nein – nein, bitte nicht«, sagte sie flehend. »Kommen Sie selbst, Mr. Parks, bitte.«

Eine Pause.

»Also gut«, sagte er, und diesmal klang seine Stimme nicht nur herzlich. »Verlassen Sie sich auf mich, Mrs. Roman. Ich bin in zehn Minuten da.«

Als sie merkte, was sie getan hatte, regte sie sich noch mehr auf als über jeden Einbrecher. Was würde Marco denken? Würde er eifersüchtig sein? Bei dieser Vorstellung kicherte sie und fühlte sich erheblich wohler.

Detektiv Parks traf um Viertel vor zwei ein. Für einen Mann, dessen Stimme an ein hageres und energisches Gesicht erinnerte, wirkte er deprimierend unauffällig. Er war nur etwa einen Zentimeter größer als Julia, und als er – im Gegensatz zu den Kriminalbeamten im Film – seinen Hut abnahm, wurde eine erhebliche Glatze sichtbar. Aber nette Augen hatte er, außerdem die beruhigende Stimme, und schließlich war er jemand, der ihr Gesellschaft leisten konnte.

»Haben Sie irgendwas von dem Einbrecher gemerkt, Mrs. Roman?« sagte er.

»Nein – nicht, seit ich Sie angerufen habe. Aber wenn Sie noch bleiben könnten...«

»Gemacht«, sagte er begeistert.

»Nur für kurze Zeit. Bis mein Mann nach Hause kommt.«

»Ihr Mann?« Sein Blick wurde betrübt. »Oh.«

»Eigentlich müßte er jeden Augenblick kommen«, sagte Julia schnell, um nicht einen falschen Eindruck zu erwecken. »Möchten Sie gern eine Tasse Kaffee?«

»Eine Tasse Kaffee wäre großartig«, erwiderte Detektiv Parks bedrückt.

Sie saßen am Tisch und unterhielten sich. Julia erzählte von dem Unterschied zwischen Ohio und New York. Mr. Parks saß da, den Blick starr auf den Kragen von Julias Bademantel gerichtet, als säße er in einem Theater und wartete darauf, daß der Vorhang sich öffnete. Ganz wohl fühlte sie sich zwar nicht, aber trotzdem war sie froh. Jetzt wollte sie nichts anderes, als daß Marco sie so vorfände. Ein schlechtes Gewissen sollte er haben, weil er sie alleingelassen hatte, eine Beute für jeden Einbrecher, Bettler oder Einsteigedieb. Sie wollte, daß er sich schämte, weil seine Frau gezwungen gewesen war, sich an die Polizei zu wenden, um dort Schutz zu finden.

Um Viertel nach zwei hörte sie, wie ein Schlüssel in das Schloß der Wohnungstür gesteckt wurde, und ihr Gesicht strahlte auf.

»Das ist er!« flüsterte sie, insgeheim triumphierend, und hüllte sich in boshafte Erwartung. »Das ist mein Mann!«

Im gleichen Augenblick kam er auch schon herein. Als er die beiden im Wohnzimmer sah, zog er unwillig die Stirn kraus. Julia stand auf, die Hand in die Hüfte gestemmt.

»Na? Da kommt unser ewiger Zigeuner. Marco, das ist Mr. Parks von der Polizei. Wäre er nicht gewesen, wäre ich vielleicht im Schlaf ermordet worden.«

Volle zehn Sekunden lang betrachteten Marco und der Kriminalbeamte sich prüfend. Dann rieb Parks sich das Kinn und sagte: »*Well!*« Kaum hatte er dieses Wort ausgesprochen, als Marco herumfuhr und mit einem Satz versuchte, die Wohnungstür zu erreichen. Parks, der überraschend beweglich war, sprang ihm nach und erwischte ihn noch am Mantel, bevor Marco verschwinden konnte. Dann zog Parks seinen Dienstrevolver aus dem Jackett und schwenkte ihn gebieterisch.

»Sind Sie verrückt?« kreischte Julia. »Haben Sie denn nicht verstanden? Das ist nicht der Einbrecher! Das ist mein Mann!«

»Schlimm für Sie, Lady«, sagte Parks, schwer atmend. »Aber das Foto Ihres Mannes hängt seit Tagen in allen Polizeirevieren. Seit fünf Wochen suchen wir ihn und seine beiden Komplicen schon.«

»Nein!« schrie Julia, als sie den Ausdruck bemerkte, der über Marcos Gesicht zog. »Nein«, sagte sie leiser und verängstigter, als sie an die Einsamkeit jener Nächte dachte, die von nun an vor ihr lagen.

Polizist für einen Tag

Achtzehntausend Dollar besaßen sie; aber nicht einen Cent konnten sie ausgeben. Davy Wyatt stapelte das Geld auf den Küchentisch, säuberlich gebündelt entsprechend dem verschiedenen Wert, saß dann einfach da und betrachtete es. Nach einer Weile ging dies Phil Pennick auf die Nerven.

»Hör endlich damit auf, Junge«, sagte der Ältere. »Du machst dich damit bloß fertig.«

»Glaubst du etwa, das weiß ich nicht?«

Davy seufzte und fegte die Geldscheine wieder in die nagelneue lederne Aktenmappe. Dann warf er sie achtlos auf seine Pritsche, um sich schließlich ebenfalls hinzulegen, wobei er die Hände hinter dem Kopf verschränkte.

»Ich gehe jetzt«, sagte Phil plötzlich.

»Wohin?«

»Ein paar Sandwiches und vielleicht auch eine Zeitung holen. Einen kleinen Spaziergang machen.«

Das Gesicht des Jungen wurde blaß. »Hältst du das für gut?«

»Hast du eine bessere Idee? Hör mal zu: Wir können in diesem Dreckloch doch nicht verfaulen.« Phil sah sich in der Einzimmerwohnung um, die seit zwei Tagen ihr Gefängnis war, und stieß einen Laut aus, der seinen Widerwillen nicht annähernd ausdrückte. Dann griff er nach seinem Jackett und zog es über.

»Es ist dein eigener Hals«, sagte der Junge. »Mir brauchst du nicht die Schuld zuzuschieben, wenn sie dich erwischen. Wenn dieses Weibsbild der Polente Bescheid gibt...«

»Halt den Mund! Wenn man mich erwischt, steckt dein Hals keine zehn Minuten später ebenfalls in der Schlinge. Also wünsche mir nicht Pech, Freundchen!«

Davy richtete sich sofort auf. »Du, mach keine Witze. Oder willst du etwa die Gelegenheit ausnutzen?«

Der Ältere lächelte. Das Lächeln milderte den grimmigen Ausdruck seiner Gesichtszüge nicht, sondern verschob lediglich die erstarrte Ausdruckslosigkeit, die das Ergebnis von drei Gefängnisstrafen war. Er stülpte einen leichten Hut auf seinen grauen Schädel und rückte ihn sorgfältig zurecht.

»Wir haben unsere Chance bereits genutzt«, sagte er, indem er die Tür öffnete. »Und was die Frau angeht – die überlaß man mir.«

Er zog die Achtunddreißiger aus der Schulterhalfter, überprüfte die Patronen und steckte sie wieder ein. Diese Bewegung war so beiläufig, so lässig, daß der Junge wieder einmal merkte, daß er mit einem Profi zusammen arbeitete.

Er schluckte trocken und sagte dann: »In Ordnung, Phil. Ich überlasse es dir.«

Auf der Straße wimmelte es von Kindern. Phil Pennick mochte Kinder gern – besonders in unmittelbarer Nähe eines Verstecks. Sie hielten die Polizei von rücksichtslosem Vorgehen ab. Wie ein Mann, der sich die Morgenzeitung oder ein Päckchen Zigaretten kaufen will oder zu einem Buchmacher geht, um seinen Einsatz zu machen, schlenderte er die Straße entlang. Niemand sah ihn zweimal an, obgleich sein Anzug eine Spur besser war als alle, die man in diesem Elendsviertel sehen konnte.

Davys letzte Worte waren ihm im Gedächtnis haftengeblieben. »Ich überlasse es dir...« Es war ziemlich leicht, den Jungen durch das Versprechen zu beruhigen, daß der alte Profi sie schon aus allen Schwierigkeiten herausbringen würde. Nur war der alte Profi sich diesmal nicht ganz sicher.

Gemeinsam hatten sie einen narrensicheren Beutezug geplant. Irgend etwas Einfaches, ohne großartige Vorbereitungen. Erforderlich war dazu nur der schmächtige Bote einer kleinen Bank in Brooklyn gewesen, die im Kolonialstil erbaut war; jene Art von Bankbote, der man nie mehr als ein paar Tausender anvertraut. Nur waren sie in doppelter Hinsicht überrascht worden. Einmal zeigte sich, daß der Bankbote ein ausgesprochener Raufbold war, und zweitens war die Beute, wie sie später merkten, erheblich größer gewesen, als sie sich hatten träumen lassen. Jetzt besaßen sie zwar das Geld, aber der kleine Botenjunge hatte dafür zwei Kugeln in der Brust. War er tot oder lebte er noch? Das wußte Phil nicht, und es interessierte ihn auch nicht. Noch eine Verhaftung und Verurteilung, und er war sowieso so gut wie tot. Er war nicht dazu geschaffen, lebenslänglich zu sitzen – dann schon lieber tot.

Aber das Geld hatten sie. Das war das Wichtigste. In den zwanzig Jahren, in denen er es immer wieder probiert hatte, war es Phil Pennick nicht ein einziges Mal gelungen, einen derartigen Fisch an Land zu ziehen.

Und es wäre ein wahrhaft großer Triumph gewesen, hätte die Polizei nicht die Zeugin gefunden. Diese Frau hatten sie erst entdeckt, als es schon zu spät war. Sie stand im Eingang eines Hauses in der Seitenstraße, wo sie ihr Unternehmen durchgeführt hatten. Honigblond war sie, und dazu eine Figur wie aus der 52nd Street und ein Paar scharfe Augen. Ihr Gesicht hatte sich keine Spur verändert, als Phil sie plötzlich entdeckte. Sie hatte ihn lediglich angeschaut, kühl, und beobachtet, wie der Bankbote auf dem Bürgersteig zusammensackte und versuchte, das Blut mit seinen Händen aufzuhalten. Dann hatte sie die Haustür hinter sich zugeschlagen.

Der Junge hatte ihr ursprünglich folgen wollen, aber Phil hatte nein gesagt. Die Schüsse waren laut gewesen, und er wollte kein weiteres Risiko eingehen. Sie waren in das wartende Auto gesprungen und sofort zu dem vorher vorbereiteten Versteck losgebraust.

Am Zeitungsstand blieb Phil stehen. Er kaufte Zigaretten, ein paar Schokoladenstangen und das *Journal*. Als er den winzigen Delikatessenladen betrat, las er gerade die Schlagzeile. Die Geschichte vom Überfall stand unten auf der ersten Seite. Sie enthielt nichts, was er nicht schon wußte. Die Honigblonde hatte also tatsächlich geredet. Und sie war bereit, die beiden Männer zu identifizieren, die den Bankboten erschossen hatten. Erschossen... Phil schüttelte den Kopf. ›Der arme Kerl‹, überlegte er.

Im Delikatessenladen kaufte er vier Sandwiches mit Roastbeef und ein halbes Dutzend Dosen Bier. Dann ging er zur Wohnung zurück und überlegte angestrengt.

Kaum hatte er die Wohnung betreten, als der Junge nach der Zeitung griff. Er fand die Geschichte und las sie gespannt. Dann blickte er auf, und das junge, runde Gesicht war vor Angst verzerrt.

»Was machen wir jetzt, Phil? Diese Frau kann uns an den Galgen bringen.«

»Reg dich nicht auf.« Er öffnete eine Dose Bier.

»Soll das ein Witz sein? Hör zu: Das erste, was die Polente tut, ist, daß sie dich sucht. Ich meine – wir wollen uns doch nichts vormachen, Phil –, aber diese Sache war in deinem Stil aufgezogen.«

Der Ältere runzelte die Stirn. »Und?«

»Und? Sie werden dich dieser Frau gegenüberstellen, und die schreit sofort Zeter und Mordio. Und was passiert dann mit mir?«

Phil zog seine Pistole heraus und fing an, sie zu reinigen.

»Ich werde ihr schon den Mund stopfen«, versprach er

»Aber wie? Wahrscheinlich wird sie von einer Million Polizisten bewacht. Die gehen kein Risiko ein. Bestimmt nicht! Wie willst du ihr also den Mund stopfen?«

»Ich habe einen Plan«, sagte Phil. »Du brauchst mir nur zu vertrauen, Junge. Kapiert?«

»Ja, aber...«

»Ich habe gesagt, daß du mir vertrauen sollst. Vergiß das nicht, Davy.« Er blickte seinen Partner fest an. »Und das alles wäre überhaupt nicht passiert, wenn du nicht einen nervösen Zeigefinger gehabt hättest.«

Sie aßen die Sandwiches, tranken Bier, und dann ging der Ältere zu der ledernen Aktenmappe und öffnete sie. Er holte ein dünnes Päckchen Banknoten heraus und steckte es in seine Brieftasche.

»He!« sagte Davy.

»Nun reg dich man bloß nicht gleich so auf. Für das, was ich vorhabe, brauche ich ein paar Dollar. Und bis ich zurück bin, überlasse ich es sogar dir, auf den Rest aufzupassen.« Phil zog sich das Jackett wieder an. »Komme aber nur nicht auf krumme Gedanken, Junge. Vergiß nicht, daß du das Zimmer nicht verlassen darfst, bevor ich

zurück bin. Und sollten irgendwelche Besucher kommen –
paß auf deinen nervösen Zeigefinger auf.«

»Klar, Phil«, sagte der Junge.

Phil brauchte ziemlich lange, bis er ein Taxi bekam. Als
er es endlich geschafft hatte, nannte er dem Fahrer die
Adresse eines Kostümverleihs in Manhattan, an der unteren Seventh Avenue.

Hinter dem Käfig mit den Milchglasscheiben im fünf-
ten Stock saß ein Mädchen, und dieses Mädchen war ziemlich hochnäsig.

»Ich möchte Marty Hirsch sprechen«, sagte Phil.

»Tut mir leid, aber Mr. Hirsch hat gerade eine Besprechung...«

»Mir gegenüber brauchen Sie nicht solchen Unsinn zu
faseln. Nehmen Sie den Hörer ab und sagen Sie ihm, ein
guter Freund aus Brooklyn Heights sei hier. Er weiß
dann schon, wer es ist.«

Das Mädchen zog die Nase kraus, telefonierte dann
aber doch.

Der Mann, der herbeigeeilt kam, um Phil zu begrüßen,
war klein und beleibt. Er war in Hemdsärmeln, und seine
Krawatte in den Farben eines Sonnenuntergangs hing ihm
gelockert um den Hals.

»Aha – Tag«, sagte er nervös und blickte zur Telefon-
vermittlung hinüber. »Vielleicht ist es besser, Phil, wenn
wir im Korridor reden. Ich habe nämlich einen Kunden
drinnen.«

»Was ist denn los, Marty? Schämst du dich etwa deiner
Freunde?«

»Bitte, Phil!«

Im Korridor sagte der Kostümverleiher: »Du weißt
doch, daß ich dir gesagt habe, du sollst nie hierherkom-
men!« Er wischte sich den Schweiß vom Gesicht. »Es sieht
nicht gut aus – für uns beide nicht. Wir sollten unsere Ge-
schäfte telefonisch erledigen.«

»Du kapierst nicht«, sagte Phil. »Ich will dir nichts Hei-
ßes verkaufen. Aus dieser Branche bin ich raus, Marty.«

»Ach? Und was willst du dann hier?«

»Ich möchte bloß, daß du mir einen kleinen Gefallen tust, Marty. Einem alten Freund.«

Die kleinen Augen verengten sich. »Welche Art von Gefallen?«

»Du hast doch eine große Uniform-Abteilung. Stimmt's?«

»Ja. Lauter Zeug von Heer und Marine. Und so ähnlich. Was suchst du also?«

»Eine Uniform«, sagte Phil leichthin. »Mehr nicht. Eine Polizei-Uniform. Nur gut muß sie sein.«

»Hör mal zu, Phil...«

»Mach es mir doch nicht so schwer, Marty. Dazu sind wir schon zu lange befreundet. Ich will einem meiner Freunde einen Streich spielen. Du kannst mir doch so was geben, nicht?«

Der Kostümverleiher zog nachdenklich die Stirn kraus. »Ich will dir mal was sagen. Ich habe hier ein paar Uniformen auf Lager. Nur sind sie nicht ganz neu, und Abzeichen sind auch nicht dran. Und Pistolen gibt es dazu auch nicht – verstanden?«

»Mach dir keine Sorgen. Eine Hundemarke habe ich selbst. Merkt man der Uniform was an? Ich meine, wenn ein anderer Polizist sie sieht?

»Nein, natürlich nicht. Damit kommst du überall durch. Das kannst du mir glauben.«

»Großartig. Dann bring sie her, Marty.« Der Mann machte ein verzweifeltes Gesicht, so daß Phil noch hinzufügte: »Um unserer Freundschaft willen, ja?«

Mit einem großen flachen Karton unter dem Arm trat Phil auf die Straße hinaus und hatte das Gefühl, endlich weiterzukommen. Dann winkte er ein Taxi heran und nannte ihm die Straßenkreuzung, wo Davy Wyatt den Bankboten erschossen hatte.

Es war zwar ein Risiko, aber es lohnte sich. Er wußte nicht, ob die Blondine sich ihre Füße auf einer Polizeiwache kühlte oder bis zu den Knien in Polizisten steckte, die das Haus, in dem sie wohnte, bewachten.

Die Antwort auf diese Frage fand er in dem Augenblick, als er aus dem Taxi stieg. Gegenüber, am anderen Straßenrand, stand ein Polizeiwagen, und zwei uniformierte Strei-

fenpolizisten unterhielten sich dicht neben dem Eingang des Hauses, in dem die Blondine wohnte.

Er blickte die Straße hinauf und hinunter, bis er entdeckte, was er suchte. Es war ein kleines Restaurant mit einer rotgestreiften Markise. Mit schnellen Schritten ging er hin und sah, daß es ANGIE'S hieß. Er warf einen Blick auf die Speisekarte, die im Fenster hing, und stieß die Tür auf.

Mit einem Blick musterte er den Raum, und alles sah günstig aus. Die Herrentoilette befand sich in einem Gang außerhalb des großen Speiseraums, und außerdem gab es einen Nebeneingang, den er benutzen wollte, wenn er sich umgezogen hatte.

Gäste waren nicht allzu viele da. Phil setzte sich an einen Tisch in der Nähe des Ganges und legte sein Paket auf den anderen Stuhl. Ein gelangweilter Kellner nahm seine Bestellung entgegen. Nachdem das Essen gebracht worden war, kaute Phil geduldig die pappigen Spaghetti. Dann zahlte er und verschwand in der Toilette.

In einer der Kabinen zog er sich blitzschnell um. Dann legte er seinen Anzug, den er ausgezogen hatte, in den Karton und schnürte ihn fest zu. Er steckte das Abzeichen an das Uniformhemd und schob die Achtunddreißiger in das Polizeihalfter.

Nachdem er das Lokal durch die Nebentür verlassen hatte, ließ er den Karton in eine der Mülltonnen fallen, die unmittelbar neben dem Ausgang standen.

Dann überquerte er unbekümmert die Straße und ging direkt auf das Wohnhaus zu.

»Tag«, sagte er zu den beiden Polizisten, die davor standen. »Habt ihr vielleicht Weber gesehen?« Weber war Lieutenant in diesem Bezirk, und Phil kannte ihn nur allzu gut.

»Weber? Nein, wieso? Soll er denn hier sein?«

»Ich dachte bloß. Ich bin vom vierten Bezirk. Vor einer Weile hat er bei mir angerufen. In der letzten Nacht haben wir jemanden aufgegriffen, der vielleicht zu den Kerlen gehören könnte, die ihr sucht.«

»Ich fresse einen Besen«, sagte einer der Polizisten. »Und was sollen wir tun?«

Phil schimpfte: »Ich weiß nicht mal, was ich selbst tun soll. Daß man mich einfach auf gut Glück hierher schickt! Angeblich sollte er hier sein.«

»Dann kann ich dir auch nicht helfen, Kollege.« Der andere Polizist gähnte mit aufgerissenem Mund.

»Ist sie oben in ihrer Wohnung?« fragte Phil beiläufig.

»Ja«, antwortete der zweite Polizist. »Sie hat sich hingelegt.« Er wieherte vor Lachen. »Ich hätte nichts dagegen, mich dazu zu legen.«

»Vielleicht sollte ich lieber mit ihr reden. Das Bild habe ich nämlich mitgebracht. Vielleicht kann sie mir was sagen.«

»Ich weiß nicht recht«, sagte der erste Polizist und kratzte sich im Genick. »Wir haben jedenfalls noch nichts davon gehört.«

»Laß doch«, sagte der zweite. Dann wandte er sich an Phil. »Sie wohnt in 4 E.«

»In Ordnung«, sagte Phil. Er ging zum Haus. »Wenn Weber auftaucht, sagt ihm, daß ich oben bin. Verstanden?«

»Verstanden.«

Er schloß die Tür hinter sich und blieb stehen, um einen Seufzer der Erleichterung auszustoßen. Dann betrat er den automatischen Aufzug und drückte auf den Knopf mit der Vier.

Im vierten Stock klopfte er leise an die Tür mit dem aufgemalten E.

»Ja?« Die Stimme der Frau klang müde, aber nicht verängstigt. »Wer ist da?«

»Polizei«, sagte Phil knapp. »Ich habe ein Bild für Sie mitgebracht, Lady.«

»Was für ein Bild?« Ihre Stimme war jetzt unmittelbar hinter der Tür.

»Von einem Kerl, den wir vergangene Nacht erwischt haben. Vielleicht ist es der, den wir suchen.«

Er hörte, wie die Kette ausgeklinkt wurde; die Tür wurde geöffnet. Von nahem besehen war die Blondine keineswegs so jung oder knusprig, wie er sie in Erinnerung hatte. Sie trug einen verblichenen Morgenrock aus irgendeinem schimmernden Stoff und hielt ihn mit der Hand vor der Taille zusammen, ohne besonders auf das weiße Fleisch zu achten, das dabei noch zu sehen war.

Phil trat ein und nahm seine Mütze ab. »Es wird nicht lange dauern, Lady.« Dann schloß er die Tür.

Sie kehrte ihm den Rücken zu und ging in das Zimmer. Ohne sich zu beeilen, knöpfte er das Halfter auf und zog die Pistole heraus. Als sie sich umdrehte, deutete der Lauf direkt auf sie. Sie öffnete zwar den Mund, aber nicht ein einziger Laut kam heraus.

»Ein Wort, und ich schieße«, sagte Phil gleichgültig. Er drängte sie gegen das Sofa und blickte dann flüchtig in das andere Zimmer hinüber. »Was ist da drüben?«

»Das Schlafzimmer«, sagte sie.

»Los.«

Bereitwillig ging sie auf seine Wünsche ein. Seinem Befehl entsprechend legte sie sich auf das Bett und lächelte spröde. Wahrscheinlich hatte sie sich ausgerechnet, daß er nicht ihren Tod, sondern etwas anderes von ihr wollte. Er ergriff ein Kissen und legte es ihr auf den Leib.

»Festhalten«, sagte er.

Sie hielt es fest. Dann stieß er die Pistole in das Kissen und drückte ab. Sie sah überrascht, ärgerlich und enttäuscht aus, und dann war sie tot.

Der Knall war zwar erheblich gedämpft worden, aber Phil wollte doch ganz sicher gehen. Er trat an das Fenster, das auf die Straße hinausging, und blickte hinunter. Die zwei Polizisten standen immer noch vor der Tür und unter-

hielten sich friedlich. Er lächelte, schob die Pistole in das Halfter und ging hinaus.

Ohne allzu großes Interesse sahen die Polizisten ihm entgegen.

»Na?« sagte der erste.

»Diese Weiber«, sagte Phil grinsend. »Behauptet, von nichts zu wissen. Weber wird ganz schön enttäuscht sein.« Er winkte mit der Hand. »Ich gehe jetzt zum Revier zurück. Bis später also.«

Sie sagten ebenfalls »Bis später« und nahmen ihre Unterhaltung wieder auf.

Phil ging um die Ecke. Am Taxistand sah er einen Wagen. Er stieg ein.

»Was ist denn nun los?« fragte der Fahrer grinsend. »Ist euch der Streifenwagen abhanden gekommen?«

»Kümmere dich um deinen eigenen Dreck!« Er nannte dem Fahrer die Adresse, lehnte sich still zufrieden zurück und dachte an das Geld.

Es dämmerte schon, als er wieder in die Gegend kam. Vier Querstraßen vor dem Haus, in dem ihre Wohnung sich befand, stieg er aus und ging den Rest zu Fuß. Einige Kinder aus dem Häuserblock pfiffen ihm wegen seiner Uniform nach, und er grinste.

Mit einem guten Gefühl ging er nach oben. Als er die Tür aufschloß, traf Davy ihn mit dem ersten Schuß in den Bauch. Phil hatte ihm nicht einmal mehr klarmachen können, daß er sich irrte, als die zweite Kugel ihn mitten in die Stirn traf.

Willkommen zu Hause

Jetzt war Beggs an der Reihe. Eine ganze Generation war erwachsen geworden, seit er hinter Gittern verschwunden war; aber jetzt öffneten sie sich wieder für ihn. Während er im Büro des Direktors stand und der Wollstoff des Zivilanzuges ihn kratzte, überlegte er: ›Den ersten, der zwanzig Jahre alt ist, werde ich anreden und sagen, Kind, werde ich sagen, ich bin jemand, den du in deinem ganzen Leben noch nie gesehen hast. Ich gehöre zu denen, die an nichts schuld sind, denn solange du lebst, habe ich gesessen. Zwanzig Jahre!‹

»Fünfzig sind noch kein Alter«, sagte der Direktor. Viele Menschen beginnen mit Fünfzig eine neue Karriere, Beggs. Lassen Sie sich nicht unterkriegen, denn Sie wissen, wohin das führt.«

»Wohin denn?« sagte Beggs verträumt; er wußte zwar die Antwort, wollte jedoch, daß das Gespräch noch weiterging – wollte irgend etwas, was den Augenblick hinauszögerte.

»Das wissen Sie selbst. Und Sie wären nicht der erste, zu dem ich heute Auf Wiedersehen und morgen Guten Tag sage.« Er räusperte sich und raschelte mit Papieren. »Wie ich sehe, haben Sie Familie.«

»Hatte«, sagte Beggs nicht ohne Bitterkeit.

»Ihre Frau hatte für Besuche nicht viel übrig, nicht wahr?«

»Ja.«

»Und das Geld, das Sie gestohlen haben...«

»Welches Geld?«

»Schon gut«, sagte der Direktor seufzend. »Jetzt erinnere ich mich wieder. Sie sind einer von den Unschuldigen. Na schön. Das ist die Sorte, die ich am liebsten weggehen sehe.«

Die Hand war ausgestreckt. »Viel Glück, Beggs. Ich hoffe, Sie finden draußen, was Sie sich erhoffen. Wenn ich könnte, würde ich Ihnen einen guten Rat mit auf den Weg geben.«

»Schon gut, Herr Direktor. Trotzdem vielen Dank.«

»Eines möchte ich Ihnen dennoch raten.« Er lächelte wohlwollend. »Färben Sie sich ihre Haare.«

»Danke«, sagte Beggs.

Er war draußen. Er wußte, daß Edith nicht auf der anderen Seite der Mauer warten würde; trotzdem blieb er stehen und blickte in beide Richtungen, um sich dann, keine zehn Meter vom Gefängnistor entfernt, auf einen Hydranten zu setzen und eine Zigarette zu rauchen. Über sich hörte er das unterdrückte Lachen eines Wächters, der auf der Mauer entlangging. Dann stand er auf und schlenderte zu der Bushaltestelle hinüber. Er setzte sich auf die hinterste Bank und betrachtete während der ganzen Fahrt in die Stadt sein weißes Haar, das sich im Fenster spiegelte. ›Ich bin ein alter Mann‹, überlegte er. ›Aber so ist es nun mal.‹

Den größten Teil seines Entlassungsgeldes hatte er in zwei Tagen verbraucht. Ein Teil ging für Unterkunft, neue Kleidung, Lebensmittel und Fahrgeld drauf. Als er den Bahnhof Purdy's Landing verließ, bot ein Taxifahrer ihm seine Dienste an. Er sagte ja und setzte sich neben den Fahrer.

»Kennen Sie die Cobbin-Farm?« sagte er.

»Keine Ahnung«, erwiderte der Taxifahrer. »Noch nie gehört.«

»Lag früher an der Edge Road.«

»Edge Road kenne ich.«

»Da will ich hin. Ich sage Ihnen dann, wo Sie halten sollen.«

In Sichtweite einer kleinen Siedlung sagte er zu dem Fahrer, er solle halten. Er zahlte, wartete dann jedoch, bis der Mann anfuhr, bevor er sich einem der Häuser näherte. Als der Wagen nicht mehr zu sehen war, verließ er wieder die Auffahrt und ging dann die Straße entlang. Nichts kam ihm bekannt vor, aber darüber machte er sich keine Gedanken. Alles ändert sich. Nur die geographische Länge und Breite bleibt. Und Steine bleiben auch.

Vor sich sah er den gezackten Rand des steinigen Ab-

hangs. Und da wußte er, daß er in der richtigen Gegend war. Er rutschte den kleinen Hang hinunter und hielt sich immer wieder fest, um nicht abzustürzen. Vor zwanzig Jahren war er gelenkiger gewesen. Am Fuß des Hangs befand sich ein dichtes Gehölz, und er ging hinein. Erst als er stolperte, sah er den nicht ganz runden Stapel von Steinen, den alten schwarzen Baumstumpf und die Stelle, wo er das Geld versteckt hatte.

Er begann, die Steine wegzuräumen. Es waren nicht viele. Er hatte keine Angst, daß sein Versteck während seiner Abwesenheit entdeckt worden war. Sein Vertrauen war genauso stark wie sein Glaube.

Es war da, immer noch im Lederkoffer, alles in bar, säuberlich entsprechend seinem Wert gebündelt, etwas feucht, aber immer noch wie neu aussehend und verwendbar. Er wischte den Koffer ab – neu hatte er vierzig Dollar gekostet – und schnalzte mit der Zunge, als er den Schimmel an den Ecken entdeckte. Aber er war immer noch stabil, und als er ihn am Griff hochhob, wog er ziemlich viel.

Mit dem Koffer in der Hand kehrte er zu der Straße zurück. Diesmal hielt er vor einem der Häuser und klopfte. Eine Frau machte die Tür auf und blickte zweifelnd auf seinen Koffer, als erwartete sie, daß ihr irgend etwas angedreht werden sollte; aber als sie sein schneeweißes Haar sah und seine Frage hörte, löste sich ihre Spannung. Ob er vielleicht ein Glas Wasser haben könnte? Natürlich. Und ob er, bitte, telefonieren und ein Taxi bestellen dürfte? Nur los, das Telefon sei gleich da drüben. Die Frau war nett, wenn auch nicht mehr ganz jung. Und es war ein Schock, als Beggs daran dachte, daß Edith jetzt ungefähr genauso alt sein mußte.

Bei Einbruch der Dunkelheit kam er in seine alte Gegend. Die roten Lichtflecken der Wohnungen taten nichts zu ihrer Verschönerung. Sie ähnelten dem Make-up einer Dirne. Viel hatte sich nicht verändert, fand er, höchstens zum Schlechteren. Verfall und Niedergang, eine neue, zwanzig Jahre alte Schmutzschicht auf Bürgersteig und Häuserwänden. Dann erst entdeckte er die Unterschiede: riesige Schaufenster bei dem Drugstore an der Ecke, eine Häuserlücke, wo früher das Süßwarengeschäft gestanden hatte, andere Nationalitäten bei den Straßengören und eine neue Leuchtreklame vor ›Mike's Bar and Grill‹. ›Lucky's‹ stand jetzt darüber, und wenn es aufflammte, flackerte und knackte das ›L‹, als wollte es im nächsten Augenblick durchbrennen.

Er ging in die Bar. In seiner Jugend, und selbst nach seiner Hochzeit, war er ziemlich oft hier gewesen. Aber nur die geographische Länge und Breite stimmte noch. Bei Mike war das Lokal solid eingerichtet und anständig beleuchtet gewesen, und der Mann hinter der Theke hatte immer Schweißperlen auf den Unterarmen gehabt. ›Lukky's‹ war etwas völlig anderes. Es war dunkel, zu dunkel für alte Augen, und mit Chrom und buntem Glas geschmückt: eine verdammte Cocktailbar. Und sogar Frauen waren da. Er sah ein schwarzes Kleid und eine Perlenkette und hörte hartes weibliches Lachen. Der Mann hinter der Theke trug eine weiße Uniform und hatte das Gesicht eines Frettchens. Mit der Kasse spielte er wie auf einer Hammondorgel.

»Bitte, Sir?« sagte der Mann hinter der Bar.

»Telefon?« sagte Beggs heiser.

Verachtung. »Da hinten.«

Er stolperte über irgend etwas, fing sich wieder und entdeckte die Telefonzelle. Unbeholfen blätterte er in dem Telefonbuch, wunderte sich über dessen Dicke, und der Dunst des Alkohols war so stark, daß ihm fast schwindlig wurde; seit zwei Jahrzehnten war kein Whisky seine Kehle hinuntergelaufen. Dann fand er ihren Namen, BEGGS EDITH, und die Nummer war zwar anders, aber die Adresse noch dieselbe. Aus Dankbarkeit, daß seine Frau so störrisch war und nichts geändert haben wollte, weinte er fast.

Er ging in die Zelle, klemmte sich den Koffer zwischen die Beine, holte fünf Cent aus der Tasche und merkte. daß die Gebühren sich ebenfalls geändert hatten. Er fand zehn Cent, steckte das Geldstück jedoch nicht in den Schlitz. Dazu zitterten seine Hände zu stark. Er konnte es nicht ertragen, konnte nicht in dieser gläsernen Zelle sitzen und dabei im Hörer eine Stimme von gestern hören, dünn und körperlos. Schwitzend trat er aus der Zelle.

An der Bar setzte er sich auf den Plüschhocker, stützte die Ellbogen auf die Theke und legte den Kopf in die Hände. Sonst saß niemand an der Bar. Der Barkeeper näherte sich ihm wie ein Vogel seiner Beute. »Was darf es sein?« sagte er einladend. »Sie sehen aus. als könnten Sie was gebrauchen, Freund.«

Beggs blickte auf. »Was ist mit Mike passiert?«

»Mit wem?«

»Bitte – bitte einen Whisky.«

Das Glas stand vor ihm, war bezahlt und milderte die Spannung zwischen ihnen. Der Barkeeper wurde freundlicher und sagte: »Meinen Sie Mike Duram? Dem die Bar früher gehörte?«

»Ja.«

»Einsachtzig unter der Erde«, sagte der Mann und deutete mit dem Daumen nach unten. »Vor etwa zehn Jahren. Seitdem hat das Lokal viermal den Besitzer gewechselt. Sind Sie ein Freund von Mike oder so?

»Ich kannte ihn«, sagte Beggs. »Vor langer Zeit.« Er

trank das Glas in einem Zuge aus, und wie eine Granate explodierte der Alkohol in seinem Kopf. Er hustete, krächzte, und beinahe wäre er vornüber auf die Mahagoniplatte gefallen. Der Barkeeper fluchte und brachte ihm ein Glas Wasser.

»Was soll das heißen, Sie Überkluger?« sagte er. »Wollen Sie mir etwa vormachen, mein Whisky sei nicht gut?«

»Tut mir leid; das ist seit langem der erste.«

»Das können Sie einem anderen weismachen.«

Beleidigt entfernte er sich. Beggs bedeckte sein Gesicht mit der Hand. Dann spürte er, wie jemand seinen Rücken berührte, und als er sich umdrehte, sah er die billigen kalkweißen Perlen und die schmale Kehle, die von einem tiefen schwarzen Ausschnitt begrenzt wurde.

»Tag, Alterchen. Hast du dich erkältet, oder was ist?«

»Nichts«, sagte er. Sie trat neben ihn und setzte sich auf den anderen Hocker, ein junges, blasses und hübsches Mädchen, dessen Haut noch weißer war als die falsche Perlenkette, die sie trug. »Ich bin es nur nicht gewöhnt«, sagte er. »Ich vertrage das Zeug nicht mehr.«

»Ihnen fehlt bloß etwas Übung«, sagte das Mädchen lächelnd. Dann merkte er jedoch, daß es nicht echte Freundlichkeit war; das Mädchen arbeitete hier. Er griff nach seinem Koffer. »Bleib noch ein bißchen, Alterchen. Mit einem Flügel kann man ja nicht fliegen.«

»Das verstehe ich nicht.«

»Trink noch einen. Diesmal wird er schon besser schmecken.«

»Das glaube ich nicht.«

»Ich will dir mal was sagen. Du bestellst dir einen und probierst es; wenn er dir nicht schmeckt, trink' ich ihn für dich aus. Das ist so ähnlich wie garantierte Rücknahme, nur kriegst du dein Geld nicht zurück.« Sie lachte vergnügt.

Er wollte sich weigern, aber dann konnte er es nicht ertragen, daß selbst das gespielte Lächeln wieder verschwand.

»Meinetwegen«, sagte er mürrisch.

Der Barkeeper tauchte wieder auf und hatte bereits alles

da. Er stellte zwei beschlagene Gläser vor sie hin und füllte beide bis zum Rand. Dann stellte er die Flasche vor Beggs und drehte sie so, daß er die Marke erkennen konnte. Gedemütigt grinste Beggs ihn flüchtig an. Die dünnen weißen Finger des Mädchens legten sich um das Glas und hoben es hoch.

»Auf dein Wohl«, sagte sie.

Beim zweiten ging es schon leichter. Es löste ihn zwar nicht, aber die Depression war doch leichter zu ertragen. Und dabei fiel ihm auch wieder ein, wozu ein Glas gut war. Schüchtern betrachtete er das Mädchen, das ihm auf die Schulter klopfte. »Netter Mann«, sagte sie freundlich und gönnerhaft. »Und so hübsches weißes Haar.«

»Sie trinken gar nichts«, sagte er.

»Genaugenommen mixe ich ihn mir lieber mit Bier. Könnten wir uns nicht an einen Tisch setzen?«

Beggs blickte zum Ende der Bar hinüber; der Barkeeper trocknete Gläser ab und schien zufrieden zu sein.

»Warum eigentlich nicht?« sagte er. Er ergriff den Koffer und kletterte vom Hocker. Sein Fuß war gefühllos, als er ihn aufsetzte, und er lachte. »Junge, was ist denn bloß los? Mein Fuß ist eingeschlafen.«

Sie kicherte und blickte seinen Koffer an. Dann hakte sie sich ein. »Mensch, du bist nett«, sagte sie. »Ich freue mich riesig, daß du gekommen bist.«

Er war im Arbeitssaal des Gefängnisses, die Maschinen dröhnten, sein Körper war vor Müdigkeit ganz steif, und sein Kopf schmerzte. Er legte ihn auf die kühle Oberfläche der Drehbank, aber der Wächter schüttelte ihn an der Schulter. »Aufwachen, Mensch!«

»Was ist los?« sagte Beggs und hob den Kopf von der Tischplatte. Seine Hand hielt das Glas immer noch fest, nur war es leer. »Was haben Sie gesagt?« fragte er.

»Aufwachen«, knurrte der Barkeeper. »Wir sind kein Hotel. Ich muß jetzt schließen.«

»Wie spät ist es denn?« Er richtete sich auf, und in seinen Ohren dröhnten Glockenschläge. In seinen Fingerspitzen stach es, und sein Mund war völlig ausgedörrt. »Ich muß eingeschlafen sein«, sagte er.

»Es ist schon nach eins«, sagte der Barkeeper. »Gehen Sie nach Hause.«

Beggs blickte über den Tisch. Der Stuhl ihm gegenüber war leer. Er griff nach unten und faßte ins Leere. »Mein Koffer«, sagte er ruhig.

»Ihr was?«

»Der Koffer. Vielleicht habe ich ihn an der Bar stehenlassen...« Er stand auf, stieß gegen die Stühle und drängte sich hindurch. »Irgendwo muß er doch sein«, sagte er. »Haben Sie ihn nicht gesehen?«

»Hören Sie mal zu, Freundchen...«

»Mein Koffer«, sagte Beggs ganz deutlich und stellte sich vor den Mann. »Ich will meinen Koffer haben, verstanden?«

»Ich habe keinen Koffer gesehen. Aber wenn Sie mich beschuldigen wollen...«

»Das Mädchen, mit dem ich zusammen saß. Das hier arbeitet.«

»Hier arbeiten keine Mädchen, mein Freund. Sie scheinen sich eine falsche Vorstellung von meinem Lokal zu machen.«

Beggs packte den Mann am Jackettaufschlag, wenn auch nicht allzu kräftig. »Halten Sie mich nicht für dumm«, sagte er. Er lächelte sogar. »Ich mache keinen Spaß. Ich bin ein alter Mann. Sehen Sie mein weißes Haar? Was haben Sie mit dem Koffer gemacht? Wo ist das Mädchen?«

»Mister, damit es ein für allemal klar ist!« Der Barkeeper zog seine Hand weg. »Ich habe Ihren verdammten

Koffer nicht gesehen. Und Mädchen arbeiten hier nicht. Wenn man sie beklaut hat, ist das Ihre Angelegenheit und nicht meine.«

»Du Lügner!«

Beggs ging auf ihn zu. Es war kein Angriff; seine Arme waren bittend und nicht drohend ausgebreitet. Er brüllte den Mann an, der jedoch verächtlich zurückwich. Er folgte ihm, und der Mann drehte sich um und sagte irgend etwas Gemeines.

Dann fing Beggs an zu schluchzen, und der Barkeeper seufzte verdrossen und sagte: »Das reicht – jetzt ist Schluß.« Er packte Beggs' Arm und schob ihn in Richtung Tür. Unterwegs nahm er den Mantel vom Haken und warf ihn Beggs über die Schulter. Beggs brüllte, blieb jedoch nicht stehen. An der Tür versetzte ihm der Barkeeper noch einen Schubs, so daß Beggs plötzlich auf der Straße stand. Hinter ihm wurde die Tür zugeknallt und verriegelt, und Beggs schlug mit der Faust dagegen, aber nur ein einziges Mal.

Er stand auf dem Bürgersteig und zog seinen Mantel an. In der Tasche waren noch Zigaretten, aber völlig zerdrückt und nicht mehr zu rauchen. Er warf das zerknitterte Päckchen in den Rinnstein.

Dann ging er.

An die Treppe konnte er sich noch erinnern. Insgesamt waren es drei Treppen, die ihm nichts ausgemacht hatten, als er jung und frisch verheiratet gewesen war und Edith oben auf ihn wartete. Steiler waren sie allerdings, wenn er nach einem Tag ohne Arbeit bei Mike getrunken hatte. Jetzt waren sie ein endloser, ein hölzerner Mount Everest. Er schnaufte, als er vor der Wohnungstür stand.

Er klopfte, und nach kurzer Zeit öffnete eine Frau, die Ediths Mutter hätte sein können, die Tür. Aber es war Edith selbst. Sie starrte ihn an und strich sich die gelbgrauen Haarsträhnen aus dem Gesicht; eine knochige Hand drehte an dem herabhängenden Knopf des fleckigen Morgenmantels. Er war nicht sicher, ob sie ihn erkannte und sagte deshalb: »Ich bin Harry, Edith.«

»Harry?«

»Es ist schon spät«, murmelte er. »Es tut mir leid, daß ich so spät komme. Sie haben mich heute freigelassen. Darf ich vielleicht reinkommen?«

»O mein Gott«, sagte Edith und schlug die Hände vor das Gesicht. Fast dreißig Sekunden lang bewegte sie sich nicht. Er wußte nicht, ob er sie anrühren sollte oder nicht. Unruhig trat er von einem Fuß auf den anderen und fuhr sich mit der Zunge über die ausgetrockneten Lippen.

»Ich habe fürchterlichen Durst«, sagte er. »Könnte ich vielleicht ein Glas Wasser haben?«

Sie ließ ihn in die Wohnung. Das Zimmer lag im Dunkeln. Seine Frau knipste die Tischlampe an. Dann ging sie in die Küche und kam mit einem Glas Wasser zurück. Sie reichte es ihm und er setzte sich, bevor er trank.

Als er ihr das leere Glas zurückgab, lächelte er schüchtern und sagte:

»Danke. War ich vielleicht verdurstet!«

»Und was willst du, Harry?«

»Nichts«, sagte er ruhig. »Nur ein Glas Wasser. Mehr kann ich von dir wohl auch nicht erwarten, nicht?«

Sie entfernte sich von ihm und strich sich dabei über das Haar. »Mein Gott, sehe ich schrecklich aus. Warum konntest du mir nicht vorher Bescheid geben?«

»Es tut mir leid, Edith«, sagte er. »Aber jetzt gehe ich wohl lieber.«

»Wohin?«

»Keine Ahnung«, sagte Beggs. »Darüber habe ich noch nicht nachgedacht.«

»Hast du niemanden, wo du hingehen kannst?«

»Nein.«

Sie brachte das leere Glas in die Küche und kam dann wieder zurück. In der Tür blieb sie stehen, verschränkte die Arme und lehnte sich gegen den Rahmen.

»Du kannst hierbleiben«, sagte sie einfach. »Wenn du nicht weißt, wo du hinsollst, kann ich dich nicht wegschicken. Das könnte ich nicht einmal bei einem Hund. Du kannst auf der Couch schlafen. Willst du?«

Er strich mit der Handfläche über das Kissen.

»Diese Couch«, sagte er langsam. »Ich schlafe lieber auf dieser Couch als in einem Palast.« Er sah sie an, und sie weinte. »Ach, Edith«, sagte er.

»Kümmere dich nicht um mich!«

Er erhob sich und trat zu ihr. Dann legte er seine Arme um sie.

»Einverstanden, wenn ich bleibe? Ich meine nicht nur heute nacht?«

Sie nickte.

Beggs preßte sie an sich, und es war die Umarmung eines jungen Liebhabers. Edith mußte gemerkt haben, wie komisch es wirkte, denn sie lachte gebrochen und wischte sich mit dem Handrücken eine Träne aus dem Gesicht.

»Mein Gott, an was ich nur alles denke!« sagte sie. »Harry, weißt du eigentlich, wie alt ich bin?«

»Das ist mir egal...«

»Ich bin eine Frau mit einer erwachsenen Tochter. Harry, du hast deine Tochter noch gar nicht gesehen.« Sie machte sich von ihm los und ging zu einer geschlossenen Schlafzimmertür. Sie klopfte, und ihre Stimme zitterte. »Harry, du hast Angela noch nie gesehen. Sie war noch ein Baby, als du... Angela! Angela, wach auf!«

Im nächsten Augenblick öffnete sich die Tür. Das blonde Mädchen in dem weitgeschnittenen Nachthemd gähnte und blinzelte. Sie war hübsch, machte aber ein böses Gesicht.

»Was ist denn los?« sagte sie. »Was soll das Geschrei?«

»Angela, ich möchte dich mit jemandem bekannt machen, mit jemand besonderem!«

Edith schlug die Hände zusammen und blickte Beggs an. Beggs blickte das Mädchen an und lächelte einfältig und verwirrt. Aber lange hielt das Lächeln nicht vor. Edith sah, wie es wieder verschwand, und stieß einen Laut der Enttäuschung aus. Sie blickten sich an, der alte Mann und das Mädchen, und Angela zerrte nervös an der Kette aus billigen kalkweißen Perlen, die sie immer noch trug.

Hüte und Schachteln

Unterscheiden Sie zwischen Halswirbeln, Brustwirbeln, Lendenwirbeln und Kreuzbein.‹ In Ordnung, sagte sich Perry Hatch, der über das Prüfungsformular gebeugt war, und griff mit der Hand nach unten, um sich am Knöchel zu kratzen. Dabei zog er den Zettel hervor, den er in der Socke versteckt hatte, und blickte dann hoch, um zu sehen, was Professor Jarvis tat. Wie gewöhnlich atmete der Professor durch den geöffneten Mund, und seine Augen schienen durch die dicke Brille ins Leere zu starren.

Es war kinderleicht. Die Antwort auf die nächste Frage wußte er, ohne den Zettel zu Rate ziehen zu müssen. Die dritte war allerdings schwieriger, und wieder juckte sein Knöchel.

»Mr. Hatch!«

Der Kopf des jungen Mannes fuhr bei diesem plötzlichen Ruf hoch. Wie ein von Motten zerfressener Mähnenlöwe stürzte Professor Jarvis sich auf sein Opfer, während die Rockschöße hinter ihm her flatterten. Perry umklammerte immer noch den Zettel, als der Professor sein Handgelenk packte.

»Fallen lassen!« donnerte Jarvis. »Sofort fallen lassen!«

Perry ließ den Zettel fallen; der Professor hob ihn auf und fand seinen Verdacht bestätigt. Dann fegte er das Prüfungsformular vom Schreibtisch des Studenten. »Sie können aufhören«, sagte er barsch. »Bleiben Sie sitzen, bis die anderen fertig sind, und warten Sie nachher hier.«

»Aber Herr Professor...«

Jarvis machte kehrt und ging zum Katheder zurück. Die graue Farbe seiner Wangen war verschwunden. Immerhin hatte er dem alten Leichnam wenigstens wieder etwas Leben eingeblasen, überlegte Perry trocken.

Als die Stunde vorüber war, warf niemand auch nur einen Blick auf den in Ungnade gefallenen Perry – nicht einmal Dino, sein Freund. Mit der Arroganz des Alters saß Jarvis da und raschelte mit Papieren, als der Raum leer war. Zehn Minuten dauerte es, bis er Perry aufforderte, nach vorne zu kommen.

»Warum haben Sie gemogelt?« fragte er verächtlich.

»Ich habe nicht gemogelt«, sagte Perry. »Ich meine – nicht die ganze Zeit. Nur auf die eine Frage war ich nicht vorbereitet. Das ist alles.«

»Sie geben also zu, daß Sie auf frischer Tat ertappt worden sind!« Jarvis putzte sich mit einem riesigen Taschentuch die Nase. »Ich hasse Mogeln und Lügner, Hatch. Für so etwas ist an der Universität kein Platz.«

»Aber Sie können mich doch nicht...«

»Sie brauchen mir nicht zu erklären, was ich kann und was nicht! Bei wie vielen Prüfungen haben Sie bereits abgeschrieben?«

»Bei keiner, Herr Professor. Das schwöre ich!«

»Ob der Dekan das glauben wird, bezweifle ich.«

»Bitte, Herr Professor!«

Jarvis schlurfte zur Tafel und begann mit wütender Konzentration, sie sorgfältig abzuwischen. Dann drehte er sich um.

»Ich werde Sie nicht anzeigen, Hatch. Für einen Studenten ist das Semester noch nicht weit genug fortgeschritten, um in Schwierigkeiten zu kommen.«

»Das finde ich großartig von Ihnen...«

»Allerdings habe ich nicht die Absicht, Ihnen diese Unehrlichkeit durchgehen zu lassen. Deshalb werde ich noch heute abend Ihrem Vater schreiben.«

»Meinem Vater? Weshalb?«

»Ich habe festgestellt, daß mein Einfluß häufig nicht so groß ist wie der der Eltern«, sagte Jarvis eisig. »Deshalb beabsichtige ich, mir von ihnen helfen zu lassen, damit Sie Disziplin lernen. Das ist alles, Mr. Hatch.«

Jarvis wollte zur Tür gehen; Perrys Hand klammerte sich an seinen Ärmel. »Herr Professor, einen Augenblick! Sie kennen meinen Vater nicht. Ich meine, wie er sein kann...«

»Ich hoffe, daß er sehr, sehr streng ist.«

»Er wird mich umbringen! Er wird mir kein Geld mehr schicken!«

136

Jarvis riß seinen schäbigen Ärmel los und marschierte in feierlicher, unbeirrbarer Gerechtigkeit aus dem Zimmer.

Dino wartete vor dem Standbild des Generals, als Perry den Hof betrat. Dinos Haar war kurzgeschoren, so daß sein Schädel rund wie eine Melone war, und sein Gesichtsausdruck war fast genauso nichtssagend. Perry, ein gutaussehender Junge mit einem eigensinnigen Mund, wurde noch störrischer, als Dino ihn nach dem Gespräch mit dem Professor fragte.

»Dieser alte Gauner«, knurrte Perry. »Er sagt, er will meinem Alten schreiben. Mensch, ich sehe förmlich, wie der in die Luft geht.«

»Mann, das ist aber ziemlich hart.«

»Warum hackt er eigentlich dauernd auf mir herum? Warum ist er so gemein?«

Dino lachte unterdrückt. »Du weißt doch, was man sich über ihn erzählt, Perry. Über die Art, wie er von seiner Frau behandelt wird. Mensch, so was von Pantoffelhelden gibt es nur einmal.«

»Darauf gehe ich jede Wette ein. Jeden Abend macht die alte Hexe ihm die Hölle heiß, und dann läßt er es an uns aus.«

»Weißt du noch, was letztes Jahr los war? Als sie ihn aus dem Haus jagte und er im Hotel Reo übernachten mußte?« Dino kicherte. »Mensch, war das eine Sache! Weißt du noch, wie er am nächsten Tag von allen aufgezogen wurde?«

»Hoffentlich macht sie ihm heute abend das Leben zur Hölle.«

»Da hast du Pech«, sagte Dino. »Sie ist nämlich nicht da. Vor einigen Monaten fuhr sie weg, um ihre Schwester oder irgendwelche Leute zu besuchen, und ist bis jetzt nicht zurückgekommen.«

»Zu schade«, brummte Perry. »Jetzt habe ich nichts, worauf ich mich freuen kann – ausgenommen das Geld, das mein Vater mir nicht mehr schicken wird.«

»Menschenskind«, sagte Dino ehrlich besorgt, »wenn du nun zum Professor gingest...«

»Was soll das für einen Sinn haben?«

»Wenn du deinen Stolz hinunterschluckst, dich bei ihm entschuldigst...«

»Glaubst du ehrlich, daß es einen Sinn hat?«

»Vielleicht wirst du vor ihm ein bißchen im Staube kriechen müssen. Aber das ist immer noch besser, als kein Geld mehr zu bekommen. Stimmt's? Los, geh heute abend zum Professor! Wenn du willst, komme ich mit.«

»Ist das dein Ernst?«

»Klar«, sagte Dino und klopfte ihm auf den Rücken. »Jetzt gehen wir erst mal einen Happen essen, und dann kannst du deine Ansprache proben. Übrigens – kannst du vielleicht für mich bezahlen? Ich bin nämlich völlig blank.«

Abends war die Universität die kleinste aller Kleinstädte: In den winzigen Wohnungen, die sich am Rand des Areals befanden, wurde es zeitig dunkel. Das Haus von Professor Jarvis war lediglich ein Bungalow mit einem kleinen Rasen davor und auf beiden Seiten von Nachbarn eingerahmt. Als Perry und Dino näher kamen, sahen sie das gelbe Licht, das das Arbeitszimmer erhellte. Durch das große Vorderfenster konnten sie den mit Büchern vollgestopften Raum deutlich erkennen: Der Schreibtisch war mit Papieren, Handbüchern und sonstigen Dingen bedeckt. In einer Ecke hing ein Skelett, in einer anderen eine zerknitterte anatomische Tafel. Auf dem Kaminsims stand verloren ein mottenzerfressener Elchkopf. Das alles konnten sie von der Straße aus sehen; aber der Professor war nicht im Zimmer.

»Los, komm weiter«, flüsterte Dino. »Gehst du jetzt rein oder nicht?«

Perry zögerte und biß sich auf die Lippen. »Was soll das für einen Sinn haben? Du kennst doch den alten Kerl. Er wird mich nur wieder anbrüllen.«

»Du bist ein Feigling«, sagte Dino höhnisch. »Mehr bist du nicht.«

»Darum geht es gar nicht! Außerdem ist er nirgends zu sehen.«

In der unmittelbaren Umgebung des Hauses ertönte ein

scharrendes Geräusch; beide fuhren erschrocken zusammen und verschwanden schuldbewußt im Schatten.

»Was war das?«

»Woher soll ich das wissen?« sagte Dino kläglich.
»Gehst du jetzt endlich hin?«

»Ich glaube fast, er kommt raus!«

»Das Geräusch kam von hinten. Wahrscheinlich eine Katze.«

Vorsichtig schlich Perry sich zur Rückseite des Hauses, in dem der Professor wohnte, während Dino ihm mürrisch folgte. Als er den gelben Lichtschein sah, der in den Hof fiel, zog er Dino beiseite und drückte sich flach an die Wand. Sie hörten das Schlurfen von Schritten, und beide erkannten den schweren Schritt von Professor Jarvis auf der hinteren Treppe. Das nächste Geräusch war ein metallisches Klappern, und als Perry vorsichtig um die Ecke blickte, sah er, wie der alte Mann den Deckel eines Mülleimers hochhob. Es war ein einfacher und keineswegs ungewöhnlicher Vorgang, aber der Gegenstand, der in die Mülltonne gelegt wurde, war ungewöhnlich: Es war ein großer runder Pappkarton, immer noch mit einem rosafarbenen Band säuberlich verschnürt. Jarvis schob ihn in den Mülleimer und klappte den Deckel wieder zu. Anschließend schlurfte er zum Haus zurück und schloß die Tür.

»Hast du das gesehen?« flüsterte Perry.

»Was gesehen? Er hat doch bloß irgendwas weggeworfen.«

»In einem Karton? Mit einem Band verschnürt?«

»Wenn er eben so ordentlich ist.«

Verächtlich schnaubte Perry durch die Nase und packte Dinos Arm. »Los«, sagte er. »Das wollen wir uns mal ansehen.«

»Aber Perry...«

»Komm jetzt!«

Auf Zehenspitzen schlichen sie zur Rückseite des Hauses. Mit spitzen Fingern hob Perry vorsichtig den Deckel des Mülleimers, und Dino zog die runde Schachtel heraus, die auf dem übrigen Müll lag. Dann ließ Perry den Deckel

139

geräuschlos wieder herunter, und sie gingen zur Straße zurück.

Den Inhalt der Schachtel untersuchten sie erst, als sie mehr als sechs Querstraßen vom Wohngebiet entfernt waren. Sie hockten in der Halle eines der Schlafgebäude, und Perry stellte den Karton auf einen Heizkörper. Bevor er jedoch das rosafarbene Band aufknotete, sah er Dino eine Weile mit völlig starrem Gesichtsausdruck an.

»Einen Moment«, flüsterte er. »Mir ist gerade etwas eingefallen.«

»Was denn?«

»Hast du nicht gesagt, daß die Frau des Professors schon eine ganze Weile weg ist?«

»Ja. Warum?«

Perry wischte sich die Hände an den Hosen ab und starrte die Schachtel an. »Dino, vielleicht hältst du mich für verrückt...«

»Das tue ich sowieso.«

»Es ist mein Ernst. Du weißt, wie er von seiner Frau immer behandelt worden ist. Was also, wenn – ich meine, wäre es nicht möglich, daß der alte Knabe sich endlich aufgerafft hat und – und ihr etwas angetan hat?«

»Was denn? Mensch, Perry, an was denkst du?« Dann folgte er Perrys Blick zu der Schachtel. »Ach du lieber Gott«, sagte er. »Um Himmels willen, Perry, du meinst doch nicht...«

»So was kommt doch vor, oder? Ich meine, daß Ehemänner manchmal ihre Frau erschlagen. Er hat behauptet, daß seine Frau zu ihrer Schwester gefahren sei, aber das braucht noch lange nicht wahr zu sein.«

»Du glaubst doch nicht, daß diese Schachtel...«

»Wir sollten sie lieber aufmachen«, sagte Perry entschlossen.

»Ich nicht! O nein, ich nicht!« sagte Dino. »Du hast versucht, mir einen Schrecken einzujagen – und das ist dir gelungen. Du wolltest diese – dieses Ding aufmachen; also fange an. Ich rühre nichts an!«

Perry lachte.

»Sei doch kein Feigling. Wahrscheinlich enthält sie bloß Apfelsinenschalen.«

»Dann mache sie doch auf – los.«

Perry legte seine Hand auf die Schleife, zögerte jedoch.

»Los!« sagte Dino. »Du hast damit angefangen – nun mache auch weiter.«

Perry knotete die rosafarbene Schleife auf. Während Dino in Erwartung gräßlicher Überraschungen zwei Schritte zurücktrat, nahm Perry vorsichtig den Deckel ab.

Es war eine Hutschachtel, denn in ihr lag, immer noch in Seidenpapier gewickelt, so daß es aussah, als käme er gerade von einer Putzmacherin, ein kecker kleiner Strohhut, der an der Vorderseite lustig mit einem Strauß künstlicher Blumen garniert war.

»Das ist ein Hut«, sagte Perry bestürzt. »Nur ein Hut.«

»Um Himmels willen«, sagte Dino kaum hörbar.

»Warum hat er ihn nur weggeworfen? Ich meine, er ist doch noch ganz neu.«

»Vielleicht mag er ihn nicht.«

»Schon, aber seine Frau doch bestimmt. Trotzdem wirft er einen nagelneuen Hut einfach weg.«

»Seine Frau kann es nicht verhindern – sie ist nicht da.«

»Und das ist der springende Punkt«, sagte Perry. »Sie ist nicht da. Also kann er tun, was er will.« Er packte seinen Freund am Rollkragen des Pullovers. »Kapierst du denn nicht, Dino? Er hat ihn weggeworfen, weil er ihn nicht mehr haben will – weil sie ihn nicht mehr brauchen wird.«

»Perry, du bist verrückt!«

»Aber es stimmt! Merkst du denn nichts? Er hat sie beseitigt. Und jetzt beseitigt er auch ihre Sachen. Eines nach dem anderen. Stück für Stück...«

»Das würde er sich nie trauen...«

»Woher willst du das wissen? Sie hat ihn immer schlecht behandelt, ausgesprochen schlecht! Und dann hat er sich gewehrt! Der Hut beweist es!«

»Und was ist mit ihrer Leiche? Wo ist ihre Leiche?«

»Was weiß ich? Vielleicht hat er sie vergraben. Vielleicht hat er sie verbrannt. Vielleicht hat er sie sogar...« Seine Augen funkelten vor Erregung. »Hör mal genau zu.

Wenn überhaupt jemand weiß, wie man eine Leiche beseitigt, dann ist es Jarvis. Ich meine, das ist doch sein Beruf, sein ganzes Leben, dieses biologische Zeug. Wahrscheinlich hat er sie in ungelöschtem Kalk aufgelöst...«

»Hör endlich damit auf!« winselte Dino. »Ich kriege direkt eine Gänsehaut.«

»Und dieser alte Gockel wollte meinem Vater schreiben! Meinetwegen!« Er lachte wild. »Und ist selbst ein Killer, ein Mörder! Ausgerechnet er wollte sich über mich beschweren!« Er schob Dino vor sich her. »Komm, Freundchen...«

»Wo gehen wir hin?«

»Zur Polizei! Wohin denn sonst?«

Lieutenant Jack Roman blieb ruhig, ernst und aufmerksam sitzen und nahm sich nicht einmal die Freiheit zu lächeln, bis der eifrige und stolpernde Redestrom des aufgeregten Jungen endgültig versiegt zu sein schien. Dann klopfte er mit dem Fingernagel auf die Hutschachtel und sagte: »Und deswegen soll ich einen Mann beschuldigen, seine Frau umgebracht zu haben?«

»Ich weiß, daß es verrückt klingt«, sagte Perry. »Ich weiß, daß das alles kein Beweis ist. Aber wenn Sie sich erkundigen würden! Ich meine, nach der ganzen Art und Weise, wie Jarvis und seine Frau zusammenlebten – wahrscheinlich fiele es Ihnen dann nicht mehr so schwer, uns zu glauben.«

Roman stopfte langsam seine Pfeife. »Ich will euch die Wahrheit sagen, Jungens. Das alles weiß ich bereits. Ich glaube, es gibt in der ganzen Stadt keinen Menschen, der es nicht wüßte. Aber Streitereien und Zank und solche Sachen – mein Gott, normalerweise entsteht daraus immer noch kein Mord.«

»Wohin ist Mrs. Jarvis denn gefahren?«

Roman zuckte mit den Schultern. »Das haben wir nicht überprüft; dazu bestand kein Anlaß. Wenn Jarvis sagt, sie sei zu ihrer Schwester gefahren, wird es vermutlich auch stimmen. Und was den Hut betrifft – vielleicht hat sie ihm geschrieben, er solle ihn wegwerfen. Vielleicht mochte sie ihn nicht mehr.«

Perry, auf seinem Holzstuhl, wurde immer kleiner und blickte Dino an. Dino zog seine Schultern hoch und hob die Hände, die Handflächen nach oben. Roman lächelte wieder, diesmal jedoch voller Mitgefühl.

»Es geht nicht darum, daß ich das alles nicht anerkenne, Jungens. Aber ihr seht selbst, wie es ist. Wenn es euch endgültig beruhigen würde, könnten wir natürlich Mrs. Jarvis bei ihrer Schwester anrufen...«

»Glauben Sie, daß das möglich ist?« sagte Perry eifrig, dem es nicht gefiel, daß sein Sieg ihm so schnell entglitt. »Kann man sie nicht heute abend noch anrufen?«

»Nun, es ist schon ziemlich spät...«

»Es ist erst neun!«

Roman lächelte und griff nach dem Hörer.

»Phyllis?« sagte er zu der Vermittlung. »Sie kennen doch sicher die Frau von Professor Jarvis – soviel ich weiß, heißt sie Margaret? Sie ist nach Peggotville gefahren, um ihre Schwester zu besuchen, aber den Namen ihrer Schwester kenne ich nicht...« Er bedeckte die Sprechmuschel mit der Hand und zwinkerte den Jungen zu. »Phyllis kennt alles und jedes.« Dann sprach er wieder in den Hörer. »Was ist?... Ja, das könnte der Name sein. Also Beattie. Könnten Sie mich dann bitte mit Mrs. Beattie verbinden? Schönen Dank, Phyllis.« Er legte den Hörer auf und trommelte auf den Tisch, bis das Telefon läutete. Dann nahm er den Hörer wieder ab.

»Mrs. Beattie? Es tut mir leid, daß ich Sie stören muß, Mrs. Beattie, aber ich hätte gerne gewußt, ob Mrs. Jarvis gerade bei Ihnen ist? Nein, nichts Wichtiges, aber...« Er stand auf und nahm dabei den Telefonapparat in die Hand. »Was sagten Sie, Mrs. Beattie?... Nein, ich dachte nur, sie sei bei Ihnen... Ja, dann muß ich mich wohl geirrt haben... Nein, ausrichten können Sie ihr nichts.«

Er ließ den Hörer auf die Gabel fallen, betrachtete ihn nachdenklich und biß sich auf die Unterlippe.

»Was ist los?« fragte Perry. »Ist sie nicht da?«

»Nein, sagte Roman leise. »Sie ist überhaupt nicht bei ihr gewesen. Ihre Schwester hat sie seit mehr als einem Jahr nicht gesehen.«

Dino pfiff leise vor sich hin, und Roman ergriff die Hutschachtel.

»Vielleicht könnte es nichts schaden«, sagte er beiläufig, »sich mit Professor Jarvis zu unterhalten. Nur ein paar Minuten...«

»Können wir mitkommen?«

»Ihr könnt draußen auf mich warten«, sagte Roman. »Aber paßt auf, daß die Phantasie nicht mit euch durchgeht; irgendwelche Tatsachen kennen wir nämlich bisher nicht. Verstanden?«

»Klar«, sagte Perry Hatch mit einem kleinen triumphierenden Grinsen in Dinos Richtung.

Der Lieutenant fuhr mit ihnen zum Haus des Professors; aber als er aus dem Wagen stieg, die Hutschachtel in der Hand, befahl er Perry und Dino, ruhig hinten im Wagen sitzen zu bleiben.

»Ihr wartet hier«, sagte er nachdrücklich, »und haltet möglichst den Schnabel. Sollte ich euch aus irgendeinem Grunde brauchen, werde ich euch rufen.«

»*Yes, Sir*«, sagte Perry folgsam.

Aber diese Folgsamkeit war nur gespielt; kaum war Roman in das Haus eingelassen worden, stieg Perry aus dem Wagen und forderte Dino mit einer Kopfbewegung auf, ihm zu folgen. Als sein Freund protestierte, flüsterte er: »Im Wagen warte ich nicht. Ich will hören, was passiert.«

»Du kriegst bestimmt Ärger«, sagte Dino.

»Wer ist denn jetzt feige?« erwiderte Perry grinsend.

Auf Zehenspitzen schlich er zum Fenster an der Vorderseite; unmittelbar davor befand sich eine niedrige dichte Hecke, die jedoch genügte, um sich zu verstecken. Auf allen vieren kroch er durch die Zweige und achtete nicht auf die stechenden Dornen. Als er schließlich aus dem Arbeitszimmer Laute hörte, waren sie zu leise, um sie genau zu verstehen. Dann mußten die Personen, die sich im Zimmer befanden, sich jedoch bewegt haben, denn plötzlich hörte er deutlich die heisere, quängelnde Stimme von Professor Jarvis.

»Das verstehe ich nicht, Lieutenant«, sagte er. »Weshalb dieses plötzliche Interesse an meiner Frau?«

»Reine Neugierde«, sagte Roman. »Sehen Sie – es passiert nicht jeden Tag, daß jemand einen nagelneuen Hut wegwirft.« Er lachte leichthin. »Übrigens ein hübscher Hut. Sie sollten einmal sehen, mit welchen Ungetümen meine Frau nach Hause kommt.«

Darauf folgte eine Pause. Schließlich sagte Jarvis: »Hätten Sie etwas dagegen, mir zu erklären, wie Sie zu diesem Hut gekommen sind, Lieutenant?«

»Im Augenblick, Professor, möchte ich es noch nicht sagen.«

»Diesen Hut habe ich erst vor einer knappen Stunde weggeworfen. Seit wann untersucht die Polizei auch Mülleimer?«

»Sie brauchen mir nur zu sagen, warum Sie ihn weggeworfen haben. Mochte Ihre Frau ihn nicht mehr? Wie ich vorhin bereits sagte, sieht er nagelneu aus.«

»Er ist auch neu. Aber ich möchte ihn nicht mehr in meiner Umgebung haben.«

»Wird denn Ihre Frau damit einverstanden sein?«

Es knarrte, als der Professor sich in den Holzsessel hinter seinem Schreibtisch niederließ.

»Langsam entdecke ich in dem allem eine seltsame Folgerung. Lieutenant. Wollen Sie mir etwa irgend etwas – irgend etwas vorwerfen?«

»Nein, ich versuche lediglich, einige Tatsachen herauszufinden. Beispielsweise ist Ihre Frau, soweit ich orientiert bin, zu ihrer Schwester gefahren. Nach Peggotville, glaube ich. Stimmt das?«

Diese Pause war länger.

»Nein«, sagte Jarvis schlicht. »Genaugenommen ist an dieser Geschichte nichts Wahres.«

»Aber Sie haben doch überall erzählt, daß Ihre Frau zu ihrer Schwester gefahren sei?«

»Ja, das stimmt. Das war einfacher als die Wahrheit.«

»Und was ist nun die Wahrheit, Professor?«

Jarvis seufzte.

»Wahrscheinlich sollte ich es Ihnen erzählen«, sagte er. »Sicherlich gibt es bei der Polizei auch eine Art von beruflichem Ethos, das mein Vertrauen respektiert. Wahrheit ist, Lieutenan t, daß meine Frau und ich uns oft und manchmal heftig gestritten haben. Das letzte Mal vor etwa zwei Monaten, und danach – nun ja, sie hat mich verlassen. Ich habe keine Ahnung, wo sie hingefahren ist, und offengestanden ist es mir auch egal. Das ist alles.«

»Und seitdem haben Sie von ihr nicht das geringste gehört? Ich verstehe.« Aber Romans Stimme klang leicht skeptisch. »Haben Sie niemanden, mit dem Sie Verbindung aufnehmen könnten – keine Verwandten oder Freunde?«

»Die einzige Verwandte von ihr, die noch lebt, ist ihre Schwester, und mit ihr stand sie nicht gerade gut. Und Freunde...« Verächtlich schnaubte er durch die Nase. »Margaret konnte andere Menschen nicht leiden.«

»Dann haben Sie also keinerlei Beweise dafür, daß Sie von Ihrer Frau verlassen worden sind? Keine Notiz, kein Telegramm, keinen Brief?«

»Gar nichts.« Jarvis stieß einen verärgerten Laut aus. »Ehrlich gesagt, Lieutenant, wäre es mir lieb, wenn Sie mir endlich erkärten, was Sie eigentlich wollen. Wenn Sie mich irgendwelcher Dinge beschuldigen wollen...«

»Ich beschuldige Sie keineswegs.«

»Haben Sie nicht einmal so ganz kleine Vermutungen? Winzige Spekulationen?« Er lachte. »Sie haben also doch nur das Gehirn eines Polizisten. Ich sehe förmlich, wie die kleinen Räder in Ihrem Kopf sich drehen. Aber warum sollten Sie auch nicht annehmen, daß ich – daß ich Margaret beseitigt haben könnte.«

»Davon habe ich nichts gesagt«, erwiderte Roman ernst.

»Aber gedacht haben Sie es, nicht wahr?« Jetzt lachte Jarvis laut, als bereitete es ihm ungeheures Vergnügen. »Das finde ich ausgesprochen köstlich! Sie verdächtigen mich tatsächlich des Mordes, nicht wahr? Halten Sie mich etwa für eine Art Crippen oder Landru? Vielleicht glauben Sie sogar, ich hätte sie durch den Fleischwolf gedreht und sie den Studenten als Bratwürstchen vorsetzen lassen!«

»Meiner Ansicht nach ist Mord nicht gerade komisch«, sagte Roman förmlich.

»Oder denken Sie vielleicht an Selbstmord?«

»Wenn Sie es wünschen, Professor, will ich offen sein. Wenn sich auch nur die geringste Möglichkeit andeutet, ist es meine Pflicht, Nachforschungen anzustellen. Ich bezweifle nicht, daß Sie die Wahrheit sagen, aber dennoch werden Sie zugeben müssen, daß Sie für ein derartiges Verbrechen ausreichende Motive besaßen. Und Ihr Verhalten in letzter Zeit...«

»Ja – wahrscheinlich habe ich mich tatsächlich wie ein gemeiner Schurke aufgeführt, nicht wahr? Indem ich die Unwahrheit über den Aufenthalt meiner Frau verbreitete, ihre Hüte wegwarf...«

Er lachte unterdrückt. »Aber erklären Sie mir bitte, Lieutenant, wie ich es hätte tun können! Ihren eigenen Erfahrungen nach?«

»*Well*...« Roman räusperte sich. »Es ist zwar nur ein Gedanke, Professor, aber meiner Ansicht nach sind Sie ein Mensch, der über genügend Möglichkeiten und Intelligenz verfügt, um eine Leiche zu beseitigen. Ich meine: mit Ihren biologischen Kenntnissen, den Kenntnissen in Chemie...«

»Aha! Sie glauben, daß meine Ausbildung mich dazu befähigt. Interessant! Also gut. Und was hätte ich beispielsweise mit der Leiche anfangen können? Sie vielleicht vergraben? Sie wissen, daß ich keinen Wagen besitze, und auf dem Buckel hätte ich Margaret nicht gut wegschaffen können. Bin ich vielleicht nachts heimlich hinausgeschlichen und habe sie im Rasen verscharrt? Mein Lieber, ich fürchte, daß meine Nachbarn das Schauspiel amüsant gefunden hätten.«

»Es gibt noch andere Möglichkeiten.«

»Vielleicht habe ich die Leiche verbrannt? Aber ich fürchte, das geht auch nicht, Lieutenant. Meiner Ölheizung hätte die liebe Frau wohl nicht ganz gepaßt. Vielleicht glauben Sie sogar, ich hätte sie zerteilt und ihre Überreste mit der Post überall hingeschickt? Wenn Sie bei der Post nachfragen, werden Sie allerdings feststellen, daß ich ganz selten auch nur eine Postkarte verschicke. Sollten Sie jedoch das Haus durchsuchen wollen, bin ich natürlich gern damit einverstanden.«

Roman fand das alles gar nicht komisch; seine Stimme klang eine Spur schärfer. »Es gibt noch andere Möglichkeiten, Professor, zum Beispiel...«

»Ungelöschten Kalk? Mein Gott, Lieutenant, in Chemie scheinen Sie als Schüler nicht gerade aufgepaßt zu haben. Trotz allem, was Sie darüber wissen, zerstört ungelöschter Kalk niemals eine Leiche; in Wirklichkeit wirkt Kalk nämlich konservierend. Natürlich gibt es eine ganze Reihe scharfer Säuren, aber können Sie sich die Schwierigkeiten bei ihrer Verwendung vorstellen? Eine tatsächlich ätzende Säure würde nicht nur die Leiche zersetzen; sie würde auch den Behälter zerfressen – beispielsweise etwa eine Badewanne.« Er lachte trocken. »Nein, Lieutenant, die teilweise Zersetzung einer Leiche würde mir vielleicht gelingen, aber nicht die vollständige, totale Auflösung. So gescheit bin ich leider doch nicht.«

»Professor, ich glaube beinahe, Sie machen sich über mich lustig...«

»Glauben Sie? Ja, das könnte sogar stimmen.« Dann wurde seine Stimme sanfter. »Verzeihen Sie. Ich hatte nicht die Absicht, mich über die Sache lustig zu machen. Wahrscheinlich ist es meine eigene Schuld...«

»Schuld?«

»Selbstverständlich«, sagte Jarvis müde. »Glauben Sie etwa, ich hätte Margaret nicht tausendmal den Tod gewünscht? Hätte nicht gewünscht, daß diese ständig nörgelnde Stimme für immer verstummte? Aber das menschliche Tier ist eine komplizierte Bestie – leider. Denn trotz der Quälereien, die ich erlebt habe, liebe ich meine Frau immer noch, Lieutenant. Ich liebe sie – ist das nicht unvorstellbar? Und wenn sie in diesem Augenblick durch die Tür käme, würde ich sie bitten, bei mir zu bleiben.«

Einen Augenblick herrschte Stille. Dann sagte Roman: »Professor, ich möchte mich bei Ihnen entschuldigen.«

»Warum?«

»Es tut mir leid. Aber als diese Jungen mit der Hutschachtel zu mir kamen...«

»Jungen?«

»Studenten von Ihnen. Der eine heißt Hatch; er wollte heute abend zu Ihnen kommen und beobachtete, wie Sie die Hutschachtel wegwarfen. Ich an Ihrer Stelle würde es ihm jedoch nicht ankreiden.«

Jarvis lächelte betrübt. »Ihm ankreiden? Nein, Lieutenant, eher würde ich mich bei Mr. Hatch – wie überhaupt bei allen Studenten – entschuldigen. Ich weiß, daß ich in letzter Zeit beinahe verbrecherisch grob zu ihnen gewesen bin. Den Grund werden Sie jetzt verstehen. Aber sagen Sie Mr. Hatch, daß er sich keine Sorgen zu machen brauche, auch nicht über seine – seine Indiskretion von heute nachmittag.«

»Das finde ich großartig von Ihnen, Professor.« Roman stand auf. »Wenn ich irgendwie behilflich sein kann, Ihre Frau zu suchen...«

»Wenn wir sie fänden, würde das meiner Ansicht nach leider auch nichts ändern. Fänden wir sie, würde das noch lange nicht bedeuten, daß sie zu mir zurückzukehren wünscht.«

»Jedenfalls können Sie auf meine Hilfe rechnen, wenn Sie sie benötigen.«

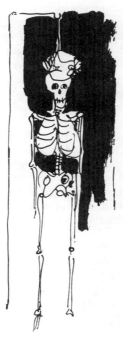

»Vielen Dank«, sagte der alte Mann freundlich.

Sie gingen zur Tür; Perry kroch aus seinem Versteck und rannte zu dem Wagen, der am Bordstein stand. Er stieg gerade wieder ein, als Roman das Haus verließ und mit energischen Schritten auf sie zukam.

Er öffnete die Wagentür und machte eine auffordernde Bewegung mit dem Daumen.

»Los jetzt«, sagte er. »Raus!«

»Was ist denn passiert?« sagte Dino mit aufgerissenen Augen. »Haben Sie etwas herausgekriegt, Lieutenant?«

»Eines habe ich bestimmt herausgekriegt. Ich weiß jetzt, daß man verrückt gewordenen Jungen nicht glauben darf.«

»Aber Lieutenant...«, sagte Perry protestierend.

»Steigt aus, bevor ich euch rausschmeiße«, knurrte Roman drohend. »Und wenn ihr das nächste Mal einen Mülleimer durchstöbert, kommt lieber nicht wieder zu mir!«

Nachdem der Lieutenant sich verabschiedet hatte, saß Professor Jarvis noch eine weitere Stunde an seinem Schreibtisch, Dann blickte er auf seine Taschenuhr, schnalzte leise und zog sie sorgfältig auf. Er erhob sich, eine gebeugte Gestalt mit zottigem Haar, und wollte in sein Schlafzimmer gehen.

Dann fiel ihm jedoch die Hutschachtel ein, die immer noch auf seinem Schreibtisch stand. Er ging zurück und ergriff sie. Auf dem Weg zum Mülleimer verhielt er am Ende des Zimmers und blieb dann vor dem Skelett stehen, das an schwarzen Seidenfäden hing. Es war ein bewundernswertes Skelett, sorgfältig zusammengepaßt und in prachtvoller, fast neuer Verfassung. Mit einem Griff stülpte er dem Schädel den mit Blumen geschmückten Hut auf.

»Gute Nacht, Margaret«, sagte er in seiner netten Art und verließ schlurfend den Raum.

Flitterwochen erster Klasse

Obgleich seine Scheidung schon sieben Monate, zwei Wochen und vier Tage zurücklag, erwachte Edward Gibson am Samstag morgen mit dem Gefühl ungetrübter Freude in seinem von Gloria befreiten Schlafzimmer. Er gähnte, reckte sich, legte sich quer über das Doppelbett und schwelgte im köstlichen Gefühl der Einsamkeit, der Stille und der Ungebundenheit.

Es gab keine Gloria mehr, die ihn gewaltsam mit ihren weinerlichen Klagen über ihre Schlaflosigkeit, das nächtliche Herzklopfen und die Atemknappheit weckte. Es gab auch keine Vorträge mehr über seine Trägheit, seinen Mangel an Zuneigung, seinen sich vergrößernden Taillenumfang, sein Schnarchen, seinen Mutterkomplex, seine Unaufmerksamkeit und sein Desinteresse für ihre gesundheitlichen Probleme.

Mit dem rechten Zeh stieß Edward das Kissen, das früher Gloria gehört hatte, vom Bett und grinste dabei so glücklich, wie er war.

Als er sich jedoch angekleidet hatte, wurde sein Frohsinn von einer bleiernen Depression abgelöst. Ihm fiel ein, daß heute wieder Zahltag war. Langsam schlenderte er in sein Arbeitszimmer und holte das Scheckheft aus dem viktorianischen Schreibtisch. Wie immer zitterte seine Hand vor Ärger und Widerwillen, als er die vier Zahlen auf die Anweisung schrieb. Die Unterhaltszahlung war für Gloria der einzige Sieg in der dreimonatigen Gerichtsschlacht gewesen, die ihre ehelichen Bindungen endgültig beendet hatte. Es war viel Geld, überlegte Edward traurig. Verdammt viel Geld!

Er leckte gerade das Kuvert an, als leise die Hausglocke in der Wohnung anschlug. Verwirrt runzelte er die Stirn und blickte auf seine Uhr. Besucher um halb zehn waren ungewöhnlich. Entschlossen marschierte er zur Tür und war darauf vorbereitet, sich mit einem Vertreter herumschlagen zu müssen. Statt dessen sah er sich Karl Sebron gegenüber.

»Morgen.« Karl grinste einfältig.

Sebron war ein junger Mann mit dichtem und gelocktem blondem Haar sowie von athletischer Anmut. Als ewiger Student trug er unter seinem Straßenanzug einen Pullover und weiße Segeltuchschuhe an den kleinen Füßen. Wie ein Läufer, der vor einem Rennen die Startlöcher ausprobiert, wippte er auf den Fußballen, und sein Gesicht hatte denselben gespannten und erwartungsvollen Ausdruck.

»Was, zum Teufel, hast du hier zu suchen?« sagte Edward erheblich ungnädiger, als er beabsichtigte. »Ziemlich früh für dich, nicht?«

»Mag sein«, erwiderte Karl ungerührt. »Wie wäre es, wenn du mich einlassen würdest?«

Knurrend trat Edward beiseite und ließ ihn herein. Mit einer Nonchalance, die nichts anderes als eine unbeholfene Imitation war, betrat Karl das Wohnzimmer und setzte sich. Im College waren sie zwar Klassenkameraden, aber niemals Freunde gewesen. Ihre einzige Verbindung war jetzt Karls scheinbares Interesse für Gloria; aus schwer erklärlichen Gründen war er mit Edwards ehemaliger Frau ständig verabredet.

Immerhin glaubte Edward eine Erklärung dafür gefunden zu haben. Er vermutete, daß ein Teil seiner Unterhaltszahlungen Karl zu Sportjacketts und Leinenschuhen verhalf.

»Hast du Gloria in letzter Zeit gesehen?« fragte er ironisch und setzte sich in den Schaukelstuhl.

»Dauernd«, erwiderte Karl lächelnd. »Um genau zu sein: Eigentlich wollte ich nämlich mit dir über Gloria sprechen.«

»Von Gloria habe ich genug.« Edward nahm eine Zigarette aus der Porzellandose, die auf dem Tisch stand, und beobachtete dabei den anderen. »Langsam werdet ihr beide zum Stadtgespräch.«

Karl lachte. »Ärgert dich das?«

»Sagen wir lieber, daß es mich erstaunt. Entweder hat Gloria sich vollkommen verändert, oder aber du bist der dämlichste, taubste und blindeste Mann, den ich jemals kennengelernt habe. Merkst du denn nicht, was sie ist?«

»Das kommt darauf an«, sagte Karl. »Gelegentlich kann sie ausgesprochen reizend sein. Und sehr großzügig.«

Edward fluchte leise und legte die Zigarette hin, ohne sie angezündet zu haben, wobei er jede Höflichkeit außer acht ließ. »Was hast du vor, Karl? Wozu bist du hierher gekommen?«

»Das habe ich bereits erklärt. Um über Gloria zu sprechen. Oh, ich weiß selbst, daß es auf der Welt begehrenswertere Frauen gibt als sie. Sie ist zu füllig, ist ständig krank und redet ununterbrochen.«

»Und?«

»Aber gestern ist mir eine Idee gekommen. Mir fiel der hohe Preis ein, den du zahlst, um sie dir vom Halse zu halten. Wieviel ist es eigentlich, Ed?«

»Das geht dich nichts an.«

»Mindestens zweitausend pro Monat, nicht wahr?«

»Hör mal zu, Karl...«

»Vielleicht verstehst du mich noch nicht.« Karl grinste. »Ich bin nicht hier, um dir das alles noch einmal unter die Nase zu reiben. Ich bin vielmehr hier, um dir zu helfen. Ich habe nämlich eine Möglichkeit ausgeknobelt, dir eine Menge Geld zu sparen, Ed. Deswegen könntest du mich wenigstens anhören.«

»Du und mir Geld sparen?«

»So ungefähr – ja. Wie diese zweitausend pro Monat. Interessiert es dich?«

Es interessierte Edward sehr, aber sein Gesicht blieb ausdruckslos.

»Also bitte – an was hast du dabei gedacht?«

»An Hochzeit natürlich. Wie sollten diese Unterhaltszahlungen denn sonst aufhören, Ed? Wenn Gloria wieder heiratet, kannst du deinen Zaster behalten. So bestimmt es das Gesetz.«

»Heiraten? Gloria? Weißt du – nur der größte Idiot auf dieser Welt würde sie jemals heiraten. Das weiß ich, weil ich es selbst zwei Jahre lang gewesen bin.« Dann atmete er tief. »Sage nur nicht, daß ausgerechnet du daran denkst.«

»Unter gewöhnlichen Umständen nicht. Aber in letzter Zeit habe ich ziemlich viel Pech gehabt.«

»Du erwartest also, daß Gloria dich aushält? Mit Ausnahme meines Unterhaltsschecks besitzt sie nicht einen einzigen Cent.«

»Das habe ich auch nicht gemeint. Was ich brauche, ist möglichst schnell eine runde Summe – verstehst du? Damit mir ein paar äußerst unangenehme Leute nicht dauernd im Nacken sitzen. Die reinsten Spielertypen!«

Er wurde rot und blickte über seine Schulter nach hinten, als stünden diese unangenehmen Leute bereits dort.

»Willst du mir einen Vorschlag machen, Karl?«

»Bezeichnen wir es lieber als Antrag.« Er kicherte nervös. »Das trifft mehr den Kern. Ein Heiratsantrag. Ich bin dazu bereit, wenn du bereit bist, dafür zu zahlen. In bar. Und sofort.«

Edward pfiff leise durch die Zähne. »Junge, Junge – dann muß es dir verdammt schlecht gehen.«

»Ich weiß nicht mehr aus und ein«, sagte Karl. Seine beiden Mundwinkel zuckten jetzt leicht. »Wenn ich bis heute abend nicht zehn Tausender zusammen habe, besteht alle Aussicht, daß ich mein berühmt gutes Aussehen einbüße.« Er blickte auf. »Ed, das ist mein Ernst. Ich werde Gloria heiraten, wenn du mir heraushilfst. Ich werde ihr einen Antrag machen.«

»Woher willst du eigentlich wissen, daß sie dich auch nimmt?«

»Sie nimmt mich – darüber mache dir keine Gedanken. Aber ich muß das Geld haben – bar oder als Bürgschaft, und möglichst sofort.«

»Ich besitze Bargeld«, sagte Edward sanft. Er griff nach der Zigarette und zündete sie an. »Aber wie kann ich ganz sichergehen? Woher weiß ich, daß du nicht wieder kneifst?«

»Ich gebe es dir schriftlich«, sagte Karl eifrig. »Ich gehe sofort hin und mache ihr einen Antrag. Ich bin sogar bereit, sie jetzt anzurufen, wenn du es wünschst.«

»Ja«, sagte Edward, und sein Herz klopfte schneller. »Rufe sie gleich an, Karl.«

Karl wischte sich die Hände an der Hose ab und ging zum Telefon. Er wählte Glorias Nummer und versuchte,

154

ein Lächeln auf sein Gesicht und in seine Stimme zu bringen.

»Gloria?« sagte er. »Hier ist Karl... Gut, Süße, und dir?« Er lachte laut. »Ja, da hast du recht. Irgendwann werden wir wieder einmal hingehen. Vielleicht heute abend. Hör zu, Gloria...« Er zerrte an der Telefonschnur und wickelte sie sich um seine linke Hand. »Ich muß dich unbedingt etwas fragen. Eigentlich wollte ich schon gestern abend mit dir darüber sprechen, aber bei den vielen Menschen, die um uns herum saßen... Vielleicht wäre es besser, wenn ich noch bis heute abend damit wartete. Es geht nämlich darum... Verdammt noch mal, aber bis heute abend kann ich nicht mehr warten, mein Liebling. Ich muß die Antwort wissen, bevor ich endgültig verrückt werde.«

Er schloß die Augen; die Schweißperlen auf seiner Stirn funkelten im Morgenlicht. »Schatz, ich möchte dich heiraten«, flüsterte er vertraulich. »Ich möchte, daß wir möglichst schnell heiraten.«

Er blickte zu Edward hinüber und strahlte. »Ist das dein Ernst?« sagte er freudig. »Ist das wirklich dein Ernst, Gloria?... Hör zu, warten wir gar nicht erst bis heute abend. Wir können uns doch zum Mittagessen oder sonstwo treffen... Ich habe dir so viel zu erzählen. Ja, Liebling... Bis nachher.«

Er legte den Hörer auf, atmete volle fünf Sekunden tief aus und ließ sich dann in die Ecke des Sofas fallen.

Edward starrte ihn an.

»Es ist also tatsächlich dein Ernst«, sagte er. »Du willst also wirklich heiraten, und ausgerechnet diese...«

»Wie ich gesagt habe«, erwiderte Karl nachdenklich. »Und wenn du willst, gebe ich es dir auch noch schriftlich. Hauptsache, ich kriege das Geld. Zehntausend müssen es aber sein, Ed. Hast du überhaupt soviel bei dir?«

»Natürlich«, erwiderte Edward lächelnd, »Und ich lege sogar noch fünfhundert dazu, mein Freund. Damit könnt ihr euch Flitterwochen erster Klasse leisten.« Er durchquerte den Raum und blieb nur kurz stehen, um Karl auf die Schulter zu klopfen. »Warte hier einen Moment. Ich bin gleich wieder da.«

Mit einem Grinsen auf dem Gesicht und schnellen Schritten verschwand Edward in seinem Schlafzimmer.

Um vier Uhr, als er gerade die Behaglichkeit eines Nachmittagsschläfchens genoß, wurde er durch das mißtönende Schrillen des Telefons geweckt. Verschlafen stellte er es auf das Kissen und hörte die nasale Stimme am anderen Ende.

»Mr. Gibson? Hier ist Marvin Fleming. Der Anwalt Ihrer früheren Frau.«

»Wer? Ach – Sie, Fleming.« Angewidert verzog Edward den Mund, erinnerte sich dann jedoch, daß ihm diese Last abgenommen war. »Was wünschen Sie?« sagte er.

»Mir ist gerade eingefallen, daß man Sie vielleicht noch nicht informiert hat, und deswegen glaubte ich, Sie anrufen zu müssen. Hat es Ihnen noch niemand mitgeteilt?«

»Was mitgeteilt?«

»Es ist eine sehr unangenehme Aufgabe«, sagte Fleming ernst. »Und es bekümmert mich, daß ausgerechnet ich es Ihnen mitteilen muß, aber mit Sicherheit ergeben sich gewisse juristische Probleme aus dem Tod Ihrer früheren Frau…«

»Aus ihrem was?«

»Es tut mir schrecklich leid, aber Mrs. Gibson ist in der vergangenen Nacht an einem Herzanfall verstorben. Mr. Sebron war zu diesem Zeitpunkt bei ihr, und da Sie mit ihm befreundet sind, dachte ich, daß er Sie vielleicht…«

»Du dreckiges Schwein!« schrie Edward, obgleich sich diese Verwünschung nicht auf den Anwalt bezog.

Er schmetterte den Hörer auf die Gabel, nahm ihn jedoch im nächsten Augenblick wieder ab und wählte fieberhaft. Als sich in der Wohnung von Karl Sebron niemand meldete, hätte er den Hörer fast durch das Fenster geschleudert. Dann klickte es jedoch, und die Stimme eines Dienstmädchens sagte: »Hier bei Mr. Sebron. Wer spricht dort bitte?«

»Wo steckt er?« sagte Edward. »Hier ist Ed Gibson.«

»Es tut mir leid, Mr. Gibson, aber Mr. Sebron ist im Augenblick nicht hier.«

»Wo ist er hingegangen?«

»Mr. Sebron fuhr um drei zum Flughafen. Soviel ich weiß, wollte er nach St. Thomas fliegen. Aber ganz sicher bin ich mir nicht...«

»Hat er denn nichts gesagt?« brüllte Edward. »Irgend etwas muß er doch gesagt haben!«

»Das hat er auch, Sir«, erwiderte das Mädchen kichernd. »Das hat er tatsächlich. Er sagte, er fahre jetzt in die Flitterwochen. Können Sie sich vielleicht vorstellen, was er damit gemeint hat?«

Die richtige Medizin

Charlie hatte den besten Rat vergessen, den man ihm jemals gegeben hatte. Sechs Monate vor seinem Tode hatte Turk, sein großer Bruder, ihm diesen Rat gegeben, und Charlie hatte den barschen Worten gelauscht, als wäre Turk ein Geistlicher, der das Evangelium verkündete, und nicht ein Gauner, der in einer verkommenen Umgebung verbotene Glücksspiele arrangierte. »Leg alte Ladies um«, hatte Turk zu ihm gesagt. »Leg meinetwegen auch kleine Kinder um. Aber was du auch tust, Charlie – bring niemals einen Polizisten um.«

Charlie hatte diesen Rat jedoch vergessen. Und als die Sirene durch die Vorstadtstraße jaulte, als Männer in blauen Mänteln und mit verbissenen Gesichtern den Weg entlanggerannt kamen, an dem er sich versteckt hatte, hatte Charlie den Kopf verloren und geschossen. Der Polizist an der Spitze hatte komisch geschrien und war dann der Länge nach hingeschlagen. Die anderen hatten Charlies Schüsse zwar erwidert, aber nur eine Kugel in das beabsichtigte Ziel gebracht, und sie hatte Charlies Oberschenkel getroffen; trotzdem gelang es ihm noch, wie verrückt hinkend davonzurennen, bis er in Sicherheit war.

Er keuchte, Schmerzen durchzuckten ihn, und jede Faser seines Körpers zitterte; aber immerhin war er frei. Und das Geld? Das Geld lag immer noch im Koffer, fast zweitausend in kleinen Geldscheinen, und das genügte, um ihn vor der tödlichen Gefahr zu retten, die der Mord an einem Polizisten zwangsläufig bedeutete.

Aber zuerst mußte er noch etwas anderes tun. Er hielt ein Taxi an, ließ sich vor der Tür von Doc Sanchez absetzen und stolperte in die verkommene Praxis des alten Arztes, wobei er vor Schmerzen stöhnte.

»Das sieht gar nicht so schlecht aus«, sagte der Doc, und sein weingeschwängerter Atem wehte Charlie ins Gesicht. »Das ist ein glatter Durchschuß, so daß wir die Wunde gar nicht zu untersuchen brauchen. Ich werde sie bloß ein bißchen säubern und dann verbinden. In einigen Wochen ist das Bein wieder so gut wie neu. Schonen Sie es aber ein bißchen, wenn Sie können.«

»Wenn ich kann?« sagte Charlie und hätte am liebsten gelacht; aber die Schmerzen waren zu stark. »Soll das ein Witz sein, Doc? Ich muß möglichst schnell weg. Haben Sie es nicht am Radio gehört?«

»Seit ich Fernsehen habe, höre ich kein Radio mehr. Was hat es denn gegeben?«

»Räuber und Gendarm, mit mir in der Hauptrolle. Alle fünf Minuten wird meine Personalbeschreibung durchgegeben.«

»Hast du etwa die Münze ausgeraubt?«

»Nein.« Charlie machte ein angewidertes Gesicht; für zweitausend war die Aufregung viel zu groß. »Ich habe einen Juwelier ausgenommen. Viel war es nicht. Aber jetzt tut alles so, als wäre ich Dillinger – und das bloß wegen dieses Polizisten.«

»Wegen eines Polizisten?«

»Wegen des Polizisten, auf den ich schießen mußte. Sie wissen doch selbst, Doc, wie die sind; die haben einen Schutzvertrag auf Gegenseitigkeit. Sie haben es nicht gern, wenn ein Polizist verletzt wird.«

»Hast du ihn erschossen?« Der Doktor war ängstlich geworden; seine Hände zitterten noch mehr als sonst, als er die Binde um Charlies Oberschenkel wickelte.

»Woher soll ich das wissen? Ich habe die Diagnose nicht abgewartet. Au! Nicht so fest! Das tut weh, Doc.« Er stöhnte leise; für Schmerzen hatte Charlie nicht viel übrig. »Können Sie mir nicht irgendwas geben, Doc? Es tut verdammt weh.«

»Ich habe nichts hier, Charlie, das weißt du. Sonst hätte ich sofort die ganze Nachbarschaft auf dem Hals.«

»Geben Sie mir wenigstens ein Rezept, ja?«

»Gut. Aber geh damit woanders hin; es hat keinen Sinn, sich zu sehr auf sein Glück zu verlassen.«

»Wie Sie meinen, Doc. Aber beeilen Sie sich – schnell!«

Mit dem Rezept in der Jackentasche humpelte er hinaus. Er hielt wieder ein Taxi an und nannte dem Fahrer die

Kreuzung, in deren Nähe seine Wohnung lag; zum Glück gehörte der Fahrer nicht zu den Leuten, die Radio hören. In der Nähe seiner Wohnung befand sich ein Drugstore, der die ganze Nacht geöffnet hatte; dort wollte er sich das Zeug holen und dann verschwinden.

»Halten Sie hier«, sagte er, als das fast ausgebrannte Neonzeichen des Drugstores in Sicht kam. Er bezahlte, betrat dann unauffällig den Laden und schonte dabei sein verletztes Bein.

Es war ein altmodischer Drugstore, in dem ein großes Durcheinander herrschte und mindestens zehntausend verstaubte Flaschen auf den Regalen standen. Der alte Knabe, dem der Laden gehörte, war hinten und zerstieß irgend etwas in einem Mörser. Sein Gehilfe, ein junger Mann mit schütterem Haar, nasaler Stimme, die auf Polypen hindeutete, und kurzsichtigen Augen, bediente. Charlie wartete, bis eine Kundin ihre Sachen erhalten hatte, ging dann hin und übergab ihm das Rezept.

Der junge Mann hielt es sich vor die Nase und sagte. »Das wird ein paar Minuten dauern. Wollen Sie warten?«

»Ja, klar. Ich warte«, sagte Charlie. Er verzog seinen

Mund und wollte gerade leise vor sich hin pfeifen, als er aus dem hinteren Raum eine Stimme hörte. Verstehen konnte er die Worte zwar nicht, aber der gleichbleibende mechanische Tonfall verriet ihm, daß in der Rezeptur ein Radio angestellt war. Vor Angst zogen seine Muskeln sich zusammen, und die eine Hand rutschte langsam zu seiner automatischen Pistole, die in der Hosentasche steckte. War es Einbildung? Oder sah der glatzköpfige Kerl ihn tatsächlich neugierig an?

»Mr. Fletcher?« Der Angestellte steckte seinen Kopf durch die Tür, die nach hinten führte. »Mr. Fletcher, kann ich Ihnen noch ein Rezept bringen?«

»Was ist los?«

»Hier ist ein Kunde mit einem Rezept, Mr. Fletcher. Können Sie es gleich anfertigen?«

»Natürlich, sicher, Vernon. Bringen Sie es her.«

Der Angestellte ging nach hinten, und Charlie spitzte die Ohren, um zu hören, ob die beiden sich vielleicht leise unterhielten. Was war, wenn der Angestellte dem alten Knaben von ihm erzählte? Was war, wenn hinten noch ein Telefon stand?

Dank der Lautstärke des Radios konnte er nichts hören. Als der Angestellte wieder erschien, tat er, als interessiere er sich für einen Schaukasten mit Rasierklingen.

»Brauchen Sie sonst noch etwas, Sir?« sagte der Angestellte und bleckte beim Lächeln die Zähne – der vollkommene Verkäufer.

»Nein«, sagte Charlie. »Beeilen Sie sich bloß mit dem Rezept.«

»Es dauert nur eine Minute, Sir.«

Ein rasender Schmerz schoß durch sein Bein und bis in seinen Kopf. Charlie versuchte, den Krampf dadurch zu mildern, daß er den Fuß vom Boden hob. Er spürte, wie kalter Schweiß auf seinem Gesicht stand.

»Ist etwas los, Mister?«

»Mit mir nicht. Kümmern Sie sich um Ihre eigenen Angelegenheiten, Freundchen.«

»*Yes, Sir*«, erwiderte der Angestellte.

Ein Mann kam herein und klagte über Verdauungs-

162

beschwerden. Ein Kind kam herein und kaufte eine Briefmarke. Eine Frau kam herein und flüsterte dem Angestellten ihren Wunsch ins Ohr. Und hinten hantierte der Alte, dem der Laden gehörte, mit seinen Flaschen und Töpfen herum, als verwirrte ihn der Überfluß an Pulvern und Pillen, die ihm dort zur Verfügung standen.

»Verdammt noch mal!« sagte Charlie wütend. »Warum dauert es denn so lange?«

»Nur noch eine Minute«, sagte der Angestellte lächelnd.

»Das ist aber eine verdammt lange Minute.«

»Mr. Fletcher«, rief der Mann mit dem schütteren Haar. »Ist das Rezept schon fertig?«

»Gleich, Vernon, gleich.«

»Haben Sie gehört?« sagte er grinsend. »Es ist gleich fertig.«

»Fertig, Vernon«, sagte der alte Mann. »Packen Sie es dem Herrn ein.«

»Jawohl, Mr. Fletcher.«

Er wickelte es säuberlich in braunes Papier und wollte gerade eine Schnur um die kleine Flasche mit den Kapseln wickeln, als Charlie sie ihm wegriß.

»Sie brauchen es nicht wie ein Geschenk einzupacken! Ich will nur diese verdammten Pillen. Was kosten sie?«

»Vier Dollar dreißig«, sagte der Angestellte.

Charlie bezahlte.

»Beehren Sie uns wieder«, sagte der Angestellte fröhlich.

Vom Laden bis zu dem Haus, wo er wohnte, waren es nur gut dreißig Meter, aber Charlie wußte nicht, ob er es schaffen würde. Die Treppe war das schlimmste, aber dann humpelte er hoch, und jeder Schritt war ein Sieg über seine Verletzung.

Er stieß die Tür seines Zimmers auf, warf den Koffer auf die Kommode und ließ sich auf das Bett fallen. Dort lag er fünf Minuten, von Schmerzen überwältigt, und vergaß fast, wo er verletzt war. Er hatte das Gefühl, sein ganzer Körper sei von der Kugel getroffen worden, und die Erinnerung daran ließ ihn auf den Polizisten wütend werden; er war richtig froh, daß der Hundesohn tot war.

Tot? War er wirklich tot?

Er stöhnte, griff nach dem Knopf des kleinen Rundfunkapparates und schaltete ihn ein. Zehn Minuten lang mußte er sich Hillbilly-Musik und die Werbung eines Leihhauses anhören, bevor er erfuhr, was er wissen wollte.

».. . erschoß einen Streifenbeamten, Officer Jacob Bender. . .«

Erschossen! Turk und sein guter Rat. Das sah verdammt schlecht aus, überlegte Charlie. Aber passiert war passiert – daran ließ sich nichts mehr ändern.

Trotzdem wußte er, daß Turk recht hatte. Erschieße einen Polizisten, und man wird dich nie vergessen.

»Meinetwegen!« sagte er laut. »Dann habe ich eben einen Polizisten umgelegt. Und was jetzt, Turk, was jetzt?«

Turk mit seinen guten Ratschlägen und seiner Klugheit – Turk war tot. So gescheit war Turk immer gewesen. Aber Charlie wußte, daß er es auch allein schaffen würde.

Er lächelte bei dem Gedanken an das Geld im Koffer. Zweitausend waren es zwar nur, aber zweitausend waren auch nicht schlecht. Er zwang sich, aufzustehen und zu der Kommode zu humpeln. Er ließ das Schloß des Koffers aufspringen und betrachtete befriedigt die vielen Banknoten. Ein Dollar, fünf Dollar und zehn Dollar – aber dafür eine ganze Menge. Ihm war es so recht; je mehr Scheine, desto besser. Und desto schwerer, ihm auf die Spur zu kommen.

»Ich verschwinde jetzt lieber«, sagte er laut.

Er ging zum Kleiderschrank. Viel war nicht darin. Ein Sportjackett, echt Kaschmir. Ein zweites Paar Schuhe. Zwei Krawatten. In der Kommode fand er ein Hemd, ein Paar goldene Manschettenknöpfe und Unterwäsche. Das alles paßte mit Leichtigkeit in seinen zweiten Koffer. Das Geld versteckte er darunter; es brauchte nicht viel Platz.

Zehn Minuten später hatte er gepackt und konnte gehen. Er drehte sich noch einmal um und warf dem schäbigen Zimmer ironisch eine Kußhand zu. Dann öffnete er die Tür und ging hinaus.

Er zog gerade den Schlüssel aus dem Schloß, als er hinter sich Schritte auf der Treppe hörte. Sofort fuhr er herum, und seine rechte Hand griff nach der Pistole.

Dann sah er den kahlköpfigen Burschen aus dem Drugstore, der mit offenem Mund die Treppe heraufkam.

»Du Hundesohn!« schrie er. »Also bist du mir gefolgt...«

Die Hand auf dem Geländer, blieb der Angestellte stehen, und seine Augen wurden groß. Es war zum Lachen; der Idiot stand mitten auf der Treppe, so daß der eine nicht herauf und der andere nicht hinunter konnte. Sonst hätte Charlie über die Lage, in der er sich befand, vielleicht gelacht; aber jetzt war er zu wütend. Er zog die Pistole und zielte mit ausgestrecktem Arm. Er sah, wie das Gesicht des Angestellten sich verzerrte, als die Mündung sich langsam hob, und drückte ab. Als der Rauch sich verzogen hatte, war das Gesicht verschwunden, aber merkwürdigerweise hielt der Kerl sich immer noch am Geländer fest. Einen verrückten Augenblick lang glaubte Charlie, die gesichtslose Leiche würde die Treppen herauf und hinter ihm her rennen, und beinahe wurde er von Panik überwältigt. Aber dann tat der Tote doch das Vernünftigste. Er sackte in sich zusammen und stürzte kopfüber die mit einem Läufer ausgelegte Treppe hinunter; mit einem häßlichen Krachen blieb er auf dem Treppenabsatz liegen, und Charlie wurde fast übel.

Er starrte den Toten an, jedoch nur eine Sekunde lang. Dann rannte er die Treppen hinunter, sprang über den Toten hinweg und stürzte aus dem Hause.

Draußen, auf der Straße, war es dunkel und still. Er hatte es geschafft.

Eigentlich hätte er sich glücklich fühlen können, wäre nicht der rasende Schmerz in seinem Bein gewesen. Mit der Hand klopfte er auf die Jackentasche, und die Flasche mit den Kapseln, die den Anzugstoff ausbeulte, gab ihm ein beruhigendes Gefühl.

Die Polizisten führten den alten Fletcher in das Treppenhaus des Gebäudes. Der alte Knabe winselte, bevor er die Leiche überhaupt gesehen hatte, aber seine jammervollen Laute erregten bei der Polizei kein Mitleid.

»Da ist er«, sagte einer der Polizisten. »Ist das Ihr Angestellter?«

»Ja«, sagte der Alte. »Ja, das ist Vernon. Wer hat das getan?«

»Wir wissen, wer es getan hat. Ein Kerl namens Charlie Pugh. Ein Kerl, hinter dem wir her sind. Aber was, zum Teufel, hat Ihr Angestellter hier zu suchen gehabt?«

»Das ist meine Schuld«, ächzte Fletcher und wischte sich die Augen mit dem Ärmel ab. »Alles ist meine Schuld. Ich habe ihn losgeschickt – den armen Vernon.«

»Warum? Wozu?«

»Weil ich einen Fehler gemacht hatte. Einen schrecklichen Fehler... bei dem Rezept...«

»Bei welchem Rezept?«

»Ich weiß auch nicht, wie es passiert ist. Ich bin immer sehr sorgfältig. Aber diesmal habe ich dem Mann ein Gift gegeben, ein fürchterliches Gift. Wenn er nur eine Kapsel einnimmt, muß er sterben. Deswegen habe ich Vernon losgeschickt, um ihn zu suchen und ihn zu warnen...«

Die Polizisten sahen sich an.

»Bitte«, sagte der Alte. »Sie müssen das verstehen. Ich bin nicht mehr jung. Manchmal mache ich einen Fehler. Aber so etwas ist mir noch nie passiert. Wenn Sie mich anzeigen...«

»Darüber mach dir keine Gedanken, Alter«, sagte einer der Polizisten. »Ich habe kein Wort gehört. Du vielleicht, Phil?«

»Wer – ich?« Der andere Polizist zuckte mit den Schultern. »Ich habe keine Ahnung, wovon der Alte überhaupt geredet hat.« Er legte seinen Arm um die Schultern des alten Mannes. »Machen Sie sich bloß keine Gedanken«, sagte er.

Die sterblichen Reste

Jeder Leichenbestatter wird bestätigen, daß das schwierigste Problem dieses Berufszweiges darin besteht, tüchtige Mitarbeiter zu bekommen. Amos Duff, Inhaber und Besitzer der *Silver Glen Mortuaries*, bildete keine Ausnahme für diese Regel. Sein derzeitiger Gehilfe, ein deprimierend fröhlicher junger Mann namens Bucky, war nicht nur unbeholfen, faul und desinteressiert; er hatte daneben die ärgerliche Angewohnheit, bei der Erfüllung seiner Pflichten durch die Zähne zu pfeifen. Aber Amos knirschte nur mit den seinen und ertrug es. Das kleine Begräbnisinstitut mit dem immer geringer werdenden Gewinn konnte sich mehr als Buckys allwöchentliches Taschengeld nicht leisten.

Amos war ein kleiner, flinker Mann mit traurigen Augen, und als er den hinteren Raum seines Büros am Dienstag vormittag zum Zwecke der Bestandsaufnahme betrat, wirkte er noch kleiner und trauriger. Im Augenblick war nur ein einziger Beweis für seine Tätigkeit aufgebahrt, eine gelblich verfärbte Leiche mit hervorstehendem Bauch und dem Ausdruck schmollenden Unwillens. Für sie war das bestellt, was in Amos' Katalog als *Economy Service*, als preisgünstiges Begräbnis verzeichnet war. Der Gentleman, der diese Vereinbarung getroffen hatte, war der Geschäftspartner des Verschiedenen, und irgend etwas Besseres als eine fünftklassige Beisetzung hatte er schlankweg abgelehnt.

Von den schrillen Tönen erschreckt, die Bucky ausstieß, fuhr Amos zusammen und drehte sich um. »Tag, Mr. Duff«, sagte der Junge fröhlich. »Was halten Sie von Mr. Kessler? Ich finde ihn ziemlich beleibt – Sie auch?«

»Etwas mehr Ehrerbietung«, sagte Amos ernst. »Wie oft muß ich es Ihnen noch sagen?«

»Was ist eigentlich mit dem alten Knaben passiert? Der Kopf ist zwar in Ordnung, aber alles übrige ist ziemlich schlimm zugerichtet.«

»Es war ein Autounfall. Eine sehr traurige Angelegenheit.«

»Junge, Junge, er sieht tatsächlich nicht gut aus«, sagte Bucky leichthin. »Die vielen gebrochenen Knochen, und dazu das kleine Loch...«

»Welches Loch?«

»Aussehen tut es wie ein Einschuß im Brustkasten, aber vielleicht irre ich mich auch. Sagen Sie, Mr. Duff, kann ich vielleicht eine halbe Stunde weg? Ich muß nämlich noch etwas für meine Mutter erledigen.«

»Meinetwegen«, erwiderte Amos seufzend. »Aber nur eine halbe Stunde, verstanden?«

»Klar, Mr. Duff.«

Bucky verschwand, die Hände in den Taschen. Sein Pfeifen schien hinter ihm zurückzubleiben und wehte durch das Büro wie eine verlorene Seele. Erst als sein Echo verklang, näherte Amos sich dem Leichnam, zog das Laken zurück und betrachtete die Verletzung.

Es handelte sich tatsächlich um ein winziges Loch; trotz seiner vielen Fehler hatte der Junge doch scharfe Augen. Die eigentliche Ursache konnte verschiedenes sein; ein

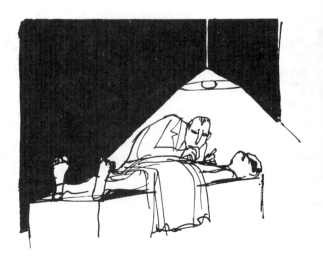

zertrümmertes Auto ist immer eine scheußliche Angelegenheit. Aber Amos, aus keinem anderen Grund als bloßer Neugierde, untersuchte es gründlicher. Dann beschloß er festzustellen, ob sich noch irgendein fremder Gegenstand im Brustkorb befand.

Nach wenigen Augenblicken kam er zu dem Schluß, daß er recht hatte; der Gegenstand war zwar sehr tief eingedrungen, befand sich jedoch noch deutlich nachweisbar dort.

Er richtete sich auf, den Schock dieser Erkenntnis auf seinem Gesicht. Es war nicht das erste Mal, daß er diese Art von Verletzung gesehen hatte, und nur die Vielzahl anderer Verletzungen an Mr. Kesslers zerschundenem Körper war schuld, daß man sie bisher nicht beachtet hatte. Aber jetzt wußte er, daß diese Verletzung keineswegs belanglos war.

Es war ein Einschuß.

Im ersten Augenblick wollte er das Geschoß herausholen; aber dann überlegte er es sich anders. Auf dem Totenschein des armen Mr. Kessler waren Unfallverletzungen als Grund für sein Hinscheiden angegeben. Offenbar hatte das Auge des Leichenbeschauers jedoch nicht alles gesehen. Sollte man nicht die Polizei informieren? Oder zumindest Mr. – Mr. ...

Er versuchte, sich an den Namen seines Kunden zu erinnern. Foley! So hieß er. Er stellte sich Foleys hageres Gesicht und die schmalen Lippen vor. Ihm hatte der Mann nicht gefallen, noch bevor er erfuhr, welch geringen Betrag Foley für einen anständigen Abschied seines Teilhabers auszugeben bereit war.

»Bucky!« brüllte Amos, aber dann fiel ihm wieder ein, daß Bucky weggegangen war. Er begab sich eilends in sein Büro und entdeckte dort auf seinem Schreibtisch den Aktenordner ›Kessler‹. Die Einzelheiten waren dürftig und befriedigten ihn keineswegs.

Er befand sich in einem erregten, aber angenehm aufgeregten Zustand, als Bucky eine Stunde später zurückkehrte. Bevor Bucky noch Gelegenheit hatte, sich zu entschuldigen, erteilte Amos ihm einen Auftrag.

»Ich möchte, daß Sie sofort zur *Times* gehen«, sagte er.
»Lassen Sie sich die Ausgaben vom neunten und zehnten
März geben und sehen Sie nach, ob Sie den Artikel über
Mr. Kessler finden. Über den Unfall.«

»Wozu, Mr. Duff?«

»Habe ich Sie schon gefragt, warum Sie atmen? Gehen
Sie zur *Times* und suchen Sie den Artikel. Schreiben Sie
ihn wörtlich ab und bringen Sie ihn dann her. Aber
schnell!«

Bucky grinste und salutierte. »*Oui, mon capitaine!*«

»Verschwinden Sie!«

Bucky machte auf dem Absatz kehrt und verschwand
durch die Tür. Amos, allein gelassen, rutschte tiefer in
seinen Drehstuhl, klopfte mit einem Bleistift gegen seine
Zähne und überdachte die Möglichkeiten.

Zwei Stunden verstrichen, bis Bucky das brachte, was
er haben wollte. Es war zwar nicht gerade ein Artikel,
aber dennoch von großer Hilfe. Kessler war von einem
Jagdausflug mit seinem Partner, Marvin Foley, nach
Hause gefahren; beide wohnten in Scarsdale. Kessler war
verwitwet und hatte keine Kinder. Foley behauptete, von
den Scheinwerfern eines Lastwagens geblendet worden
und von der Straße abgekommen zu sein. Glücklicherweise war er hinausgeschleudert worden, während Kessler
im Wagen saß, als dieser gegen einen Aquädukt prallte.

Eine Folge köstlicher Überlegungen gingen Amos durch
den Kopf. Offensichtlich hatte Foley die Behörden angelogen. Auf einen Toten schießt keiner. War der ›Unfall‹
passiert, nachdem Foley in einem Anfall von Leidenschaft
seinen Geschäftspartner bereits erschossen hatte? Und war
es ihm dann gelungen, einen entsprechenden Unfall vor-
zutäuschen, um die wahre Todesursache zu verheimlichen? Oder war die ganze Geschichte bereits vorher
gründlich geplant gewesen? ›Bestimmt‹, überlegte Amos,
›wenn man an seine knappe Art und an die Worte denkt,
die von seinen trockenen Lippen wie welkes Laub von
einem schmächtigen kahlen Baum fielen.‹ Foley hatte das
Ganze bereits vorher geplant, um die geschäftlichen Erfolge allein zu genießen.

Amos Duff dachte nicht mehr daran, die Polizei zu holen. Er würde zuerst mit Mr. Foley sprechen. Er blätterte im Telefonbuch und fand dort die entsprechende Information: KESSLER & FOLEY, Mfgrs. *Playtime Equipment.* Bedächtig wählte er die Nummer.

An der Tür zu Foleys Büro stand ein Clown. Er war aus Plastik, und selbst ein kräftiger Schlag auf seine vorstehende blaue Nase konnte ihn nicht umwerfen, da seine Füße beschwert waren. Die Sekretärin, die die Tür bewachte, kicherte, als Amos die Gestalt ansah.

»Das ist einer unserer besten Artikel«, sagte sie. »Mr. Foley hat mir aufgetragen, Sie sofort hineinzuführen.«

»Vielen Dank«, sagte Amos.

In Foleys Büro herrschte eine alles andere als muntere Atmosphäre. Es war spartanisch eingerichtet, holzgetäfelt, an den Wänden hingen Jagdszenen, und überheizt war es auch. Foley, der nicht einmal aufstand, um seinen Besucher zu begrüßen, saß in einem hochlehnigen Lederstuhl, trug einen wollenen Schal um den Hals und sah trotz der Hitze erkältet aus.

»Fassen Sie sich bitte kurz«, sagte er. »Wie ich bereits erklärte, hat Mr. Kessler keine Familie, so daß ich irgend etwas Feierliches nicht wünsche. Tun Sie lediglich, was Sie unbedingt tun müssen, und damit ist die Angelegenheit erledigt.«

»Oh, es handelt sich nicht um das Begräbnis, über das ich mit Ihnen sprechen möchte, Mr. Foley.« Amos nahm sorgfältig Platz. »Zumindest nicht eigentlich. Es handelt sich vielmehr – nun ja, ich habe etwas Ungewöhnliches entdeckt.«

Foleys Augen waren normalerweise schmal. Jetzt verschwanden sie völlig. »Was meinen Sie mit ungewöhnlich?«

»Vielleicht erinnern Sie sich, daß Sie mich anwiesen, mir keine Mühe mit dem – mit der kosmetischen Wiederherstellung des armen Mr. Kessler zu machen. Aber dennoch entdeckte ich ein – wie soll ich sagen – eine häßliche Verletzung.«

»Weiter«, sagte Foley mit gerunzelter Stirn.

»Vielleicht brauche ich nicht deutlicher zu werden.«

»Dieser Ansicht bin ich auch.«

Plötzlich kamen Amos Zweifel. War es möglich, daß Foley von dem Geschoß in der Leiche seines Teilhabers gar nichts wußte? Er beschloß, alles auf eine Karte zu setzen, um die Wahrheit herauszufinden. Er erhob sich.

»Ich bitte um Verzeihung. Wahrscheinlich habe ich einen Fehler gemacht. Ich werde den üblichen Bericht an die Polizei schicken und...«

»Setzen Sie sich!« sagte Foley, und seine Stimme ähnelte dem Hieb eines Spazierstöckchens. »Sie können nicht etwas Derartiges behaupten und dann einfach wieder verschwinden. Wieso ist ein Bericht an die Polizei erforderlich?«

»Es handelt sich lediglich um eine Formalität, Mr. Foley. Abgesehen davon kann ich mich hinsichtlich der Verletzung auch geirrt haben; die Polizei wird aber eine Autopsie anordnen, und dann werden wir es genau wissen.«

Foley tat das Unerwartete. Er lächelte.

»Setzen Sie sich und rauchen Sie eine Zigarre«, sagte er liebenswürdig. »Mögen Sie Zigarren? Ich selbst rauche zwar nicht, aber für meine besseren Kunden habe ich immer welche im Büro.«

»Hin und wieder rauche ich eine Zigarre mit großem Genuß.«

Foley lüftete den Deckel eines Zigarrenkastens und reichte eine Corona über den Tisch. Amos zündete sie an, zog genüßlich und sagte: »Meiner Vermutung nach handelt es sich um ein Gewehrgeschoß, wahrscheinlich Stahlmantel. Ich habe bereits eine Menge ähnlicher Verletzungen gesehen, kann mich jedoch trotzdem irren.«

»Ich kann mir nicht vorstellen, wie sie entstanden sein soll«, sagte Foley. »Und ich bin überzeugt, daß es dafür eine vernünftige Erklärung gibt.«

»Natürlich.«

»Aber als Geschäftsmann widerstrebt es mir erheblich, in irgendwelche Dinge verwickelt zu werden. Sicherlich wissen Sie, was ich meine.«

»Selbstverständlich.«

»Schmeckt Ihnen die Zigarre?«

»Köstlich.«

»Zwei Dollar kostet das Stück.«

»Wirklich?«

»Ich werde Ihnen eine Kiste schicken«, sagte Foley gütig und erhob sich mit ausgestreckter Hand. »Es war mir ein Vergnügen, Mr. Duff. Bitte geben Sie mir sofort Bescheid, wenn der arme George beerdigt worden ist. Ich selbst werde zwar nicht kommen – Begräbnisse finde ich entsetzlich –, aber ich möchte doch gern ein paar Blumen schicken.«

»Mr. Foley, ich fürchte, ich habe mich nicht deutlich genug ausgedrückt.«

»Wirklich?«

»Es dreht sich nicht darum, irgendwelche Ungelegenheiten heraufzubeschwören.« Amos blies einen Rauchring in die Luft. »Es handelt sich nur darum – um ganz offen zu sein, Mr. Foley: Meiner Ansicht nach ist es eine Schande, daß ein Mann vom Rang Mr. Kesslers derart unauffällig verscharrt werden soll. Beinahe eine Beleidigung seines Gedächtnisses – finden Sie nicht auch?«

Foley setzte sich und faltete die Hände. »Und was schlagen Sie demnach vor?«

»Ich würde etwas – etwas Angemesseneres vorschlagen.«

»Mr. Kessler war, wie Sie wissen, verwitwet und hatte keine Familie.«

»Allein die Absicht zählt«, sagte Amos.

»Und was ist Ihre Absicht?«

»Irgend etwas – Großartiges. Eine entsprechende Beisetzung und von allem nur das Beste. In unserem Katalog bezeichnen wir so etwas als Klasse A. Ich bin überzeugt, daß Mr. Kessler es verdient hat. Finden Sie nicht auch?«

»Nein«, sagte Foley schlicht. »Er war ein Wichtigtuer und Bankrotteur, wenn Sie die Wahrheit wissen wollen. Und was ist der Unterschied zwischen einer Beisetzung der Klasse A und einer gewöhnlichen Beerdigung?«

»Beispielsweise die Aufbahrung der sterblichen Reste...«

»Das meinte ich nicht. Ich meine vielmehr den Preisunterschied.«

»Aha.«

»Die Beisetzungsart, die ich bestellte, belief sich auf dreihundertfünfzig Dollar. Was wird mich dagegen die Klasse A kosten?«

Amos betrachtete die glimmende Asche seiner Zigarre. »Die Kosten betragen achtzehnhundert Dollar. Einschließlich jedoch...«

»Was dieser Preis einschließt, interessiert mich nicht.«

Foley holte ein Scheckheft aus der Schublade. Mit kratzendem Füllfederhalter und verkrampfter Schrift fing er an zu schreiben. »Das hier ist ein Verrechnungsscheck«, sagte er, »über sechshundert Dollar. Mein voriger Verrechnungsscheck lautete auf hundertfünfzig Dollar, so daß die Gesamtsumme siebenhundertfünfzig Dollar beträgt. Der Rest ist zahlbar, sobald Mr. Kessler seine Ruhe gefunden hat und beerdigt ist. Dann allerdings möchte ich von Ihnen nie mehr etwas hören, Mr. Duff.«

»Selbstverständlich«, sagte Amos eifrig.

Foley riß den Scheck heraus und überreichte ihn.

»Was Sie tun, ist richtig«, sagte Amos. »Es gibt Dinge, die mit Geld nicht aufzuwiegen sind.«

»Wirklich?« sagte Foley trocken. »Und was, beispielsweise?«

Drei Tage später, nach Erfüllung seines Auftrags, gab Amos seine Rechnung zur Post; sie lautete über jene noch ausstehenden tausendundfünfzig Dollar. Als bis zum Wochenende kein Scheck eingetroffen war, rief er bei Kessler & Foley an und erfuhr, daß Mr. Foley sich nicht in der Stadt aufhielte. Geduldig wartete er bis zum Donnerstag der folgenden Woche, aber kein Scheck traf ein. Am Freitag rief er wieder im Büro an. Mr. Foley war zwar anwesend, befand sich jedoch in einer Besprechung. Ob er Mr. Duff anrufen könne? Ja, erwiderte Mr. Duff. Aber Mr. Foley rief nicht an.

In der folgenden Woche gab es nur wenige neue Kunden, keinen Bucky mehr (er hatte am vergangenen Freitag, nach Empfang seines Gehaltsschecks, gekündigt) und kein Geld von Mr. Foley. Ein erneuter Anruf führte nur zu neuen Ausflüchten, und Mr. Duff begann, sich über die

Aufrichtigkeit von Mr. Foleys Absichten ernste Gedanken zu machen. Am Dienstag vormittag wurde ihm gestattet, mit dem Betreffenden selbst zu sprechen.

»Gott sei Dank«, sagte er mit gekünsteltem Lachen. »Ich hatte die Hoffnung schon fast aufgegeben, Mr. Foley. Wegen der Rechnung, meine ich.«

»Um welche Rechnung handelt es sich?«

»Um die Rechnung, die ich Ihnen geschickt habe. Für die Beisetzung.«

Darauf folgte eine Pause. Dann sagte Foley: »Ich glaube, Sie irren sich. Ich habe Sie für Ihre Dienste in vollem Umfang bezahlt. Wenn Sie es nicht glauben, schlage ich vor, daß Sie Ihren eigenen Katalog zu Rate ziehen.«

»Aber Mr. Foley...«

»Ihre Preisliste ist mir sehr genau bekannt, Mr. Duff. Ich habe sie mir sorgfältig angesehen. Bei Ihnen gibt es nicht eine einzige Bestattung, die mehr als siebenhundertfünfzig Dollar kostet, und über diesen Betrag besitze ich Schecks, die von Ihnen eingelöst wurden.«

»Aber die Umstände waren völlig anders...«

»Ach, wirklich?«

»Hören Sie zu«, sagte Amos ärgerlich. »Sie wissen verdammt genau, daß sie anders waren. Und Sie wissen auch, was ich tue, wenn ich den Scheck nicht bekomme...«

»Was wollen Sie denn tun? Etwa die Polizei holen?«

»Trauen Sie mir das nicht zu?«

Foley lachte leise. »Natürlich nicht. Vergessen Sie nicht, daß Sie es waren, der den armen Mr. Kessler unter die Erde gebracht hat, Mr. Duff. Wenn Sie die Polizei bitten, ihn wieder auszugraben, werde ich erklären müssen, warum Sie den Bericht über die sogenannte Schußverletzung nicht vorher abschickten. Glauben Sie wirklich, Mr. Duff, daß Ihnen das förderlich ist?«

Amos gurgelte irgend etwas; es war der Ersatz für eine Antwort.

»Das hatte ich mir gedacht«, sagte Foley und war so selbstsicher, daß Amos sich danach sehnte, ihn als Kunden bei sich zu haben. »Mich können Sie nicht hineinziehen, ohne sich selbst hineinzuziehen. Und Sie haben keine

177

Garantie, daß man Ihnen diese Beschuldigung auch glaubt. Deswegen halte ich es für das beste, Sie vergessen alles, Mr. Duff. Ich weiß sehr wohl, daß ich für alle Ewigkeiten zahlen muß, wenn ich jetzt bezahle. Ich habe jedoch nicht die Absicht, mich darauf einzulassen.«

Damit legte er den Hörer auf.

Irgendwie fand Amos das Polizeirevier noch viel gräßlicher als sein eigenes Büro. Ungeduldig saß er im Zimmer von Lieutenant Morgan und wartete darauf, daß irgend etwas geschehe. Schließlich erschien der Kriminalbeamte, der Foley zuerst eintreten ließ.

Foleys Gesicht verriet seinen angespannten und eiskalten Unwillen; seine Wangen waren gerötet, als hinderte ihn der Wollschal, den er um den Hals gewickelt hatte, am Atmen.

»Ich möchte endlich wissen, worum es geht«, verlangte Foley zu wissen und starrte Amos dabei an. »Sie haben nicht das Recht, mich hierher zu bringen...«

»Bitte nehmen Sie Platz«, sagte der Lieutenant. »Es handelt sich um eine ernste Beschuldigung, Mr. Foley, so daß wir uns berechtigt fühlten, Haftbefehl zu erlassen.«

»Was hat er Ihnen erzählt?« fragte Foley wütend. »Der Mann ist ein Lügner. Ein Lügner und Dieb. Wenn Sie wüßten, wie er versuchte, mir zu viel zu berechnen...«

»Mr. Foley, unsere Beamten fanden in Ihrer Wohnung ein Jagdgewehr – jene Waffe, die Sie zum Zeitpunkt des Unfalls in Ihrem Wagen hatten. Dieses Gewehr haben wir als Beweisstück beschlagnahmt, zusammen mit einer Schachtel Stahlmantelgeschosse. Mr. Duff scheint anzunehmen, daß Sie das Gewehr benutzten, um sich Ihres verstorbenen Teilhabers George Kessler zu entledigen. Ich möchte Ihnen daher raten, nur das zu sagen, was Sie wirklich sagen wollen; andererseits können Sie uns eine Menge Arbeit ersparen, wenn Sie offen und ehrlich sind.«

»Alles, was er gesagt hat, ist gelogen! Kessler kam bei dem Unfall ums Leben! Ich habe den Totenschein...«

»Wir besitzen bereits eine Photokopie, Mr. Foley.«

»Wie können Sie dann diesem – diesem Leichenfledderer glauben?«

Amos rutschte unbehaglich hin und her.

»Mr. Duff«, sagte der Lieutenant, »scheint Beweise zu haben, Mr. Foley. Deswegen haben wir Sie hergebracht.«

»Beweise? Welche Beweise? Kessler ist beerdigt! Tot und beerdigt. Sie können ihn jetzt nicht wieder ausgraben...«

»Wenn es nötig sein sollte, können wir es.«

Foley sprang auf. »Fragen Sie ihn, woher er es weiß!« schrie er. »Fragen Sie ihn, woher er weiß, daß es ein Geschoß war!«

»Danach haben wir ihn bereits gefragt«, sagte der Lieutenant und sah Amos an.

»*Well*«, sagte der Leichenbestatter und räusperte sich. »Gewußt habe ich es genaugenommen nicht. Oder doch erst nach der Beisetzung. Dann allerdings war es völlig klar – nicht nur mir, sondern allen. Verstehen Sie: Das Geschoß ist nämlich nicht geschmolzen...«

»Geschmolzen?« schrie Foley. »Was soll das heißen – geschmolzen?«

»Wissen Sie«, sagte Amos, »zu der Beisetzung nach Klasse A gehört die Einäscherung. Unserer Ansicht nach ist sie ideal in allen Fällen, wo keine Hinterbliebenen vorhanden sind. Wenn der Wunsch besteht, beliefern wir jedoch die engsten Freunde und Verwandten mit einem Erinnerungsstück.«

Der Lieutenant ging zu seinem Schreibtisch und zog die unterste Schublade auf. Ihr entnahm er eine feine Porzellanurne und stellte sie auf den Tisch.

»Sehen Sie?« sagte Amos ernst. »Als man es unter der Asche entdeckte, wurde es zu den sterblichen Resten getan. Deswegen bin ich dann anschließend zur Polizei gegangen«.

Er nahm die Urne hoch und schüttelte sie langsam hin und her. *Klapp, klapp, klapp* machte es.

Dicker als Wasser

Vernon Wedge wollte den alten Mann nicht sehen. Olga, seine Sekretärin, bedachte Blesker mit einem unterkühlten Empfang; aber er blieb einfach im Wartezimmer des Anwalts sitzen. Sein Rücken war gerade, seine gekrümmten Finger waren gefaltet, sein kalkweißes Gesicht war die Verkörperung von Hartnäckigkeit und Entschlossenheit. Schließlich mußte Vernon nachgeben.

»Nehmen Sie Platz, Mr. Blesker«, sagte er müde und deutete auf den Ledersessel in seinem Büro. »Ich weiß, warum Sie hier sind; mein Telefon geht den ganzen Vormittag: vier Zeitungen, ein Jugendfürsorger und sogar eine Firma. Was haben Sie eigentlich aufgezogen – eine ganze Organisation?«

Der alte Mann wirkte verstört. »Bitte«, sagte er. »Ich komme nur wegen meines Jungen...«

»Ich weiß; schließlich lese ich Zeitung. Und wahrscheinlich sind Sie der Ansicht, daß Ihr Sohn unschuldig ist?«

»Das ist er!«

»Natürlich. Sie sind der Vater. Haben Sie mit ihm gesprochen, seit es passiert ist?«

»Ich komme gerade aus dem Gefängnis. Er wird nicht gut behandelt. Mager ist er geworden.«

»Er befindet sich erst seit wenigen Tagen in Haft, Mr. Blesker. Ich bezweifle, daß man ihn hungern läßt. Hören Sie zu«, sagte Vernon mürrisch. »Ihr Sohn wird beschuldigt, einen anderen Jungen auf der Straße erstochen zu haben. Das zumindest ist passiert. Wissen Sie, wie viele Zeugen es dafür gibt? Kennen Sie die Beweise, die der District Attorney besitzt?«

»Ich weiß nur, daß er unschuldig ist«, sagte der alte Mann. »Mehr weiß ich nicht. Benjy ist ein guter, ernsthafter Junge.«

»Sicherlich«, erwiderte Vernon mit gerunzelter Stirn. »Jeder ist ein netter Junge, Mr. Blesker, bis er anfängt, sich mit irgendwelchem Pack auf der Straße herumzutreiben. Dann sind sie auf einmal völlig verändert.« Fast brüllte er jetzt. »Mr. Blesker, das Gericht wird Ihrem Sohn einen Anwalt stellen. Mich brauchen Sie also nicht.«

»Ich habe Geld«, flüsterte Blesker. »Die Familie – wir alle legen zusammen. Ich habe ein Heizölgeschäft; ich werde den großen Tankwagen verkaufen. Ich kann zahlen, was Sie verlangen, Mr. Wedge.«

»Es ist nicht eine Frage des Geldes...«

»Sondern?« Der alte Mann wurde plötzlich wild. »Ob er schuldig ist oder nicht? Haben Sie das bereits entschieden, Mr. Wedge? Nach dem, was in den Zeitungen gestanden hat?«

Vernon konnte dieser Herausforderung nicht ausweichen, denn dazu kam sie der Wahrheit viel zu nahe. Er hatte sich tatsächlich aus den Zeitungsartikeln bereits ein Urteil über diesen Fall gebildet, und nach allem, was er wußte, war dies ein Klient, den er nicht unbedingt zum Leben brauchte. Dazu war sein Ruf zu gut. Hinzu kam noch, daß er seinen letzten Klienten an Ossining verloren hatte. Jeder Strafverteidiger kann es sich leisten, daß in einigen Prozessen gegen ihn entschieden wird – aber zweimal hintereinander?

»Mr. Blesker«, sagte er unglücklich, »wollen Sie mir bitte erzählen, warum Sie hierher gekommen sind? Warum haben Sie ausgerechnet mich ausgesucht?«

»Weil ich gehört habe, daß Sie gut sind.«

»Wissen Sie, was in meinem letzten Prozeß passiert ist?« Störrisch: »Ich habe gehört, daß Sie sehr gut sind, Mr. Wedge.«

»Jedem Reporter in dieser Stadt haben Sie bereits erzählt, daß Sie die Absicht hätten, mich zu nehmen. Das bringt mich in eine äußerst kompromittierende Lage, verstehen Sie das? Sie übrigens auch. Merken Sie nicht, wie schlecht es aussehen wird, wenn ich die Sache ablehne? Als wäre ich überzeugt, daß Ihr Sohn schuldig ist, daß der ganze Fall hoffnungslos ist.«

»Ich habe mir nichts dabei gedacht«, sagte der alte Mann einfältig. »Ich wollte nur für Benjy das Beste.« Seine Augen füllten sich langsam mit Tränen. »Übernehmen Sie bitte den Fall, Mr. Wedge.«

Vernon wußte, ob eine Sache verloren war, sobald er sie sah; vielleicht hatte er von Anfang an gewußt, wie diese Unterhaltung enden würde. Seine Stimme wurde sanfter.

»Ich habe nicht gesagt, daß Ihr Sohn schuldig ist, Mr. Blesker. Ich habe lediglich gesagt, daß seine Sache sehr schlecht steht. Ausgesprochen schlecht.«

Regungslos wartete der alte Mann.

»Na schön«, sagte Vernon seufzend. »Ich will es mir überlegen.«

Im Polizeiregister wurde das Alter von Benjy Blesker mit siebzehn Jahren angegeben. Er sah jünger aus. Die entsetzten Augen verliehen ihm einen Ausdruck jugendlicher Verwirrung. Aber Vernon ließ sich dadurch nicht täuschen; er hatte bereits zu viele eiskalte Mörder mit unschuldigen Kindergesichtern gesehen.

Die Zelle des Jungen war sauber, und Benjy zeigte keine Spuren schlechter Behandlung. Er saß auf dem Rand seiner Pritsche und knetete die Finger. Als Vernon hereinkam, bat er um eine Zigarette.

Vernon zögerte, zuckte dann die Achseln und hielt ihm das Päckchen hin. »Warum auch nicht!« sagte er. »Wenn du alt genug bist, um hier zu sein...«

Benjy steckte sich die Zigarette an, und eine undurchdringliche Maske legte sich über seine jungenhaften Züge.

»Sind Sie der Anwalt, den mein Alter ausgesucht hat?«

»Richtig. Ich heiße Vernon Wedge.«

»Wann komme ich hier heraus?«

»Bestimmt nicht vor der Verhandlung. Entlassung auf Kaution ist abgelehnt worden.«

»Und wann ist die Verhandlung?«

»Nur nichts überstürzen«, knurrte Vernon. »Über jede noch so kleine Verzögerung können wir nur glücklich sein. Glaube nicht, daß es so einfach ist.«

Benjy lehnte sich lässig zurück. »Ich habe den Kerl nicht abgestochen«, sagte er tonlos. »Ich habe mit der ganzen Sache nichts zu tun.«

Vernon grunzte und zog einen Bogen mit handschriftlichen Notizen aus der Tasche.

»Du hast zugegeben, daß du Kenny Tarcher kanntest?«

»Klar habe ich ihn gekannt. Wir waren ein paarmal zusammen, in einem Bastelladen.«

»Man hat mir berichtet, Kenny wäre Mitglied einer Bande gewesen, die sich ›*The Aces*‹ nennt. Hast du jemals damit zu tun gehabt?«

»Mit diesem Gesindel?« fauchte Benjy und stieß eine Rauchwolke aus. »Ich war ein *Baron*. Die *Barons* haben mit solchen Gaunern nichts zu tun. Wissen Sie, wen die alles in ihre Bande aufgenommen haben? Eine ganze Menge von...«

»Lassen wir das«, unterbrach Vernon ihn barsch. »Über dein geselliges Leben können wir uns später einmal unterhalten. Du warst also ein *Baron* und Kenny ein *Ace*; damit wart ihr natürliche Feinde. Im vergangenen Monat hattest du eine Prügelei, und dabei hat dieser Kenny Tarcher dich ziemlich versohlt. Irgendwelche Gründe brauchst du mir nicht zu erzählen; es ist doch immer die alte Geschichte.«

Benjys Mund zitterte. »Mr. Wedge, uns können Sie mit dieser Bande überhaupt nicht vergleichen! Sie kennen doch Mr. Knapp...«

»Den Jugendfürsorger? Ich war gerade bei ihm.«

»Er kann Ihnen alles über die *Barons* erzählen, Mr. Wedge.

Wir sind keine Gauner. Wir hatten sogar eine Basketball-Mannschaft und was weiß ich.«

Vernon unterdrückte ein Lächeln. »Warum hast du immer ein Messer bei dir, Benjy?«

»Es ist kein Klappmesser, Mr. Wedge. Es ist mehr ein Fahrtenmesser; ich meine, diese Messer werden überall verkauft. Ich brauche es zum Schnitzen und so.«

»Zum Schnitzen?« Es war schwer, den Hohn zu verbergen. Das Ende von Benjys Zigarette glühte auf – genauso wie sein Temperament.

»Sagen Sie mal – auf welcher Seite stehen Sie eigentlich? Ich habe Kenny nicht abgestochen. Das muß jemand anders gewesen sein! Ich schwöre, daß ich ihn nicht umgebracht habe!«

»Immer schön langsam. Ich erhebe hier keine Beschuldigungen, mein Junge. Das ist Aufgabe des Gerichts. Du kannst dich ruhig wieder abregen. Ich gehe nur die ganze Geschichte durch, und zwar vom Standpunkt der Polizei, und du kannst dann immer sagen, wo die Geschichte falsch ist. Bei jeder Kleinigkeit – verstanden?«

Benjy schluckte. Dann nickte er.

»Es war am einundzwanzigsten Juni, zehn Minuten vor Mitternacht«, sagte Vernon und beobachtete ihn dabei. »Mit zwei anderen Burschen gingst du die Thurmond Street entlang; ihr kamt aus dem Kino. Kenny Tarcher verließ in diesem Augenblick das Haus Ecke Thurmond Street und Avenue C. Ihr gerietet aneinander und fingt an, euch zu prügeln. Und im nächsten Augenblick rennst du mit deinen Freunden weg. Kenny fällt hin und versucht kriechend den Hauseingang zu erreichen. Auf der Treppe saßen zwei Leute. Diese beiden Leute haben euch weglaufen sehen. Sie sahen aber auch, wie Kenny unmittelbar vor ihnen starb. Er hatte eine zwanzig Zentimeter lange klaffende Wunde im Bauch...«

Benjy sah aus, als wäre ihm übel.

»Zehn Minuten später entdeckte dich die Polizei im Öllager deines Vaters an der Chester Street. Das Messer hattest du noch in der Tasche.« Er schwieg.

»Ich habe ihn nicht abgestochen«, sagte der Junge ver-

bissen. »Alles andere an der Geschichte stimmt. Aber wer Kenny abgestochen hat, weiß ich nicht.«

Wer waren die beiden, mit denen du zusammen warst?«

»Ich hatte sie noch nie gesehen. Wir haben uns im Kino kennengelernt.«

»Mach mir doch nichts vor!«

»Was, verdammt noch mal, wollen Sie eigentlich von mir?« brüllte Benjy. »Ich habe Ihnen gesagt, daß ich diese Kerle nicht kenne! Einer der beiden muß es getan haben – ich jedenfalls war es nicht! Als ich sah, daß er verletzt war, rannte ich los. Mehr weiß ich nicht!«

»In deinem Besitz befand sich das Messer...«

»Ich habe es nicht benutzt!«

»Dieses Messer ist jetzt Beweisstück A«, sagte der Anwalt. »Das weißt du, nicht wahr? Die Zeugen haben es in deiner Hand gesehen...«

»Lassen Sie mich in Ruhe! Sie wollen mir überhaupt nicht helfen!«

Vernon stand auf.

»Doch, Benjy. Aber es gibt nur eine Möglichkeit, wie dir geholfen werden kann, mein Junge. Ich möchte, daß du der Polizei zuvorkommst.«

»Was?«

»Ich möchte, daß du dich schuldig erklärst. Glaube mir, es ist das vernünftigste. Wenn dein Fall vor ein Geschworenengericht kommt, garantiere ich dir, daß du den Rest deines Lebens hinter Gittern verbringst. Bekenne dich schuldig, und das Höchste, was du bekommst, sind zwanzig Jahre. Das ist nicht so schlimm, wie es klingt. Nach fünf Jahren kannst du vielleicht auf Bewährung entlassen werden.«

»Das tue ich nicht!« schrie Benjy. »Ich bin unschuldig! Ich lasse mich nicht für eine Sache ins Gefängnis stecken, die ich nicht getan habe!«

»Ich versuche es dir vernünftig zu erklären, mein Junge. Warum hörst du nicht wenigstens zu?«

»Ich habe es nicht getan! Ich war es nicht!«

Vernon seufzte. Seine Mundwinkel glätteten sich, und er legte dem Jungen eine Hand auf die Schulter.

»Hör zu«, sagte er freundlich. »Ich möchte dir wirklich helfen, mein Sohn.«

Einen Augenblick blieb Benjy ruhig. Dann schüttelte er die mitfühlende Hand ab und fauchte den Anwalt an:

»Ich bin nicht Ihr Sohn! Ich habe selbst einen Vater!«

Wie der Vater, so der Sohn, überlegte Vernon nüchtern, als er den störrischen Mund und die harten Augen des alten Mannes betrachtete. Er war überzeugt, daß Blesker auch eine weiche Seite hatte. Unter anderen Umständen würde er bestimmt lächeln, Witze erzählen und eine Melodie vor sich hin summen. Jetzt, angesichts des offenen Rates, den der Anwalt ihm gab, war er so hart wie Stein.

»Sie müssen ihn zur Vernunft bringen«, sagte Vernon. »Er weiß noch nicht, was ihm nützt. Wenn er sich eines Mordes zweiten Grades schuldig bekennt, wird der Richter nachsichtig sein.«

»Aber dann muß er ins Gefängnis? Für etwas, das er nicht getan hat?«

»Sie sind der Vater, Mr. Blesker. Sie übersehen einige Tatsachen.«

»Die Tatsachen sind falsch!« Blesker legte seine geballten Hände auf die Knie und schlug einmal darauf. Als er wieder aufblickte, hatten seine Augen einen völlig veränderten Ausdruck. »Sagen Sie, Mr. Wedge...«

»Ja?«

»Für aussichtslose Fälle haben Sie wohl nichts übrig, nicht? Wenigstens erzählt man sich das von Ihnen.«

»Ist das so schlimm?«

»Wenn mein Junge sich schuldig bekennt, haben Sie nichts verloren. Sie können immer noch auf Ihre Erfolge verweisen, nicht?«

»Glauben Sie, daß das für mich der einzige Grund ist?«

Blesker zuckte die Schultern. »Ich frage bloß, Mr. Wedge. Von den Gesetzen verstehe ich nichts.«

Unfähig, diese genaue Einschätzung seiner innersten Gedanken zu widerlegen, versuchte Vernon, eine ärgerliche Erwiderung zu finden, was ihm jedoch nicht gelang. Er zuckte ebenfalls die Schultern.

»Meinetwegen«, sagte er knurrend. »Plädieren wir also auf nichtschuldig. Ich werde tun, was in meinen Möglichkeiten steht, um damit durchzukommen.«

Prüfend suchte Blesker im Gesicht des Anwalts nach irgendwelchen Zeichen der Aufrichtigkeit. Anscheinend war er befriedigt.

Am ersten Verhandlungstag betrat Vernon den Gerichtssaal mit einem Herzen, das genauso schwer wie seine Aktenmappe war. Überraschenderweise verlief der erste Tag gar nicht so schlecht. Als Vorsitzender war Judge Angus Dwight bestimmt worden. Trotz seines säuerlichen Aussehens kannte Vernon ihn als peinlich gerecht und ungeheuer sentimental. Wickers, der Vertreter der Anklage, war ein blondhaariger Adonis mit theatralischem Auftreten, scharfem Verstand, und er wirkte sehr auf Damen. Die Geschworenen waren glücklicherweise Männer – mit nur zwei Ausnahmen, und dabei handelte es sich um Frauen, die über das kokette Alter weit hinaus waren. Bereits in der ersten Stunde zog Wickers sich durch scherzhafte Bemerkungen einen Tadel des Richters zu, der auf den Ernst der Angelegenheit verwies; Vernons Hoffnungen stiegen.

Aber es war der einzige gute Tag. Am zweiten Nachmittag rief Wickers einen Mann namens Sol Dankers in den Zeugenstand.

»Mr. Dankers«, sagte er sanft. »Sie waren zum Zeitpunkt der Ermordung von Kenny Tarcher anwesend, nicht wahr?«

»Das stimmt«, sagte Dankers bedächtig. Er war ein schweratmender, bebrillter Mann mit rotgeäderter Nase. »Ich saß auf der Treppe, als diese Jungen anfingen, sich zu prügeln. Und dann weiß ich nur noch, daß einer der Burschen zur Treppe taumelte und wie ein Schwein blutete. Unmittelbar vor mir und meiner Frau fiel er dann tot hin. Eine Stunde brauchte ich, um die Blutflecken von meinen Schuhen wegzukriegen.«

»Mehr haben Sie nicht gesehen?«

»Nein, Sir. Ich habe den Burschen gesehen, den da drüben, wie er mit einem Messer in der Hand wegrannte.«

Dann war Vernon an der Reihe.

»Mr. Dankers, stimmt es, daß Ihre Sehkraft gemindert ist?«

»Allerdings. Ich bin zweiundsechzig, mein Sohn – warten Sie nur, bis Sie einmal so alt sind wie ich.«

Er erregte Gelächter bei den Zuschauern und wurde zur Ordnung gerufen.

»Es war fast Mitternacht und die Straße ist nicht gerade gut beleuchtet. Trotzdem sahen Sie ein Messer...« Vernon zeigte zu dem Tisch, auf dem Beweisstück A lag. »Jenes Messer, in der Hand von Benjamin Blesker?«

»Es funkelte im Licht, wenn Sie wissen, was ich damit meine. Aber um die Wahrheit zu sagen: Wahrscheinlich wäre es mir gar nicht aufgefallen, wenn meine Frau nicht gesagt hätte: Sieh mal den Burschen, der hat ein Messer in der Hand!«

Die Zuhörer wurden unruhig, und Vernon bedachte diese Aussage, die aus zweiter Hand stammte, mit einem Stirnrunzeln. Aber der Schaden war nicht mehr zu beheben; Vernon machte sich nicht einmal mehr die Mühe, sich zu beschweren.

Als nächstes sagte Mrs. Dankers aus; mit ihrem Sehvermögen sei alles in Ordnung, sagte sie nachdrücklich, und immerhin könne sie ein Messer erkennen, wenn sie es sehe. Doch der dritte Zeuge war es, der den größten Schaden anrichtete. Es war Marty Knapp, ein von seinem Beruf besessener Jugendfürsorger, der in dieser Gegend arbeitete.

»Nein, Benjy ist kein schlechter Kerl«, sagte er nachdenklich. »Aber er ist unberechenbar. Und er hat Kenny Tarcher die Prügel, die er von ihm bezogen hat, nie vergessen.«

»Ihrer Ansicht nach bestünde also die Möglichkeit«, sagte Wickers triumphierend, »daß es sich hier um einen Mord aus Rache handelt? Nicht um eine plötzliche Schlägerei und einen nicht geplanten Angriff, sondern um vorsätzlichen, kaltblütigen...«

Vernon war aufgesprungen und legte mit lauter Stimme Einspruch ein. Judge Dwight stellte sich sofort auf seine Seite, aber der Eindruck auf die kollektive Ansicht der Geschworenen war nicht mehr auszulöschen. Als Vernon sich wieder hinsetzte, fühlte er sich genauso verloren, wie Benjy Blesker aussah.

Am Abend des vierten Tages suchte er Benjy auf.

»Was sagst du nun, Benjy?« fragte er ruhig. »Siehst du jetzt, wie die Dinge laufen? Ich spiele sämtliche Tricks aus, die ich kenne, und mache doch niemandem etwas vor.«

»Strengen Sie sich mehr an!« fauchte Benjy.

»Wenn ich wüßte, wie man Wunder tut, würde ich eines vollbringen. Weißt du – dieser Staat hängt Kinder nicht gern; aber passiert ist es schon...«

»Hängen?« sagte der Junge ungläubig. »Sie sind verrückt!«

»Selbst wenn du lebenslänglich bekommen solltest – weißt du eigentlich, was das bedeutet? Auch wenn man dich in zwanzig Jahren auf Bewährung entläßt, wirst du siebenunddreißig Jahre alt sein, also ein Mann in mittleren Jahren, und außerdem vorbestraft.«

Tränen strömten Benjy aus den Augen. Sie waren das erste Anzeichen dafür, daß sein Widerstand langsam abbröckelte, und der Anwalt hakte sofort ein.

»Bekenne dich schuldig«, sagte er ernst. »Bekenne dich schuldig, Benjy – noch ist es nicht zu spät.«

Der Kopf des Jungen fuhr hoch. »Nein!« kreischte er. »Ich habe es nicht getan!«

Der vierte Tag war der schlimmste. Erbarmungslos nahm Vernon sich die Zeugen der Anklage vor. Dankers bezeichnete er als schwachsichtigen trunksüchtigen Lügner. Mrs. Dankers zwang er zu dem Eingeständnis, daß sie die Kinder aus der Nachbarschaft haßte, besonders die *Barons*. Und von Knapp, dem Jugendfürsorger, ließ er sich jede Einzelheit über Benjys fleckenlose Vergangenheit noch einmal wiederholen. Aber während der ganzen Zeit machten die Geschworenen einen unruhigen, gelangweilten und gereizten Eindruck. Offenbar hatte das ›Charakterzeugnis‹ sie keineswegs beeindruckt; was sie interessierte, waren Tatsachen – je blutiger, desto besser.

Wickers gab ihnen, was sie sich wünschten. Wickers führte ihnen den Mord, Schritt für Schritt, noch einmal vor. Er blutete für sie. Er preßte die Hände gegen den Leib. Er stellte die Mutter des Toten in den Zeugenstand. Zehn Minuten lang, in denen es nur um belanglose Dinge ging, ließ er sie weinen, bis selbst Judge Dwight das Schauspiel zuviel wurde. Aber es hatte Erfolg. Vernon, mit seiner langen Gerichtserfahrung, wußte, daß es Erfolg hatte.

Die Verhandlung war nahezu abgeschlossen. Wickers, der mit dem Messer unter der Nase von Benjy Blesker herumfuchtelte, entlockte dem Angeklagten das Eingeständnis, daß das Messer ihm gehöre, daß er es immer bei sich getragen hätte und es in der Mordnacht mit Sicherheit in der Tasche, vielleicht aber auch in der Hand gehabt hatte. Damit hatte Wickers seine Schlußszene mit Glorie gespielt; er setzte sich, da die Staatsanwaltschaft den Fall abgeschlossen hatte.

Noch ein einziger Tag, und alles war erledigt.

Vor der Fortsetzung der Verhandlung kam ein Wochenende. Vernon Wedge verbrachte die Zeit mit Nachdenken.

Schuld hatte allein der alte Mann, überlegte er verbittert. Der alte Blesker war es, der hinter sämtlichen Schwierigkeiten steckte. Sein Vertrauen in Benjy war der uneinsichtige und hartnäckige Glaube eines Fanatikers. Selbst wenn der Junge schuldig war, würde er es aus Rücksicht auf seinen Vater niemals zugeben.

»Komisch ist dabei«, sagte er zu Olga, seiner Sekretärin, »daß ich selbst nicht wüßte, wie ich entscheiden sollte, wenn ich Geschworener wäre.«

Olga machte sich Sorgen.

»Sie sehen schlecht aus«, sagte sie. »Sie scheinen blutarm zu sein. Wenn diese Geschichte vorüber ist, sollten Sie zu einem Arzt gehen.«

»Wahrscheinlich am besten zu einem Psychiater.«

»Ich spreche von einem Arzt«, sagte Olga fest.

In diesem Augenblick wurde der Gedanke geboren. Vernon blickte seine Sekretärin sonderbar an und stand plötzlich von seinem Schreibtischstuhl auf.

»Wissen Sie – das wäre noch eine Idee. Vielleicht sollte ich tatsächlich zum Arzt gehen. Erinnern Sie sich noch an Doc Hagerty?«

»Nein.«

»Aber sicher erinnern Sie sich! Der Fall Hofstraw, 1958...«

»Ich meinte allerdings eine ganz andere Art von Arzt. Einen guten praktischen Arzt.«

»Ich gehe jetzt«, sagte Vernon plötzlich. »Falls Sie mich brauchen – ich bin im Dugan-Hospital. Aber rufen Sie dort nur an, wenn es dringend ist.«

Er fand Hagerty im Laboratorium des Krankenhauses, das im Kellergeschoß lag. Olga hatte vollkommen recht: Hagerty war kein praktischer Arzt, der die Brust abhorchte und sich die Zunge zeigen ließ; er war weniger Arzt als vielmehr Biochemiker. Aber genau das war es, was Vernon brauchte.

Hagerty war ein weißhaariger Mann, dessen Rücken sich im Laufe der Jahre, in denen er gebückt vor Mikro-

skopen gesessen hatte, langsam gekrümmt hatte, und
außerdem roch er leicht nach Schwefel. Wie sich herausstellte, hatte er von dem Prozeß nicht die geringste Ahnung. Vernon faßte die Tatsachen kurz zusammen und
kam dann zum Thema ›Blut‹.

»Wollen Sie damit sagen, daß keine Benzidin-Unter-
suchung durchgeführt wurde?« fragte Hagerty sofort. »An
der Mordwaffe?«

»Doch«, gab Vernon zu, »und das Resultat war negativ.
An dem Messer befanden sich keine Blutspuren, verstehen Sie. Es war völlig sauber. Die Anklage behauptet
nun, daß sämtliche Spuren abgewischt oder abgewaschen
wurden. Bisher hat dieser Punkt noch keine größere Rolle
gespielt. Ich hörte jedoch einmal, wie Sie über einen gründ-
licheren Versuch als den mit Benzidin sprachen...«

»Den gibt es«, grunzte Hagerty. »Die übliche Untersuchung auf Blutspuren wird in dieser Stadt mit Benzidin
durchgeführt, aber es gibt noch eine andere Methode. Sie
ist meiner Ansicht nach erheblich genauer, wird jedoch
nicht immer angewendet. Bezeichnet wird sie als Phenol-
phthalein-Untersuchung, und entsprechend einer Reihe
von Faktoren könnte sie genau das sein, was Sie suchen.«

»Um welche Faktoren geht es?«

»Beispielsweise um die Eigenschaften des Metalls, aus
dem die Klinge hergestellt ist. Aber selbst wenn das Metall so porös ist, daß mikroskopische Blutteilchen zurück-
geblieben sind, kann man möglicherweise nicht genau feststellen, zu wem das Blut gehört. Wenn etwa der Junge sich
irgendwann einmal in den Finger schnitt oder jemand
anderes sich...«

»Was müssen wir dazu tun?« sagte Vernon erregt.

»Holen Sie mir das Messer.«

»Das ist unmöglich. Augenblicklich ist es vom Gericht
noch beschlagnahmt.«

»Dann holen Sie mir ein halbes Dutzend Messer derselben Art.«

Den ganzen Samstag vormittag verbrachte der Anwalt
mit der Suche nach Messern, die der Waffe glichen. Deutlich hatte er das Bild dieses Messers vor Augen; er er-

innerte sich jeder Schlangenlinie auf dem Griff. erinnerte sich sogar der Buchstaben, die sich auf dem Ansatz der Klinge befanden: B.L.CO.U.S.A.

Schließlich entdeckte er in einem schmutzigen Laden, vier Querstraßen vom Schauplatz des Mordes entfernt, eines dieser Messer. Der Inhaber hatte noch genau fünf vorrätig; Vernon kaufte alle.

Nachmittags mußte er zwei Stunden warten, bis er Hagerty sprechen konnte. Als der weißhaarige Doktor im Laboratorium zu ihm kam, entschuldigte er sich nicht einmal.

»Ich habe die Lösung fertig«, sagte er knapp. »Sind Sie ganz sicher, daß es sich um dasselbe Fabrikat handelt?«

»Ganz sicher.«

Hagerty zog die große Klinge aus der Scheide. Dann holte er aus einem Schrank eine Flasche mit Blut und tauchte die Klinge hinein. Vernon wurde übel, und er mußte schlucken, als Hagerty die Klinge mit einem weichen Tuch abwischte und das Messer mit einem Bleistift kennzeichnete. »Irgendeine Spur?« sagte er und hielt es Vernon hin.

»Zu sehen ist nichts.«

Hagerty brachte dann alle fünf Messer zu einem Becher, der mit einer trüben Flüssigkeit gefüllt war. Vernon half ihm, die Klingen aus den Scheiden zu ziehen, und dann war alles für die Vorführung bereit.

»Mischen Sie sie gut durcheinander«, sagte Hagerty. »Es ist das reinste Kunststück: Sie mischen die Karten, und ich finde das As heraus.«

Immer wieder warf Vernon die Messer durcheinander. Dann tauchte Hagerty sie, eines nach dem anderen, in die Lösung.

Bei dem dritten Messer färbte sie sich rosa. Es war das Messer, das gekennzeichnet worden war.

»Es klappt«, sagte Vernon keuchend. »Es klappt wirklich.«

»Das Metall ist porös. Auch wenn die Blutspuren bereits mehrere Jahre alt wären, würde dieser Versuch sie deutlich nachweisen.«

»Vielen Dank«, sagte Vernon bescheiden. »Sie haben mir das Leben gerettet, Doc.«

»Wieso denn Ihr Leben?« erwiderte Hagerty trocken.

Als Vernon die Zelle Benjys betrat, las der Junge mit gespannter Konzentration ein Groschenheft. Er wirkte entrückt, desinteressiert. Vernon begriff es; diese Verzückung hatte er schon früher bei Verurteilten beobachtet.

»Hör zu«, sagte er barsch. »Hör genau zu. Ich bin auf eine Idee gekommen, die dich vielleicht retten wird, aber vorher muß ich die Wahrheit wissen.«

»Ich habe Ihnen schon alles erzählt...«

»Es handelt sich um einen Versuch«, sagte der Anwalt. »Um einen Versuch, durch den man bestimmen kann, ob die Klinge deines Messers jemals mit Blut in Berührung gekommen ist oder nicht.«

»Und?«

»Montag will ich dem Gericht vorschlagen, diesen Versuch durchzuführen. Verläuft er negativ, wissen die Geschworenen, daß du Kenny Tarcher nicht umgebracht hast.«

»Ich verstehe von dem Zeug kein Wort...«

»Ich verlange auch nicht, daß du es verstehst«, sagte Vernon gespannt. »Wenn du den anderen erstochen hast, wird eine Flüssigkeit sich rosa färben, und dann kannst du dich von der Freiheit endgültig verabschieden. Wichtiger ist allerdings, ob du jemals irgendeinen Menschen, auch dich selbst, mit diesem Messer verletzt hast, denn auch dann wird die Flüssigkeit sich verfärben. Deshalb möchte ich es heute genau von dir wissen. Ist die Klinge deines Messers jemals mit Blut in Berührung gekommen?«

»Ich habe Ihnen doch schon gesagt, daß ich es nicht getan habe!«

»Du Idiot!« brüllte Vernon. »Kapierst du meine Frage nicht? Ist dieses Messer irgendwann einmal mit Blut in Berührung gekommen?«

»Nein! Es war nagelneu. Ich habe nie jemanden damit verletzt.«

»Weißt du das genau? Ganz genau?«

»Das habe ich Ihnen doch schon gesagt, oder?«

»Hier geht es um wissenschaftliche Dinge, mein Junge. Glaube nicht, daß du ein Reagenzglas betrügen kannst!«

»Ich habe gesagt, daß es sauber ist!«

Vernon Wedge seufzte und stand auf.

»*Okay*, Benjy. Wir werden sehen, wie sauber es ist. Wir werden es baden. Und Gott sei dir gnädig, wenn du mich angelogen hast.«

Am Montag erhob Wickers sich, um das Schlußplädoyer zu halten. Sein Gesicht war sanft, ein Bild der Zuversicht. Vernon betrachtete die ausdruckslosen Gesichter der Geschworenen und wartete darauf, daß sie einer gefühlvollen Bearbeitung unterzogen würden. Und er war entschlossen, dann sofort einzugreifen.

Er erhob sich und wandte sich an Judge Dwight. »Euer Ehren, über das Wochenende ist etwas geschehen, das ich in diesem Fall für höchst bedeutsam halte. Ich bitte das Gericht um Erlaubnis, einen neuen Beweis vorzulegen.«

»Einspruch«, sagte Wickers ruhig. »Die Verteidigung hatte genügend Zeit, Beweise vorzulegen. Meiner Ansicht nach handelt es sich hier lediglich um eine Verzögerungstaktik.«

Vernon machte einen niedergeschlagenen Eindruck, der jedoch nicht echt, sondern nur gespielt war. Judge Dwight forderte ihn auf, weiterzusprechen.

»Welche Art von Beweis, Mr. Wedge?«

»Es handelt sich um eine Demonstration, Euer Ehren«, sagte er bedrückt. »Meiner Ansicht nach wird sich dadurch klar herausstellen, ob mein Klient schuldig oder unschuldig ist. Aber wenn das Gericht bestimmt...«

»Also gut, Mr. Wedge, fangen Sie an.«

Mit einer schnellen Bewegung ließ Vernon die Schlösser des schwarzen, vor ihm stehenden Kastens aufspringen. Er holte den Becher heraus und entfernte die Folie, mit der die Öffnung verschlossen war. Dann brachte er das Gefäß mit der trüben Flüssigkeit zu dem Tisch, auf dem die Beweisstücke dieses Prozesses lagen.

»Und was ist das?« sagte Judge Dwight.

»Dies, Euer Ehren, ist eine chemische Lösung, die besonders dem Nachweis von Blut dient.«

Im Gerichtssaal wurde es unruhig; die Vertreter der Anklage steckten die Köpfe zu einer schnellen Beratung zusammen.

Vernon wandte sich an die Geschworenen.

»*Ladies and Gentlemen*, Beweisstück A in diesem Prozeß ist das Messer, mit dem Kenneth Tarcher angeblich getötet wurde. Es ist das Messer, das sich in der Mordnacht im Besitz von Benjamin Blesker befand. Im Verlauf des Prozesses ist bei den Zeugenaussagen nicht ein einziges Mal ein entscheidender Faktor, nämlich das Vorhandensein von Blut, erwähnt worden.«

Er griff nach dem Messer und zog die lange funkelnde Klinge aus der Scheide.

»Dieses Messer«, sagte er und hob es hoch. »Sehen Sie es sich sorgfältig an. Seit der Verhaftung meines Klienten befindet es sich im Besitz des Gerichtes. Trotzdem kann diese fleckenlose, funkelnde Klinge über Schuld oder Unschuld entscheiden. Denn wie jeder Biochemiker weiß, gibt es eine unfehlbare Möglichkeit, um festzustellen, ob ein Gegenstand von derart porösem Metall jemals auch nur mit einem Tropfen Blut in Verbindung gekommen ist.«

Er hielt das Messer über die Öffnung des Bechers.

»*Ladies and Gentlemen*, ich beabsichtige, ein für allemal festzustellen, ob ich einen zu Unrecht beschuldigten Jungen oder aber einen verlogenen Mörder verteidigt habe. Ich beabsichtige, diese Klinge in die Lösung zu tauchen. Wenn die Lösung sich rötlich färbt, müssen Sie ihn wegen erwiesener Schuld verurteilen. Wenn die Lösung jedoch klar bleibt, müssen Sie tun, was die Gerechtigkeit verlangt, und ihn auf freien Fuß setzen.«

Langsam senkte er das Messer.

»Euer Ehren!«

Wickers war aufgesprungen, und Vernon zögerte.

»Euer Ehren – Einspruch! Ich erhebe Einspruch!«

»Bitte, Mr. Wickers?«

Wickers' Augen funkelten wütend. »Der Verteidiger

handelt ungehörig. Das Polizeilaboratorium hat mit dieser Waffe bereits den üblichen Benzidin-Versuch vorgenommen und an der Klinge keine Blutspuren festgestellt. Wir geben zu, daß das Messer völlig sauber ist...«

»Euer Ehren«, sagte Vernon mit lauter Stimme, »die Genauigkeit dieses Versuches geht weit über den mit Benzidin hinaus...«

»Die Durchführung dieses Versuches ist unwichtig, unbedeutend und völlig unzulässig!« Wickers wandte sich an die Geschworenen. »Zu keinem Zeitpunkt hat die Anklage während dieses Prozesses das Fehlen jeglicher Blutspuren an dem Messer von Benjamin Blesker bestritten. Jeder sogenannte Versuch, der dies bestätigt, ist daher vollkommen grundlos und soll lediglich als theatralische Demonstration dienen, um die Geschworenen zu irritieren und zu beeinflussen. Ich verlange daher, daß diese sinnlose Demonstration verhindert wird!«

Einen Augenblick lang herrschte Stille. Hoffnungsvoll blickte Vernon den Richter an und wartete.

Dwight faltete die Hände.

»Mr. Wedge! Leider sind Sie nicht in der Lage, sich als Experte für Gerichtschemie auszuweisen. Und wie Mr. Wickers bereits sagte, ist eine bloße Bestätigung des Berichtes, den das Polizeilaboratorium vorgelegt hat, ein unzulänglicher Beweis, der den Umständen entsprechend nicht zugelassen werden kann. Daher wird dem Einspruch stattgegeben.«

»Aber Euer Ehren...«

»Stattgegeben«, sagte Judge Dwight ernst. »Sie dürfen den Versuch nicht durchführen, Mr. Wedge.«

Sein Plädoyer war das kürzeste seiner ganzen Laufbahn.

»Ich glaube es auf Grund eines Versuches, den ich nicht durchführen durfte. Dieser Junge wußte, daß das Ergebnis dieses Versuchs ihn verdammen konnte, und dennoch war er mit der Durchführung einverstanden. Kein schuldiger Mensch hätte dies erlaubt; kein unschuldiger Mensch hätte anders gehandelt.«

Die Geschworenen brauchten nicht einmal eine volle

Stunde. Als sie zurückkehrten, erklärten sie, daß Benjamin Blesker unschuldig sei.

Vernon erhielt Erlaubnis, sich in einer der angrenzenden Kammern mit seinem Klienten zu besprechen. Es war keine Siegesfeier. Der Junge war wie betäubt, und das Glück auf dem Gesicht des alten Blesker wirkte eher wie Sorge. Als der Anwalt den Raum betrat, erhob Blesker sich unsicher und streckte ihm die Hand entgegen.

»Gott segne Sie«, flüsterte er, »segne Sie für alles, was Sie getan haben.«

»Ich bin nicht gekommen, um Glückwünsche entgegenzunehmen«, sagte Vernon kühl. »Ich wollte Sie beide aus einem anderen Grunde sprechen.«

Es erschien der Gerichtsdiener, der den Becher auf den Tisch stellte. Als er das Zimmer verlassen hatte, zog Vernon das Messer aus der Tasche und legte es neben den Becher. Der alte Mann ergriff es und betrachtete die Waffe, als hätte er sie noch nie gesehen.

»Wickers hatte recht«, sagte Vernon leise. »Was ich vorhin machte, war nichts anderes als Theater. Ich wollte die Demonstration gar nicht durchführen; vielmehr rechnete ich damit, daß die Anklagevertretung sie verhindern würde.«

»Sie wollten es gar nicht tun?« fragte Blecker bestürzt. »Sie wollten den Versuch gar nicht machen?«

»Ich hätte einen Fachmann, und zwar einen richtigen wie Doc Hagerty, mitbringen können. Aber dieses Risiko wollte ich nicht eingehen; wenn dieses Zeug sich dann rötlich verfärbt hätte...« Er betrachtete den Becher und runzelte die Stirn. »Nein«, sagte er. »Das Risiko war viel zu groß. Hätte Wickers mitgespielt, wäre ich gezwungen gewesen, den Versuch durchzuführen. Ich rechnete jedoch fest damit, daß er Einspruch erheben würde, und das genügte, um die Geschworenen entsprechend zu beeinflussen. Zum Glück geschah es auch.«

Blesker stieß einen tiefen Seufzer aus.

»Aber jetzt müssen wir doch noch eines tun«, sagte Vernon. »Damit jeder von uns zufriedengestellt ist.«

»Was meinen Sie damit?«

Vernon blickte den Jungen an. Benjy wollte ihn nicht ansehen.

»Ich kenne die Wahrheit immer noch nicht«, sagte der Anwalt. »Ich kenne sie nicht, und Sie kennen sie auch nicht. Benjy weiß Bescheid.«

»Das ist doch nicht Ihr Ernst! Sie haben vorhin selbst gesagt...«

»Kümmern Sie sich nicht um das, was ich vorhin gesagt habe. Es gibt für uns nur eine Möglichkeit, Mr. Blesker, die Wahrheit zu erfahren.«

Er streckte seine Hand aus.

»Geben Sie mir das Messer, Mr. Blesker. Wir werden jetzt den Versuch durchführen, den der Richter nicht zulassen wollte. Um unsertwillen.«

»Aber warum?« rief der alte Mann. »Was ändert sich denn schon?«

»Ich muß es endlich genau wissen! Selbst wenn Sie darauf keinen Wert legen, Mr. Blesker – ich möchte es wissen! Geben Sie mir das Messer.«

Blesker betrachtete das Messer. Nachdenklich berührte er die kühle Klinge.

»Natürlich«, sagte er.

Dann zog er die Klinge langsam und entschlossen über seinen Handrücken. Die scharfe Schneide drang tief hinein. Wie ein roter Fluß quoll das Blut aus dem Schnitt und befleckte nicht nur seine Hand, sondern auch Manschette, Ärmel und Tischoberfläche. Betrübt, völlig gleichgültig, betrachtete er die Verletzung und reichte dann das Messer, dessen Klinge mit Blut verschmiert war, dem Anwalt.

»Führen Sie Ihren Versuch durch«, sagte er verträumt. »Führen Sie jetzt ruhig Ihren Versuch durch, Mr. Wedge.«

Und während Vernon ihn anstarrte, zog er ein zerdrücktes Taschentuch aus der Tasche und wickelte es um seine verletzte Hand. Dann ergriff er den Arm seines Sohnes, und gemeinsam verließen sie das Zimmer.

Freundin gesucht!

Es war nicht Friede, den Maude Sheridan mit der Welt geschlossen hatte, als sie fünfunddreißig Jahre alt geworden und immer noch unverheiratet war; es war eher ein Waffenstillstand. Er enthielt nur wenige, dafür allerdings strenge Bedingungen. Sie verlangte einen gewissen Grad finanzieller Geborgenheit, angemessene Gesundheit und ihre Stellung als Sekretärin von Dr. Ernest Cowper, einem der bekannteren Psychoanalytiker an der Ostküste. Von allen Bedingungen war die letzte weitaus am wichtigsten. Vor sieben Jahren hatte sie sich auf ein Stellenangebot hin bei Dr. Cowper beworben und war aus einem Vorzimmer voller hoffnungsvoller und bebrillter Bewerberinnen ausgewählt worden. Sie war älter gewesen, als dieser Posten es eigentlich verlangte, aber die chemische Reaktion zwischen ihr und dem langsam älter werdenden Analytiker mit dem ernsten Gesicht war ausgezeichnet gewesen. Er mochte sie und sie mochte ihn, und so hatten sie sieben Jahre lang zusammen gearbeitet, wobei die Verantwortungen, die Maude übernahm, immer größer wurden – entsprechend der Ausweitung von Dr. Cowpers Praxis. Sie war mehr seine Assistentin als seine Sekretärin, und es gab sogar Augenblicke, flüchtige Augenblicke, in denen er sich ihr anvertraute.

Auf diese Weise herrschte Waffenstillstand zwischen Maude Sheridan und der Welt, und die Folge war, daß sie auch den Kampf mit Haarbürste, Kamm und Lippenstift, mit Freiübungen und Diät vernachlässigte. Bis sie Jimmy French kennenlernte.

Einander vorgestellt wurden sie auf einer Party, die ein wegziehender Wohnungsnachbar veranstaltete; sie nahm seine kleinen Höflichkeiten und seinen spielerischen Spott zwar bereitwillig hin, aber ohne Hoffnung auf irgend etwas anderes. Selbst als er sie am nächsten Tag anrief, verschlug der Ton seiner Stimme ihr nicht den Atem. Maude fühlte sich nicht zu mädchenhafter Freude berechtigt.

Aber sie ging mit ihm ins Kino, und als er dort ihre Hand ergriff, ließ sie es zu. Es gab dann vor ihrer Wohnungstür einen Gutenachtkuß, aber die Berührung seiner Lippen störte in jener Nacht ihre ruhigen, gelassenen Träume nicht.

Er rief jedoch wieder an. Und wieder. Zwei Wochen, nachdem sie sich kennengelernt hatten, begann sie, ihn genau und verwundert zu betrachten. Er war keineswegs hübsch, aber sein Grinsen war sympathisch, und sein Haar war dicht, schwarz und ließ sich gut streicheln. Er war zwar nicht groß, aber in seinen gutgeschnittenen Anzügen bewegte er sich mit muskulöser Anmut. Er war nicht gebildet, hatte jedoch ein schnelles und natürliches Verständnis für alle Dinge. Er war sogar schlau. Diese Seite von ihm gefiel ihr zwar nicht so sehr, aber sie war nun einmal vorhanden. Er hatte etwas von einem Fuchs an sich.

Dann begann sie, sich selbst zu betrachten, und es folgten lange, nachdenkliche Augenblicke vor ihrem Spiegel. Sie war zu dick, fand sie. Keineswegs schlecht aussehend, aber irgend etwas mußte sie doch unternehmen. Sie hatte sich allzu lange vernachlässigt. Deswegen begann sie wieder, Schönheitssalons aufzusuchen, Diät zu halten und Freiübungen zu machen. Sie tat es für Jimmy French, denn Jimmy mochte sie, mochte sie ehrlich.

»Ich liebe dich«, sagte Jimmy eines Abends.

Sie war so überrascht, daß sie am liebsten laut geschrien hätte.

»Ich liebe dich«, wiederholte Jimmy und nahm sie in seine Arme. »Verstehst du – ich weiß, daß ich nicht viel tauge. Ich meine, du bist unsäglich viel gescheiter als ich, Maude. Ich war nie auf einer höheren Schule. Wahrscheinlich hältst du mich überhaupt für einen Dummkopf.«

»Nein! O nein!« sagte sie.

»Ich habe mir nie vorstellen können, daß ein Mädchen wie du mich überhaupt zweimal ansieht«, sagte er, seine rauhe Wange an ihr Ohr gelegt.

Wenige Augenblicke später löste ihr Waffenstillstand mit der Welt sich in nichts auf – aber das war ihr völlig egal. Sie saßen nebeneinander und redeten. Er sagte eine Menge Dinge, die teilweise verblüffend waren, aber auch das war ihr egal. Erst später mußte sie wieder daran denken, und da bat sie ihn, alles noch einmal zu wiederholen.

»Jetzt weißt du wenigstens auch das Schlimmste«, sagte er dann, zündete sich eine Zigarette an und versteckte sein Gesicht hinter dem Zigarettenrauch. »Ich bin ein ziemlich verkommener Kerl, Maude, war ein ziemlich wildes Kind, immer im Druck, und habe nicht nur Reifen und Autos gestohlen, sondern auch einen bewaffneten Raubüberfall verübt. Ich will dir nichts verheimlichen.«

»Aber damals warst du noch jung«, sagte sie abwehrend.

»Du hast es nicht anders gekannt.«

Er grinste sie an. »Stimmt, Frau Doktor«, sagte er. »Wieviel verlangen Sie eigentlich für eine Stunde, Frau Doktor?«

»Kannst du denn nicht ernst bleiben, Jimmy?«

»Das bin ich. Ich will damit nur sagen, daß ich keinen Beruf habe, Maude, nichts, worauf wir unser Leben aufbauen können. In den letzten zwei Jahren habe ich insgesamt vier Jobs gehabt, und keiner hat mir mehr als achtzig Dollar pro Woche eingebracht. Ich bin für dich nicht gut genug.«

Sie nahm seinen Kopf in ihre Arme; wenn er ernsthaft redete, war er wie ein Kind, ein sehr ernstes schwarzhaariges Kind. »Das zu entscheiden überlasse bitte mir, verstanden?«

»Aber du ahnst nicht, wie ich mir vorkomme. Ein so großartiges Mädchen wie du, dem ein Kerl wie ich am Halse hängt – das wäre nicht anständig. Ich möchte erst noch etwas unternehmen, Maude – verstehst du? Und dann möchte ich, daß wir heiraten.«

Es war das erste Mal, daß er vom Heiraten sprach. Es war ein Wort aus einem Fremdwörterbuch. Sie wiederholte es lautlos und sagte dann:

»Nichts ist wichtig, Jimmy, glaube mir. Wichtig für mich bist allein du...«

Am nächsten Tag war ihr Glück wie ein Hauch, eine Ausstrahlung. Selbst Dr. Cowper, der von seinem zweifachen Problem – der Last des eigenen Alters und den stürmischen Konflikten seiner Patienten – völlig in Anspruch genommen war, merkte etwas.

»Heute scheinen Sie mit sich zufrieden zu sein, Maude.«

»Nicht besonders«, sagte sie. »Ich habe nur das Gefühl, innerlich zu glühen.« Verwirrt errötete sie und beschäftigte sich dann mit ihren Notizen. »Um halb elf kommt Mr. Harrison, Doktor, und ich sollte Sie daran erinnern, daß Sie mit ihm eine andere Zeit ausmachen.«

»Ja – richtig.« Sein Gesicht verdüsterte sich wieder. »Der arme Mr. Harrison...«

»Hat es – ich meine, hat sich irgendein Fortschritt gezeigt?« Sorgfältig wählte sie ihre Worte, weil sie wußte, daß es ein heikles Thema war.

»Kein allzu großer. Manchmal habe ich das Gefühl, daß der Fehler bei mir liegt, daß ich die Lösung schon lange hätte finden müssen. Oder daß ich mit dem Mann etwas anderes hätte tun sollen – irgend etwas, was ihn vor sich selbst schützt...« Er seufzte. »Bringen Sie ihn gleich zu mir, Maude; ich warte auf ihn.«

»Ja, Doktor.«

Harrison verspätete sich; zweifellos war diese Verspätung beabsichtigt und sollte eine Provokation sein. Er war ein kräftiger, schweratmender Mann in den Fünfzigern, und sein Kragen saß so eng um den fleischigen Hals, daß sein Gesicht ständig gerötet war. Nach Ansicht von Maude hatte der enge Kragen irgend etwas zu bedeuten; es war seine Art von Anpassung an...

Aber sie wollte jetzt nicht an Krankheit denken. Sie wollte an Liebe denken, an zwölf Uhr und an ihre Verabredung mit Jimmy zum Mittagessen.

Sie trafen sich in der spärlich beleuchteten Abgeschiedenheit eines Restaurants, das zu teuer war, um täglich hinzugehen. Er bestellte Martini für sie beide. Sie war unsicher, unnatürlich erregt und so glücklich, daß ihr Gesichtsausdruck die Blicke anderer Männer auf sich zog. Glücklich, bis der Kaffee serviert wurde und Jimmy sagte: »Ich möchte dich um etwas bitten, Maude. Obgleich ich annehme, daß du nicht begeistert sein wirst.«

»Um was geht es? Was ist denn los, Jimmy?«

»Es ist nicht so wichtig. Es geht lediglich um mich.«

»Wovon redest du eigentlich?«

»Ich spreche davon, daß wir heiraten wollen, ich, mit meinem fetten Bankkonto über fünfzig Dollar und ohne jede Chance. Ich habe so viel darüber nachgedacht, daß mir ganz übel geworden ist. Kennst du das? Man denkt über irgend etwas nach, und darüber wird einem dann übel. Mein Magen revoltiert, mein Kopf schmerzt...«

Sie strich ihm über die Stirn.

»Du Armer«, sagte sie besänftigend. »Warum hast du denn nichts gesagt? Du...«

»Hier hilft nicht Aspirin, Maude. Hier hilft nur etwas ganz anderes. Eine Geldspritze, Maude, das würde helfen.«

»Ich verstehe dich nicht.«

Er beugte sich näher zu ihr.

»Maude«, sagte er ruhig. »Was ich dir erzählt habe, war gelogen. Ich habe dir erzählt, daß ich ein wildes, ein bösartiges Kind gewesen bin. Das war gelogen. Ich war ein ganz gewöhnliches Kind. Und der Mensch, den ich geschildert habe, der Autos gestohlen und einen bewaffneten Raubüberfall verübt hat – das bin ich jetzt, Maude; das bin ich heute.«

»Aber Jimmy, das ist doch nicht dein Ernst...«

»Sieh mich an! Sehe ich aus, als wäre es mir nicht Ernst? Ich erzähle dir die Wahrheit über mich, Maude – Dinge, über die ich noch nie zu einem anderen Menschen gesprochen habe. Ich bin ein Tunichtgut. Ich bin ein gemeiner Lump, und zwar ein ganz billiger...«

Das darfst du nicht sagen! Verstört blickte sie sich um, als könnten sie belauscht werden. »Das ist nicht möglich, Jimmy. Das ist nicht wahr!«

Sein Gesicht entspannte sich. Er trank einen Schluck Wasser, und plötzlich klang seine Stimme wieder ganz normal.

»Ich möchte, daß du mir einen Gefallen tust, Maude. Es ist das einzige Mal, daß ich dich um so etwas bitten werde. Denn ich werde mich ändern. Wenn alles vorbei ist, werde ich mich ändern.«

»Wenn was vorbei ist?«

»Noch eine Sache. Nur eine einzige, so wahr mir Gott helfe. Aber diesmal muß es eine lohnende Sache sein, so lohnend, daß wir damit etwas anfangen können. Ich möchte, daß du mir eure Unterlagen aus der Praxis mitbringst. Und zwar so viele, wie du tragen kannst. Nur die laufenden Fälle, also Unterlagen über Patienten, die er gerade behandelt. Nein, sage jetzt noch nichts, sondern laß mich erst zu Ende sprechen. Ich möchte nicht, daß du die Unterlagen stiehlst, Maude; ich möchte nur, daß du sie dir ausleihst. Ich werde sie dann sehr schnell durchsehen – so schnell, daß du sie am nächsten Morgen wieder zurückbringen kannst. Vielleicht finde ich das, was ich suche, sofort; vielleicht wirst du es noch einmal oder zweimal tun müssen. Jedenfalls verspreche ich dir, daß du keinen Ärger bekommst, Maude. Es kann nicht schiefgehen.«

Seine Stimme klang dünn und fern, genauso wie ihre eigene Antwort.

»Was sagst du da, Jimmy? Warum willst du die Unterlagen von Dr. Cowper haben? Was können sie dir schon nützen?«

»In der vergangenen Nacht kam mir eine Idee. Vielleicht eine gute, vielleicht sogar eine großartige Idee. Bei den Notizen, die sich ein Psychoanalytiker macht, handelt es sich doch um ziemlich persönliche Dinge, nicht? Ich meine, der Patient muß dem Arzt doch alles erzählen, nicht wahr?«

»Natürlich.«

»Vor einem Psychoanalytiker darf man doch keine Geheimnisse haben, stimmts? Sonst wäre doch alles vergeblich. Deshalb habe ich mir überlegt, was sein könnte, wenn ich mir die Notizen des Doktors einmal ansähe, wenn ich sie durchlesen könnte...« Er trank den Rest des Wassers mit einem Schluck aus. »Dein Chef hat eine Menge reicher Patienten, Maude. Sie können sich ein paar Tausender leisten; sie würden ihnen nicht wehtun. Aber für mich, für uns würden sie sehr viel bedeuten...«

Sie blickte ihn an, schüttelte den Kopf und lehnte sein schreckliches Verlangen stumm ab.

»Wir wollen jetzt nicht mehr darüber sprechen«, sagte Jimmy schnell. »Nicht jetzt, Maude, nicht jetzt.«

In derselben Nacht noch sprachen sie darüber, und wieder sagte sie nein und weinte in seinen Armen und schwor, daß sie kein Geld brauchten, um glücklich zu sein. Er widersprach ihr nicht, aber sein Gesicht war entschlossen. Für den Rest dieser Woche war ihr Unglück fast mit Händen zu greifen, geradezu physisch; zwei Tage ging sie nicht ins Büro. Die folgende Woche war noch schlimmer; sie hatten vereinbart, sich eine Weile nicht zu sehen, und Maude entdeckte, daß diese Vereinbarung eine Qual war. Sie rief ihn an und bat ihn demütig, zu kommen. Er besuchte sie auch, und zum ersten Mal stritten sie sich laut, und er drohte, noch viel schlimmere Verbrechen zu begehen als das verhältnismäßig saubere Verbrechen der Erpressung.

Und in der dritten Woche war Maude Sheridan einverstanden, die Unterlagen von Dr. Cowper mitzubringen.

Es war der schlimmste Tag ihres Lebens. Als normaler Arbeitstag war er nicht ungewöhnlich. Dr. Cowper war guter Laune; ein Patient hatte ›bestanden‹, und für seinen schwierigsten Fall, den zerquälten Mr. Harrison, war an diesem Tag kein Termin abgemacht. Scherzhaft erkundigte er sich bei ihr nach Jimmy, und sie versuchte lächelnd zu antworten. Um vier Uhr beschloß er, nach Hause zu gehen, und schlug vor, daß auch sie zeitig Schluß machen solle. Sie sagte nein, denn sie hätte noch verschiedenes zu schreiben und Unterlagen abzulegen. Er klopfte ihr flüchtig auf die Schulter und ging.

Als er weg war, machte sie sich das Gesicht sorgfältig zurecht, denn das blasse Spiegelbild, das sie in ihrer Puderdose sah, irritierte sie. Dann ging sie zum Aktenschrank in der Praxis und zog die Schublade auf, in der sich die laufenden Fälle befanden.

Nur die Hälfte der Aktenordner holte sie heraus und achtete sorgfältig darauf, daß sie nicht durcheinander gerieten. Dann nahm sie ein großes Geschäftskuvert, schob die Akten hinein und klebte den Umschlag sorgfältig zu. Um ganz sicher zu gehen, schrieb sie auf den Umschlag: »Der Finder wird gebeten, diesen Umschlag an folgende Adresse zu schicken: *Miss Maude Sheridan, c/o Dr. Ernest Cowper, 1601 Park Avenue.*« Dann schloß sie die Tür, drehte das Licht aus und ging. Die ganze Geschichte hatte keine fünf Minuten gedauert.

Sie ging direkt zu Jimmys Wohnung in der 12th Street, einer kahlen und unfreundlichen Wohnung in einem verkommenen Sandsteingebäude. Er schien den Versuch zu machen, keine allzu große Freude zu zeigen, als er den dicken Umschlag in ihrer Hand entdeckte; aber ganz konnte er seine Freude doch nicht verbergen. »Bitte«

sagte sie. »Aber bringe die Akten nicht durcheinander; es sind zwar größtenteils nur Notizen, und mit einigen wirst du nichts anfangen können. Aber bitte, Jimmy, bringe sie nicht durcheinander; das ist schrecklich wichtig.«

»Als wüßte ich es nicht selbst«, sagte er grinsend. »Er soll doch nichts merken, oder?«

»Das wollte ich damit nicht sagen. Aber sie gehören Dr. Cowper; und er braucht sie dringend für seine Arbeit.«

»Verzeihung«, erwiderte er zerknirscht. »Ich werde schon aufpassen, Liebling – glaube mir.«

Sie ging los und kaufte Lebensmittel in einem Geschäft an der Ecke: tiefgefrorene Steaks und fertige Pommes frites. Sie kochte ihm das Abendessen und genoß das Gefühl der Häuslichkeit, das sie dabei überkam. Aber Jimmy war zu beschäftigt, um es zu würdigen. Als sie die winzige Küche aufräumte, lag er mit den häufig fast nicht zu entziffernden Notizen Dr. Cowpers auf dem Sofa und studierte sie eifrig bis gegen Mitternacht. Erst dann brach er sein Schweigen mit einem freudigen Aufschrei.

»Hier ist es – das ist das Richtige!« rief er. »Der Fall mit den Buchstaben M. J. H. Wer ist das?«

»Er heißt Harrison. Martin Harrison. Und er ist Versicherungsstatistiker oder so ähnlich. Ich – ich nehme an, daß er ziemlich wohlhabend ist. Aber außerdem ist er ein ausgesprochen unglücklicher Mensch, Jimmy. Mache es nicht noch schlimmer...«

Er lächelte. »Meiner Ansicht nach klingt das alles gar nicht so unglücklich. Ich finde, er läßt es sich ziemlich gut gehen – mit dieser Freundin, die er hat. Siebzehn Jahre alt! Und wie alt ist er? Vierundfünfzig?« Er zog die Stirn kraus, als er ihren Gesichtsausdruck sah. »Was ist denn los, Schatz? Hast du das nicht gewußt?«

»Nein. Dr. Cowper hat mir zwar von Mr. Harrison erzählt, aber davon hat er nie etwas gesagt. Er hat nur gesagt, daß dieser Mann ein ernsthaftes Problem hätte...«

»Das Problem ist er selbst«, sagte Jimmy lachend. »Am meisten für seine Frau. Nur daß sie nichts davon weiß, verstehst du? Das steht hier in den Notizen. Ich habe genug gelesen, um mir ein Bild machen zu können. Er hat sich eine Freundin zugelegt und sorgt sich jetzt krank, daß seine Frau es merken könnte. Aber sitzenlassen kann er sie auch nicht, denn dazu bedeutet sie ihm zuviel. Stell dir bloß vor: ein alter Kauz wie der...«

»Hör auf, Jimmy!«

»Ich weiß, daß es nicht gerade hübsch ist, Maude. Aber ein Kerl wie der – tut er dir denn wirklich leid?«

»Ja.«

Bewundernd schüttelte er den Kopf. »Du bist zauberhaft, Maude, weißt du das eigentlich? Wahrscheinlich ist das auch der Grund, daß ich dich so liebe. Selbst über einen verrückten Hund würdest du dir noch Gedanken machen?« Er begann, die Unterlagen wieder in den Aktenordner zu legen. »Aber das ist der richtige Mann, Schatz. Das ist der, den ich brauche. Martin J. Harrison.«

Er holte sich das Telefonbuch und sah unter dem Buchstaben H nach. Dann fand er, was er suchte, und notierte sich die Adresse auf einem Stück Papier, das er aus der Brieftasche geholt hatte. Schließlich legte er die Akten des Dr. Cowper wieder ordentlich zusammen und schob sie in das Geschäftskuvert. »Morgen kannst du sie wieder zurückbringen«, sagte er, »wenn du rechtzeitig da bist, wird der Doktor gar nicht merken, daß sie weg waren. Siehst du? Habe ich mein Versprechen gehalten? Hast du gemerkt, wie einfach alles war?«

»Ja«, erwiderte Maude unglücklich. »So einfach...«

Am Wochenende sah sie Jimmy nicht; ihr einziger Kontakt bestand am Samstag nachmittag in einem Telefongespräch.

»Ich habe diesen Mr. H. angerufen«, sagte er mit verhaltener Stimme. »Es klappt alles, Schatz.«

»Jimmy, bitte, überlege es dir noch einmal...«

»Ich habe lange genug darüber nachgedacht, Maude. Wenn dieses Wochenende vorüber ist, ist alles erledigt, und dann werde ich das sein, was du von mir erwartest.«

»Dieses Wochenende?«

Er senkte seine Stimme.

»Es hat keinen Sinn, es aufzuschieben. Da er morgen weggehen kann, ohne daß seine Frau etwas merkt, werde ich mich mit ihm treffen. Er will mir einen Vorschlag machen. Ich habe den Preis ziemlich hoch angesetzt; also kann er meinetwegen noch handeln. Ich rechne sogar damit. Ich weiß, wie man zu einem Kompromiß kommt. Es kann nichts schiefgehen, Maude.«

Sie konnte kein Wort herausbringen.

»Maude? Bist du noch da?«

»Ich bin noch da, Jimmy.«

»Ich liebe dich, Maude.«

Dann legte er den Hörer auf.

Als sie am Montag morgen im Büro eintraf, war Dr. Cowper noch nicht da. Für die beiden Patienten, die pünktlich zur Behandlung erschienen, wußte sie keine Erklärung, und deswegen mußte sie sie mit der erfundenen Ausrede wegschicken, daß es dem Doktor nicht gut gehe; bei ihrem Anruf in der Wohnung des Doktors stellte sie lediglich fest, daß sein Telefon läutete. Um zwölf ging sie zum Essen, und zwar in das Restaurant, das sie jeden Mittag aufsuchte; aber die vertraute Umgebung wirkte fremd und unwirklich. Als die Kellnerin sich nach ihren Wünschen erkundigte, blickte sie auf die Speisekarte, und plötzlich war ihr übel. Allein die Vorstellung, etwas essen zu müssen, war unerträglich; sie murmelte eine Entschuldigung und kehrte in das Büro zurück.

Kurz nach zwei erschien Dr. Cowper, der ernster und noch älter aussah als sonst.

»Ist alles in Ordnung, Doktor?« fragte sie. »Fühlen Sie sich vielleicht nicht gut?«

Er blieb vor ihrem Tisch stehen und öffnete den Mund, als wollte er etwas sagen. Dann änderte er jedoch seine Absicht und setzte sich auf den Stuhl neben ihr, wobei er die Hand über die Augen legte.

»Was ist, Doktor? Was ist los?«

»Ich habe einen Patienten verloren, Maude«, sagte er. »Und zwar auf unerwartete Art und Weise...«

»Einen Patienten? Welchen?«

»Meinen problematischen Fall. Ich hätte es mir sagen

müssen. Ich hätte erkennen müssen, daß er mehr Hilfe benötigte, als ich ihm geben konnte. Dann wäre es vielleicht nicht passiert...«

»Mr. Harrison?« Wie eine eiskalte Klinge fuhr der Name in ihre Brust.

»Ja, Mr. Harrison. Ich wußte, daß in ihm eine dunkle Kraft steckte, Maude, und daß sie jeden Tag näher an die Oberfläche kam. Aber damit hatte ich allerdings nicht gerechnet.« Er nahm die Hand von den Augen und blickte sie an. »Er hat gestern einen Menschen umgebracht, Maude. Die Polizei setzte sich heute früh mit mir in Verbindung, und ich habe ihn besucht. Er hat einen Mann erschossen, der versuchte, Geld von ihm zu erpressen.«

»Geld?« sagte sie, und ihre Stimme drückte höfliches Interesse aus, während ihr Gesicht nicht das geringste verriet.

»Ja, einen Erpresser, wie Harrison sagte, einen Mann, der damit drohte, seiner Frau die Geschichte mit dem jungen Mädchen zu erzählen, in das Harrison verliebt sei. Aber Harrison wollte nicht zahlen; er verabredete sich mit dem Mann und nahm seinen Revolver mit. Dann erschoß er ihn, und jetzt hat die Polizei ihn festgenommen. Ein Erpresser! Gott allein weiß, woher dieser Mann es erfahren hat. Wie konnte er nur einem derartigem Irrtum zum Opfer fallen...«

»Was meinen Sie damit?« fragte Maude Sheridan, und ihre Stimme klang fast schrill. »Was meinen Sie mit Irrtum?«

»Ich meine damit, daß für Erpressung gar kein Grund vorhanden war – es waren nur die düsteren Phantastereien eines Mannes. Ein junges Mädchen existierte überhaupt nicht, Maude; dieses Mädchen war eine reine Erfindung Harrisons. Er fühlte sich schuldig in einer Angelegenheit, die es überhaupt nicht gab. Und als ein Erpresser ihn bedrohte, schützte er sein Phantasiegebilde mit einem Mord. Die *ultimo ratio*...«

Er seufzte und stand auf. Dann verschwand er in seinem Büro und schloß die Tür, ohne zu bemerken, wie seine Worte auf die Frau wirkten, die mit aufgerissenen Augen und kalkweißem Gesicht im Vorzimmer saß.

Die Konkurrenz

Die Breite seines Lächelns und die Länge seiner Schritte hatten sich auffallend verändert, als Harrison Fell den Aufzug verließ und die Vorhalle der Werbefirma Bliss & Bakerfield, Inc. betrat. Das Mädchen vom Empfang erhielt ein aufmunterndes »Guten Morgen«, der Laufjunge ein ungewohntes »Guten Tag«, und Hilda, Fells Sekretärin, erhielt die Nelke, die er im Knopfloch seines Anzuges trug. Für einen Mann, den die in der Werbeagentur umlaufenden Gerüchte bereits zermalmt und ausgespien hatten, trat Harrison Fell seltsam uninteressiert auf.

»Verbinden Sie mich mit dem hohen Chef«, sagte er grinsend zu Hilda. »Sagen Sie ihm, er soll sich auf allerlei gefaßt machen. Erklären Sie ihm, daß ich ihm nachher eine Wasserstoffbombe in den Schoß werfen werde. Los – los! Sagen Sie Bliss Bescheid, daß ich ihn sprechen möchte!«

Hilda schluckte und griff nach dem Hörer. Sie sprach kurz mit der Sekretärin von Bliss und vereinbarte einen Zeitpunkt für den Bombenangriff. Als sie ihren Chef dann benachrichtigte, daß Bliss auf alles gefaßt sei und ihn erwarte, schoß Fell wie mit einem Schleudersitz aus seinem Drehstuhl.

Auf der Treppe zwischen den beiden Etagen verlor der Werbemanager jedoch einen Teil seines überschäumenden Selbstvertrauens. Er war ein großer Mann mit breitem Brustkasten; seine Schultern stammten von *Brooks Brothers*, sein Haar von *Brylcreem*, seine Haut von *Man Tan* und seine Seele vom *Cadillac*. Noch vor einem Monat war er am Himmel der Werbeagentur ein strahlender Stern gewesen. Dann hatte Winford Stark, der Werbeleiter der Holdwell Safe Corporation, gebeten, ihm den Werbeetat der Holdwell Safe Corporation zu entziehen. Die Schuld daran hatte Fell freilich nicht sich selbst, sondern nur anderen zugeschoben: Der Texter war ein Trunkenbold, der Art Director Kommunist und der Fernsehproduzent rauschgiftsüchtig. Aber Bliss, ein kluger alter Fuchs im Werbewald, hatte die Schuld in aller Ruhe dorthin geschoben, wo sie hingehörte.

Als Fell das Büro der Geschäftsleitung betrat, strahlte er Zuversicht aus. Die Kühle im Gesichtsausdruck von Bliss wich allerdings nicht. Der kleine, flinke Mann sträubte seinen Schnurrbart wie ein Rauhhaarterrier und knurrte. »Fünf Minuten«, sagte er. »Mehr als fünf Minuten, Harrison, kann ich für Sie nicht erübrigen.«

»Mehr brauche ich auch nicht, Chef. Ich habe gerade entdeckt, was Holdwell nicht paßt.«

»Das haben wir doch alles bereits gründlich durchgekaut, Harrison.«

»Meiner Ansicht nach ist immer noch ein ganz hübscher Heuhaufen übrig geblieben. Aber jetzt habe ich die Stecknadel gefunden, und ich werde sie diesen dickköpfigen Stark schon spüren lassen. Eine großartigere Idee für die Safe-Werbung hat es bisher noch nicht gegeben. Ich brauche bloß noch Ihre Genehmigung, um das Ding auf die Startrampe zu bringen!«

Bliss seufzte. »Müssen Sie eigentlich immer so reden, Harrison? Von allem, was Sie sagen, verstehe ich nur die Hälfte.«

»Aber das werden Sie schon begreifen, Chef. Sie kennen doch den neuen Safe, den die Holdwell-Leute in eine Umlaufbahn schießen wollen?«

»Den 801?«

»Genau. Vielleicht hat man unsere Idee bisher für etwas dürftig gehalten, aber die neue ist nun tatsächlich eine richtige Atlasrakete. Diese Idee besitzt Schwung, Chef – hören Sie sich erst einmal an...«

»Ich höre.«

Fell schwieg einen Augenblick und zog dann mit einer melodramatischen Bewegung einen Zeitungsausschnitt aus der Tasche. Er knallte ihn Bliss auf den Schreibtisch, verschränkte die Arme vor der Brust und trat einen Schritt zurück. Bliss betrachtete die über zwei Spalten reichende Aufnahme von einem unscheinbaren Mann mit schütterem Haar und großen unschuldigen Augen.

»Was soll das?« sagte er.

»Lesen Sie«, sagte Fell. »Das ist mein Kandidat für die Erprobung des 801. 801 – der erste wirklich einbruchsichere Safe!«

»Sammy ›The Touch‹ Morrissey«, las Bliss. »Wollen Sie diesen Mann etwa in einer Holdwell-Anzeige bringen?«

Fell lachte. »Können Sie sich einen besseren Beweis vorstellen? Das ist doch gerade die Schwierigkeit bei der Kampagne, die wir jetzt durchführen, Chef. Was zum Teufel nützt uns die Erklärung eines zufriedenen Kunden? Das hier ist ein Mann, der tatsächlich beurteilen kann, ob ein Safe einbruchsicher ist. Das hier ist der beste Safeknacker der ganzen Branche!«

»Ist das Ihr Ernst, Harrison?«

»Selbstverständlich! Haben Sie immer noch nicht verstanden? Wir werden Sammy für einen Versuch engagieren, den 801 zu knacken. In aller Öffentlichkeit, in Anwesenheit von Reportern und so weiter. Das klappt! Damit haben wir eine riesige Publicity und eine großartige Werbekampagne!«

»Aber wenn er noch im Gefängnis sitzt...«

»Vor einem Jahr wurde er auf Bewährung entlassen. Polizeimäßig hat er sich seitdem anständig aufgeführt. Zwangsweise Pensionierung nennt man es wahrscheinlich. Aber immer noch ist er der Gescheiteste, Chef, und wer könnte den 801 knacken, wenn nicht er?«

Nachdenklich betrachtete Bliss die Photographie und strich sich den Schnurrbart. Als er hochblickte, lag widerwillige Bewunderung in seinen Augen.

»Schlecht ist diese Idee im Grunde nicht...«

»Sagen Sie die Wahrheit, Chef. Das ist eine Bombe!«

Bliss griff nach dem Telefon.

»Hoffentlich gehen wir dabei nicht baden. Mal sehen, was Stark dazu meint.«

Fell öffnete die Zigarrenkiste, die auf dem Schreibtisch von Bliss stand, und nahm sich eine Panatela. Der Chef hinderte ihn nicht daran.

Fells Anzug, sein Hut mit der schmalen Krempe, die Nelke im Knopfloch und seine ganze Persönlichkeit paßten keineswegs zu dem Haus, in dem Sammy Morrisey wohnte. Fell parkte seinen Jaguar zwischen einem Fleischwagen und einem bejahrten Chevrolet, blickte finster die struppigen Kinder an, die sehnsüchtige Blicke auf die Radkappen seines Wagens warfen, und stieg die abgetretene Treppe so nonchalant hoch, als wäre es die Treppe des University Club. Eine Wirtin mit Ginfahne begrüßte ihn und geleitete ihn zum obersten Stockwerk, wo Sammy Morrissey in ehrbarer Armut wohnte.

Sammy war eine Enttäuschung. Er war klein und hager, ohne die geringste Spur von Gefährlichkeit, Gerissenheit und Charakter. Seine Augen waren eher unstet als starr. Sie waren rund und hatten die Farbe eines ausgeblichenen Baumwollstoffes. Er ähnelte mehr einem langsam altwerdenden Pfadfinderführer als einem Verbrecherkönig. Fell seufzte innerlich und versuchte sich vorzustellen, mit welchen Beleuchtungstricks ein Photograph dafür sorgen könnte, daß Sammy ›The Touch‹ gefährlicher als in Wirklichkeit aussähe.

»Setzen Sie sich , sagte Sammy höflich. »Ihren Brief habe ich bekommen, Mr. Fell, aber ich bin nicht ganz...«

»Die Geschichte ist doch völlig unkompliziert«, sagte Fell weltmännisch und setzte sich auf den Stuhl mit der geringsten Polsterung. »Mein Klient, die Holdwell Corporation, hat ein neues Produkt herausgebracht, von dem sie überzeugt ist, daß es völlig einbruchsicher ist. Wir möchten lediglich, daß Sie uns helfen, diese Behauptung zu beweisen.«

»Ja – das habe ich schon verstanden«, sagte Sammy. »Ich meine auch nur, Mr. Fell, daß Sie mich nicht um Sachen bitten sollen, bei denen es um Geldschränke geht. Mit dieser Sparte habe ich überhaupt nichts mehr zu tun.«

»Aber es geht doch alles völlig legal zu«, sagte Fell lächelnd. »Polizeimäßig ist die Sache absolut legitim. Sehen Sie – wir dachten an einen Mann Ihres Rufes...«

»Den versuche ich gerade abzulegen, Mr. Fell.«

Fell zog die Stirn kraus. Ganz so einfach schien die Geschichte doch nicht zu sein.

»Sammy – ich darf Sie doch Sammy nennen, nicht wahr? Sammy, Sie wissen doch, was eine Anzeige ist?«

»Ja, sicher, man sieht sie doch überall.«

»Und darüber unterhalten wir uns jetzt, Sammy. Wir möchten, daß Sie in unseren Anzeigen erscheinen, als eine Art Zeuge...«

»Als Zeuge?« sagte Sammy nervös.

»Nicht wie bei Gericht.« erklärte Fell. »Sie sollen einfach unser Produkt loben – mehr nicht. Sie sollen den Leuten erzählen, wie sie versuchten, den 801 zu knacken, dabei jedoch feststellten, daß er absolut einbruchsicher ist.«

»Mensch, Mr. Fell, kein Safe ist wirklich sicher.«

»Wie das?«

»Ich will damit sagen, daß es so etwas gar nicht gibt. Entschuldigen Sie, daß ich das sage, aber wenn man genügend Zeit und genügend Werkzeug hat, kann man jeden knacken. Jedenfalls bin ich nicht interessiert, Mr. Fell; ich betätige mich jetzt auf einem ganz anderen Gebiet...«

Fell knirschte mit den Zähnen.

»Sammy, versuchen Sie doch zu verstehen! Wir bieten Ihnen eintausend Dollar für den Versuch, diesen Safe zu knacken, und Sie können dabei jeden Trick anwenden, den Sie kennen. Dazu lassen wir Ihnen genau drei Stunden Zeit; außerdem werden eine Menge Zuschauer dabei sein. Reporter, Polizisten...«

»Polizisten?« Sammy wurde blaß.

»Nur als Zuschauer, um zu beweisen, daß Ihr Versuch auch legitim ist. Der 801 ist kein allzu großer Geldschrank, etwa einen auf anderthalb Meter; aber er besitzt einen neuen Zeitmechanismus, den die Holdwell-Leute für narrensicher halten. Man ist dort überzeugt, daß Sie es nicht schaffen, Sammy, und deshalb hat man Ihnen folgendes Angebot gemacht: In den Safe kommt ein Briefumschlag, der fünfzig Scheine über je tausend Dollar enthält. Wenn Sie den Geldschrank in den drei Stunden aufbrechen können, gehört das Geld Ihnen.«

Sammys unschuldige Augen blinzelten.

»Ist das ein Witz, Mr. Fell? Fünfzig Tausender?«

»Fünfzigtausend, Sammy, und die gehören Ihnen, wenn Sie es schaffen. Das dürfte der größte Fischzug Ihres Lebens sein, und hinterher haben Sie nicht einmal die Polizei auf dem Hals. Klingt das nicht wirklich verlockend?«

»Das tut es allerdings«, sagte Sammy. »Nur daß...«

»Ich weiß«, erwiderte Fell feierlich. »Sie arbeiten jetzt auf einem ganz anderen Gebiet. Aber lohnt es sich, Sammy? Lohnt es sich so wie diese Sache?«

»Nein«, gab Sammy zu. »Nicht so wie diese Sache.«

»Für Sie wird es ein großer Erfolg sein – geldmäßig. Und für uns wird es auch großartig sein – verkaufsmäßig. Was meinen Sie nun?«

Sammy kratzte sich den langsam kahl werdenden Schädel. Dann nickte er.

»*Okay*, Mr. Fell. Ich mache es.«

»Wunderbar! Es ist ein Vergnügen, mit Ihnen geschäftlich zu verhandeln, Sammy.«

»Ganz meinerseits«, sagte Sammy schüchtern.

Das Ergebnis der Werbung, die Harrison Fell für den 801 durchführte, übetrraf noch seine Voraussagen, die er den Kunden gegenüber gemacht hatte. Reporter von fünf hauptstädtischen Zeitungen, von fünf Zeitungen anderer Städte und zwei größeren Nachrichtendiensten erschienen zur Operation ›Safecrack‹ in der Fabrik der Holdwell Corporation in Long Island City. Der *New Yorker* schickte seinen besten Mann, Stanley; vertreten waren ferner vier Zeitschriften, die wahre Kriminalgeschichten veröffentlichten, sowie sechs andere, die verschiedenen Interessen dienten. Als offizielle Beteiligung war es Fell gelungen, den stellvertretenden Polizeidirektor zu gewinnen, der jedoch drei stämmige Streifenbeamte als Ehrengarde mitbrachte. Der Anblick der blauen Uniformen war schuld daran, daß Sammy ›The Touch‹ Morrisey nervös schluckte und knurrte, er verschwände lieber. Als die Zeiger der Uhr langsam auf neun rückten, trafen immer neue Zuschauer ein. Gut dreißig leitende Angestellte sowie etwa halb so viele Vertreter der Konkurrenz betraten das leere Lagerhaus aus roten Ziegelsteinen, das für diese Gelegen-

heit geräumt worden war. Bliss, der Präsident der Werbeagentur, war erschienen, desgleichen Winford Stark, der
Werbeleiter der Holdwell Corporation, der strahlend und
händeschüttelnd herumging, als wäre das alles seine eigene
Idee. Großzügig wurden Getränke angeboten, und die
Atmosphäre war festlich, verräuchert, lärmend und erinnerte beinahe an einen Silvesterabend. Während die
vielen Menschen sich drängten und stießen, den Inhalt
ihrer Gläser verschütteten, Witze erzählten und es sich
wohl sein ließen, warteten Sammy und der 801 auf den
Beginn ihres Kampfes.

Schließlich stieg Harrison Fell, selbsternannter Zeremo-
nienmeister, auf einem Stuhl, um die Aufmerksamkeit der
Anwesenden auf sich zu lenken.

»*Gentlemen! Gentlemen*, bitte! Darf ich um Ruhe bitten!«
Es dauerte eine ganze Weile, bis seine Bitte erfüllt
wurde.

»*Gentlemen*, ich möchte Ihnen für diese großartige Beteiligung danken; ich weiß, daß Sie alle es nicht bereuen
werden, an diesem Abend hierher gekommen zu sein.
Ohne weitere Vorrede möchte ich Sie mit den Ehrengästen
des Abends bekannt machen. In dieser Ecke, *Gentlemen* ...«
Wie ein Ringrichter führte er sich auf, und die Menge fing
an, erfreut zu lachen. »Mit einem Gewicht von zwei-
tausenddreihundertsiebzig Pfund der Holdwell 801, Welt-
meister im Kampf um einbruchsichere Geldschränke.
Und in dieser Ecke, mit einhundertzwölf Pfund, Sammy
›The Touch‹ Morrissey.«

Der kleine Sammy erhielt den größeren Beifall; selbst
der stellvertretende Polizeidirektor beteiligte sich daran.

»Wie Sie alle wissen«, sagte Fell, der es genoß, im Mittelpunkt zu stehen, »hält Sammy Morrissey geldschrank-
knackermäßig den Weltrekord sämtlicher Klassen.« Er
wartete auf das einsetzende Gelächter. »Aber die Holdwell
Corporation glaubt, daß der 801 auch Sammys Anstren-
gungen widerstehen wird. Und ihre Überzeugung ist so
groß, daß sie das folgende unglaubliche Angebot gemacht
hat.« Er zog einen weißen Geschäftsumschlag aus der
Tasche. »In diesem Umschlag befinden sich fünfzig

Scheine über je eintausend Dollar, *Gentlemen*! Insgesamt fünfzigtausend Dollar! Mr. Grady, wollen Sie bitte die Tür des Geldschrankes öffnen!«

Grady, ein Wachmann der Firma Holdwell, tat wie befohlen.

»Mr. Grady, wollen Sie bitte den Umschlag in den 801 legen!«

Grady nahm den dicken Umschlag aus Fells Hand entgegen und legte ihn in den Safe.

»Und jetzt, Mr. Grady, würden Sie bitte die Tür des Geldschrankes schließen und den Zeitmechanismus auf morgen vormittag, neun Uhr, einstellen!«

Mit einer kräftigen und entschlossenen Bewegung schlug Grady die Tür aus Walzstahl zu und drehte an dem Mechanismus.

»Alles in Ordnung, Sir«, meldete er und salutierte stramm.

»*Gentlemen*«, sagte Harrison Fell zu der still gewordenen Menge, »der Fehdehandschuh ist geworfen. Hiermit fordert die Holdwell Corporation Amerikas einstigen Geldschrankknacker Nr. 1, den ehrenwerten Sammy ›The Touch‹ Morrissey, auf, den 801 bis Mitternacht zu öffnen. Wenn Mr. Morrissey dies gelingt, geht der Inhalt des Geldschranks in seinen Besitz über. Sind Sie bereit, Sammy?«

Sammys Adamsapfel wanderte auf und ab.

»Ich bin bereit«, flüsterte er.

»Mr. Grady, würden Sie jetzt bitte die Werkzeuge bringen, die Mr. Morrissey angefordert hat!«

Grady erschien mit einem langen Metalltisch, der auf Räder gestellt war; die gesamte Tischfläche war mit Werkzeug jeglicher Art bedeckt.

»Mr. Morrissey, prüfen Sie bitte das Werkzeug und überzeugen Sie sich, ob alles in Ordnung ist!«

»Ich habe es bereits geprüft«, sagte Sammy.

»Ist alles vorhanden? Stemmeisen, Bohrer, Brechstangen Schneidbrenner, Azetylenflaschen, Scheinwerfer und Sprengstoff?«

»Alles da, Mr. Fell.«

»Dann, *Gentlemen*, können wir beginnen. Wer es müde ist, Mr. Morrissey bei seiner Arbeit zu beobachten, ist im Speisesaal der Geschäftsleitung, im Hauptgebäude der Holdwell Corporation, stets willkommen. Dort werden Erfrischungen serviert. Und nun los, Sammy – möge der Bessere gewinnen!«

Unter prasselndem Beifall stieg er von seinem Stuhl. Sammy wartete, bis die Menschenmenge sich wieder beruhigt hatte, und näherte sich dann bedächtig dem Geldschrank.

Eine seltsame, fast umheimliche Stille breitete sich im Raum aus, als Sammy den 801 umkreiste. Lautlos bewegte er sich in seinen Segeltuchschuhen – wie eine Katze, die eine merkwürdig gleichgültige Maus vorsichtig umschleicht. Das Aussehen des stahlgrauen Kastens auf den vier säulenähnlichen Beinen hatte etwas Herausforderndes; er wirkte plump, kampfbereit und trotzig. Sammy näherte sich ihm langsam, berührte ihn aber nicht einmal, und sein kleines hageres Gesicht schrumpfte vor Konzentration noch mehr zusammen.

Dann berührte er die metallene Oberfläche mit einem Finger und kratzte leicht daran. Im Hintergrund kicherte ein Reporter.

Sammy ließ sich durch das Geräusch nicht stören. Die Zuschauer schien er völlig vergessen zu haben. Er strich über den Geldschrank, streichelte ihn, klopfte dagegen und wischte über ihn hinweg. Liebevoll berührte er die Knöpfe des Mechanismus. Er bückte sich und untersuchte die Tür, die unsichtbaren Scharniere, die Bolzen und die Anordnung der winzigen Zahlen. Auf allen vier Seiten waren Scheinwerfer aufgebaut; er ging zu einem hin und rückte ihn ein Stück beiseite, damit er keinen Schatten werfe. Dann untersuchte er wieder die Tür des Geldschrankes und hockte regungslos, wie ein meditierender Buddha, davor.

Die Zuschauer wurden unruhig, weil sie endlich etwas sehen wollten.

Entschlossen ging Sammy zum Werkzeugtisch und suchte einen elektrischen Bohrer sowie ein zusammensetzbares Brecheisen heraus.

Als er den Bohrer am unteren Rand des Geldschranks ansetzte, fing der stellvertretende Polizeidirektor an zu kichern und flüsterte einem seiner Streifenbeamten etwas zu. Aber der Geldschrankknacker ließ sich nicht stören.
Er setzte den Bohrer etwas höher und links von der Geldschranktür an, und dann zog er am Auslöser. Das Geräusch des Bohrers, der sich langsam in das Metall fraß, jagte allen Anwesenden eine Gänsehaut über den Rücken. Plötzlich brach der Bohrer jedoch ab, und betrübt blickte Sammy das Werkzeug an. Hier und da ertönte Gelächter.

Als nächstes holte Sammy sich ein ganz einfaches Werkzeug vom Tisch: ein Locheisen und einen Vorschlaghammer. Beide brachte er zum 801, untersuchte sorgfältig die flachen Knöpfe des Mechanismus und zuckte dann die schmalen Schultern. Was immer er vorgehabt hatte – es ging nicht; mit professionellem Gleichmut trug er das Werkzeug zurück.

In seiner Nähe stieß Harrison Fell mit dem Ellbogen

Winford Stark in die Seite. Vor einem Monat wäre Stark über diese Intimität in Wut geraten; jetzt grinste er nur und sah hocherfreut aus. Aus der Menschenmenge schoß ein Kameramann ein Bild: Sammy bei der Arbeit.

Zu diesem Zeitpunkt lohnten sich noch keine Aufnahmen. Sammy untersuchte den 801 und machte dabei ein bedrücktes Gesicht. Es war offensichtlich, daß er sich einer Sache gegenübersah, die für ihn neu und erstaunlich war. Mit beiden Händen packte er den Safe an einer Seite und wollte ihn anheben; er widerstand jedoch Sammys schwachen Muskeln. Mit fast flehendem Blick sah er Fell an. Dann flüsterte er etwas, und Fell gehorchte. Er winkte den drei Streifenbeamten zu, die nach vorn kamen und Sammy ›The Touch‹ dabei halfen, den 801 auf die Seite zu legen. Der Anblick der Hüter des Gesetzes, die mit einem Geldschrankknacker zusammenarbeiteten, beseitigte die Spannung zu einem Teil. Unterdrücktes Gelächter ertönte aus der Menge.

Dann kniete Sammy sich hin und begann den Boden des Geldschranks genau zu untersuchen; Fell wußte, daß auch das nichts nutzte. Es gab zwar Geldschränke mit weicher Unterseite, aber der 801 gehörte nicht dazu. Sammy steckte einen neuen Bohrer in seine elektrische Bohrmaschine und machte sich an die Arbeit. Der Bohrer brach jedoch ab, und verstört betrachtete Sammy das abgebrochene Ende. Mit einer müden Bewegung veranlaßte er die Polizisten, den 801 wieder aufzurichten.

Um Viertel vor zehn war der Safe immer noch unverletzt, und Sammy griff nach dem Schneidbrenner. Eine halbe Stunde lang leckte die heiße weiße Flamme an der stählernen Tür des 801.

Als Sammy den Versuch aufgab, war die Tür an einer Stelle, die etwa die Größe eines Tellers hatte, leicht verfärbt; der Geldschrank selbst war jedoch noch genauso unversehrt wie bisher.

Sammys Hemd war durchgeschwitzt, seine Augen waren noch blasser und unglücklicher als bisher.

»Er schafft es nicht«, flüsterte Winford Stark Fell zu. »Dieses Baby kriegt er nicht auf!«

Harrison Fell lächelte zuversichtlich, sah jedoch gespannt zu, als Sammy den Behälter mit dem Nitroglyzerin ergriff. Das bedeutete, daß der 801 jetzt wirklich auf die Probe gestellt werden sollte, und gleichzeitig bedeutete es, daß das Lagerhaus bis zu den Türen geräumt werden mußte. Den Laboranten der Holdwell Corporation war es nicht gelungen, den Safe mit Nitroglyzerin aufzusprengen, zumindest nicht mit jener geringen Menge, die erforderlich ist, um nur den Geldschrank und nicht das gesamte Gebäude zu sprengen. Aber trotzdem war der Augenblick äußerst spannend.

»Alles zurück«, schrie Fell gebieterisch. »Alles bitte bis zum Ausgang zurück!«

Der 801 hatte weder Schlüssellöcher noch andere Öffnungen, an denen Sammy den Sprengstoff anbringen konnte; er löste das Problem jedoch dadurch, daß er den Behälter in der Nähe des Scharniers festband. Dann suchte er sich auf dem Werkzeugtisch einen Hammer heraus, trat zehn Schritte zurück und schleuderte den Hammer gegen den Behälter. Es war ein ausgezeichnet gezielter Wurf. Sammy ließ sich zu Boden fallen und bedeckte seinen Kopf mit den Händen. Durch die Explosion klirrten sämtliche Scheiben in den Fenstern des Gebäudes, aber als der Qualm sich verzog, stand der 801 in seiner soliden Unzugänglichkeit immer noch fast unversehrt da.

Sammy geriet jetzt tatsächlich in Schwierigkeiten. Es war fast elf, und er schien nicht weiterzukommen. Fast zwei Drittel der Zuschauer wanderten ab, um die Gastfreundschaft der Holdwell Corporation im Speisesaal der Geschäftsführung zu genießen. Um halb zwölf, als Sammy vor dem Safe hockte und sinnlos mit einem Stahldraht an dem Mechanismus herumstocherte, waren nur noch ein halbes Dutzend Zuschauer anwesend.

Dann ergriff Sammy ein Stethoskop und wartete gespannt auf das Lösen der Halterungen. Aber der berühmte Jimmy Valentine war nur ein Mythos gewesen, und dasselbe galt für Sammys berühmtes Gefühl, den ›Touch‹. Sammy hatte Geldschränke aufgebrochen, aufgeschweißt, zerschlagen und aufgesprengt; aber nicht einen einzigen hatte er mit seinen empfindsamen Fingerspitzen öffnen können. Und soweit er wußte, war es auch keinem anderen bisher gelungen. Aber jetzt versuchte Sammy es doch, und der Schweiß lief ihm über die Stirn und hinter die abstehenden Ohren, während seine Augen starr und glasig blickten, seine Lippen ausgedörrt waren, sein Atem kurz ging und seine Hände zitterten. Es war Verzweiflung, die letzte Hoffnung.

Um Viertel vor zwölf kehrten die Zuschauer zurück, um der letzten Runde des Kampfes beizuwohnen.

Fünf Minuten später, als jeder den Atem anhielt und niemand sich zu räuspern wagte, hantierte Sammy immer noch am Zeitmechanismus herum.

Dann waren es nur noch fünf Minuten.

Sammy stand auf. Wie ein Betrunkener schwankte er hin und her. Mit einem tierischen Laut in der Kehle taumelte er zum Tisch und suchte nach einem Werkzeug, das es nur in seiner Phantasie gab. Auf der rechten wie auf der linken Seite durchwühlte er die Werkzeuge, nahm eines in die Hand und legte es wieder weg, ergriff ein anderes, starrte es an und schleuderte es zum Safe. Mit aller Kraft, die noch in seinen Armen steckte, schwang er den Hammer gegen die Tür, so daß es einen lauten Knall gab. Die Erschütterung wanderte durch den Stiel in seinen Körper und lockerte seinen Griff. Der Vorschlaghammer fiel zu Boden, und Sammy, der wie ein Rennpferd keuchte, stand mit gesenktem Kopf, schlaffen Schultern und Kapitulation in den Augen vor dem 801.

Es war Mitternacht, und der 801 hatte gesiegt.

Der Jubel, der ausbrach, galt nicht dem empfindungslosen Metallkasten; er galt Sammy. Selbst die Polizisten klatschten Beifall in jener besonderen Art, die dem tapferen Verlierer vorbehalten ist. Fell lief zu Sammy, schüttelte ihm die Hand und umarmte den Geldschrankknacker mit seinen fleischigen Armen. Blitzlichter flammten auf. Einige der Reporter, die von der vorübergehenden Erregung angesteckt worden waren, rannten zu den Telefonen, als wären sie Zeugen eines Weltraumstarts gewesen. Winford Stark, der triumphierend grinste, hatte alle

Hände voll damit zu tun, Werbematerial an die Zeitschriftenreporter zu verteilen. Aus dem Hintergrund wurde eine Flasche zu dem Geldschrankknacker durchgereicht, und Sammy nahm einen langen und dankbaren Schluck guten Whisky.

Dann stand Fell auf seinem Stuhl und sprach die Abschiedsworte. Er dankte allen für ihre Teilnahme, dankte Sammy für seine edlen Bemühungen, pries den Einfallsreichtum und die Hartnäckigkeit der Amerikaner und überreichte schließlich Sammy ›The Touch‹ Morrissey den Anteil des Verlierers: eintausend Dollar in bar.

»Danke«, sagte Sammy und nahm das Geld. »Meiner Ansicht nach ist das tatsächlich ein Safe.«

Die Menge fing an zu toben.

Die Party dauerte immer noch an, als Sammy – gedemütigt und verstohlen – aus der Tür schlüpfte.

Am nächsten Morgen wurde Fells fröhlicher Gruß von seiner Sekretärin nicht erwidert. »Eine Mitteilung für Sie«, sagte sie knapp. »Winford Stark möchte, daß Sie ihn sofort anrufen.«

Fell grinste und säuberte den Aufschlag seines Jacketts mit einem Taschentuch. »Wahrscheinlich noch mehr Lob«, sagte er seufzend. »Verbinden Sie mich bitte mit ihm, Schatz.«

Das tat Hilda. Als Stark am anderen Ende der Leitung wie ein verwundeter Stier brüllte, betrachtete Fell den Hörer überrascht. »Was ist denn los, Winford?« fragte er.

»Was los ist? Das will ich Ihnen genau sagen!« brüllte Stark. »Als der Zeitmechanismus den 801 heute morgen öffnete, haben wir einen Blick hineingeworfen. Und wissen Sie, was wir gefunden haben? Einen Umschlag mit fünfzig säuberlich zurechtgeschnittenen grünen Papierschnitzeln! Papier, Fell – haben Sie kapiert?«

»Papier?« Fell mußte schlucken. »Nicht Geld?«

»Nicht Geld!« schrie Stark. »Nur Papier! Wo, Fell, sind die fünfzigtausend Dollar geblieben, die Sie hineingelegt haben wollen?«

»Aber das ist doch nicht möglich! Ich habe das Geld

selbst hineingetan! Irgend jemand...« Er setzte sich schnell hin. »Irgend jemand muß die Umschläge vertauscht haben...«

Starks Stimme stieß krächzend einen Strom von Beschimpfungen, Beleidigungen und Drohungen aus, aber Harrison Fell hörte nicht ein einziges Wort.

»Sammy«, sagte er leise.

»Was soll das heißen?«

»Sammy!« stöhnte Fell. »Dabei hat er es mir noch selbst gesagt, daß er jetzt auf einem anderen Gebiet tätig sei. Hätte ich doch bloß genau hingehört! Warum habe ich nicht aufgepaßt? Er arbeitet heute nicht mehr als Geldschrankknacker – er arbeitet als Taschendieb!«

Henry Slesar
im Diogenes Verlag

Erlesene Verbrechen und makellose Morde
Geschichten. Auswahl und Einleitung von Alfred Hitchcock. Aus dem Amerikanischen von Günter Eichel und Peter Naujack. Mit Zeichnungen von Tomi Ungerer

Ein Bündel Geschichten für lüsterne Leser
Sechzehn Kriminalgeschichten Deutsch von Günter Eichel. Mit einer Einleitung von Alfred Hitchcock und vielen Zeichnungen von Tomi Ungerer

Aktion Löwenbrücke
Roman. Deutsch von Günter Eichel

Das graue distinguierte Leichentuch
Roman. Deutsch von Paul Baudisch und Thomas Bodmer

Vorhang auf, wir spielen Mord!
Roman. Deutsch von Thomas Schlück

Ruby Martinson
Vierzehn Geschichten um den größten erfolglosen Verbrecher der Welt, erzählt von einem Freunde. Deutsch von Helmut Degner

Hinter der Tür
Roman. Deutsch von Thomas Schlück

Schlimme Geschichten für schlaue Leser
Deutsch von Thomas Schlück

Coole Geschichten für clevere Leser
Deutsch von Thomas Schlück

Fiese Geschichten für fixe Leser
Deutsch von Thomas Schlück

Böse Geschichten für brave Leser
Deutsch von Christa Hotz und Thomas Schlück

Die siebte Maske
Roman. Deutsch von Alexandra und Gerhard Baumrucker

Frisch gewagt ist halb gemordet
Geschichten. Deutsch von Barbara Rojahn-Deyk und Jobst-Christian Rojahn

Das Morden ist des Mörders Lust
Sechzehn Kriminalgeschichten Deutsch von Barbara Rojahn-Deyk und Jobst-Christian Rojahn

Meistererzählungen
Deutsch von Thomas Schlück und Günter Eichel

Mord in der Schnulzenklinik
Roman. Deutsch von Jobst-Christian Rojahn

Rache ist süß
Geschichten. Deutsch von Ingrid Altrichter

Das Phantom der Seifenoper
Geschichten. Deutsch von Edith Nerke, Barbara Rojahn-Deyk und Jobst-Christian Rojahn

Teuflische Geschichten für tapfere Leser
Deutsch von Jürgen Bürger

Listige Geschichten für arglose Leser
Deutsch von Irene Holicki und Barbara Rojahn-Deyk

Eine Mordschance
Geschichten. Deutsch von Jobst-Christian Rojahn

Rategeschichten für kluge Köpfe
Deutsch von Jobst-Christian Rojahn

Raymond Chandler
im Diogenes Verlag

»Mit Philip Marlowe schuf Chandler eine Gestalt, die noch heute weltweit als der Prototyp des Privatdetektivs gilt. Humphrey Bogart in der Rolle des Philip Marlowe hat diesen Typus auch optisch bis heute unverdrängbar festgeschrieben.«
Kindlers Literatur Lexikon

»Ich halte es für möglich, daß der Ruhm des Autors Raymond Chandler den des Autors Ernest Hemingway überdauert.« *Helmut Heißenbüttel*

Gefahr ist mein Geschäft
und andere Detektivstories
Aus dem Amerikanischen von Hans Wollschläger

Der große Schlaf
Roman. Deutsch von Gunar Ortlepp

Die kleine Schwester
Roman. Deutsch von Walter E. Richartz

Der lange Abschied
Roman. Deutsch von Hans Wollschläger

Das hohe Fenster
Roman. Deutsch von Urs Widmer

Die simple Kunst des Mordes
Briefe, Essays, Notizen, eine Geschichte und ein Romanfragment. Herausgegeben von Dorothy Gardiner und Kathrine Sorley Walker. Deutsch von Hans Wollschläger

Die Tote im See
Roman. Deutsch von Hellmuth Karasek

Lebwohl, mein Liebling
Roman. Deutsch von Wulf Teichmann

Playback
Roman. Deutsch von Wulf Teichmann

Mord im Regen
Frühe Stories. Deutsch von Hans Wollschläger. Vorwort von Philip Durham

Erpresser schießen nicht
und andere Detektivstories. Deutsch von Hans Wollschläger. Mit einem Vorwort des Verfassers

Der König in Gelb
und andere Detektivstories. Deutsch von Hans Wollschläger

Englischer Sommer
Drei Geschichten und Parodien, Aufsätze, Skizzen und Notizen aus dem Nachlaß. Mit Zeichnungen von Edward Gorey, einer Erinnerung von John Houseman und einem Vorwort von Patricia Highsmith. Deutsch von Wulf Teichmann, Hans Wollschläger u.a.

Meistererzählungen
Deutsch von Hans Wollschläger

Frank MacShane
Raymond Chandler
Eine Biographie. Deutsch von Christa Hotz, Alfred Probst und Wulf Teichmann. Zweite, ergänzte Auflage 1988

Dashiell Hammett
im Diogenes Verlag

»Hammett brachte Menschen aufs Papier, wie sie
waren, und ließ sie in der Sprache reden und denken,
für die ihnen unter solchen Umständen der Schnabel
gewachsen war.
Er brachte immer und immer wieder fertig, was überhaupt nur die allerbesten Schriftsteller schaffen. Er
schrieb Szenen, bei denen man das Gefühl hat, sie
seien noch niemals je beschrieben worden.«
Raymond Chandler

Fliegenpapier
und andere Detektivstories. Aus dem
Amerikanischen von Harry Rowohlt,
Helmut Kossodo, Helmut Degner, Peter Naujack und Elizabeth Gilbert. Mit
einem Vorwort von Lillian Hellman

Der Malteser Falke
Roman. Deutsch von Peter Naujack

Das große Umlegen
und andere Detektivstories. Deutsch
von Hellmuth Karasek, Walter E.
Richartz und Wulf Teichmann

Rote Ernte
Roman. Deutsch von Gunar Ortlepp

Der Fluch des Hauses Dain
Roman. Deutsch von Wulf Teichmann

Der gläserne Schlüssel
Roman. Deutsch von Hans Wollschläger

Der dünne Mann
Roman. Deutsch von Tom Knoth

Fracht für China
und andere Detektivstories. Deutsch
von Antje Friedrichs, Elizabeth Gilbert und Walter E. Richartz

*Das Haus in der
Turk Street*
und andere Detektivstories. Deutsch
von Wulf Teichmann

Das Dingsbums Küken
und andere Detektivstories. Deutsch
von Wulf Teichmann. Mit einem
Nachwort von Steven Marcus

Meistererzählungen
Ausgewählt von William Matheson.
Deutsch von Wulf Teichmann, Walter
E. Richartz, Hellmuth Karasek und
Elizabeth Gilbert

Diane Johnson
Dashiell Hammett
Eine Biographie. Deutsch von Nikolaus Stingl. Mit zahlreichen Abbil-
dungen

Eric Ambler
im Diogenes Verlag

Seit 1996 erscheint eine Neuedition der Werke Eric Amblers in neuen oder revidierten Übersetzungen.

»Die Neuübersetzungen, stilistisch viel näher am Original, offenbaren viel deutlicher die Meisterschaft von Eric Ambler, der nicht nur politisch denkt, klar analysiert, präzise schreibt, sondern bei alledem auch noch glänzend unterhält.«
Karin Oehmigen/SonntagsZeitung, Zürich

»Eric Amblers Romane sind außergewöhnlich, weil sie Spannung und literarische Qualität verbinden. Die neuen und überarbeiteten Übersetzungen im Taschenbuch sind vorbehaltlos zu begrüßen.«
Bayerisches Fernsehen, München

Im Rahmen der Neuedition bisher erschienen:
(Stand Frühjahr 1999)

Der Levantiner
Roman. Aus dem Englischen von Tom Knoth

Die Maske des Dimitrios
Roman. Deutsch von Matthias Fienbork

Eine Art von Zorn
Roman. Deutsch von Malte Krutzsch

Topkapi
Roman. Deutsch von Elsbeth Herlin und Nikolaus Stingl

Der Fall Deltschev
Roman. Deutsch von Mary Brand und Walter Hertenstein

Die Angst reist mit
Roman. Deutsch von Matthias Fienbork

Schmutzige Geschichte
Roman. Deutsch von Günter Eichel

Der dunkle Grenzbezirk
Roman. Deutsch von Walter Hertenstein und Ute Haffmans

Bitte keine Rosen mehr
Roman. Deutsch von Tom Knoth

Anlaß zur Unruhe
Roman. Deutsch von Dirk van Gunsteren

Besuch bei Nacht
Roman. Deutsch von Wulf Teichmann

Waffenschmuggel
Roman. Deutsch von Tom Knoth

Außerdem lieferbar:

Das Intercom-Komplott
Roman. Deutsch von Dietrich Stössel

Doktor Frigo
Roman. Deutsch von Tom Knoth und Judith Claassen

Schirmers Erbschaft
Roman. Deutsch von Harry Reuß-Löwenstein, Th. A. Knust und Rudolf Barmettler

Ungewöhnliche Gefahr
Roman. Deutsch von Walter Hertenstein und Werner Morlang

Nachruf auf einen Spion
Roman. Deutsch von Peter Fischer

Mit der Zeit
Roman. Deutsch von Hans Hermann

Ambler by Ambler
Eric Amblers Autobiographie
Deutsch von Matthias Fienbork

Die Begabung zu töten
Deutsch von Matthias Fienbork

Wer hat Blagden Cole umgebracht?
Lebens- und Kriminalgeschichten
Deutsch von Matthias Fienbork

Über Eric Ambler
Zeugnisse von Alfred Hitchcock bis
Helmut Heißenbüttel. Herausgegeben
von Gerd Haffmans unter Mitarbeit
von Franz Cavigelli. Mit Chronik und
Bibliographie. Erweiterte Neuausgabe

Jim Thompson
im Diogenes Verlag

»Thompsons Romane sind so rabenschwarz wie die
Seelen seiner Helden. Die Sprache ist dem Inhalt ange-
paßt: kurz, hart, lakonisch. Pflichtlektüre für Anhän-
ger des Hard-boiled-Krimis.«
Kölner Stadt-Anzeiger

»Thompson macht kein Hehl daraus, daß er mit der
Weltsicht seiner Helden zutiefst übereinstimmt. Das
Land der unendlichen Möglichkeiten: In seinen Ro-
manen ist es ein einziges Nest von beschränkten, ge-
fräßigen, geilen Provinzlern, die Zeit der Depression
zur Ewigkeit geworden.« *Der Spiegel, Hamburg*

Der Mörder in mir
Roman. Aus dem Amerikanischen
von Ute Tanner und Ulrike Wasel

Getaway
Roman. Deutsch von Günther
Panske und Klaus Timmermann

Gefährliche Stadt
Roman. Deutsch von Ute Tanner
und Werner Rehbein

After Dark, My Sweet
Roman. Deutsch von Andre Simonoviescz

Eine klasse Frau
Roman. Deutsch von Andre Simonoviescz

*Zwölfhundertachtzig
schwarze Seelen*
Roman. Deutsch von E. R. von
Schwarze und Andre Simonoviescz.
Nachwort von Wolfram Knorr

Revanche
Roman. Deutsch von Andre Simonoviescz

Muttersöhnchen
Roman. Deutsch von Andre Simonoviescz

Kill-off
Roman. Deutsch von Andre Simonoviescz

Es war bloß Mord
Roman. Deutsch von Thomas Stegers

Kein ganzer Mann
Roman. Deutsch von Thomas Stegers

Der King-Clan
Roman. Deutsch von Michael Georgi

Ein Satansweib
Roman. Deutsch von Andre Simonoviescz

Magdalen Nabb
im Diogenes Verlag

Tod im Frühling

Roman. Aus dem Englischen von
Matthias Müller. Mit einem Vorwort
von Georges Simenon

Schnee im März – in Florenz etwas so Ungewöhnliches, daß niemand bemerkt, wie zwei ausländische Mädchen mit vorgehaltener Pistole aus der Stadt entführt werden. Eine davon wird fast sofort wieder freigelassen. Die andere, eine reiche Amerikanerin, bleibt spurlos verschwunden. Die Suche geht in die toskanischen Hügel, zu den sardischen Schafhirten – schon unter normalen Umständen eine sehr verschlossene Gemeinschaft. Aber es war keine gewöhnliche Entführung. Die Lösung ist so unerwartet wie Schnee im März – oder *Tod im Frühling*.

»Nie eine falsche Note. Es ist das erste Mal, daß ich das Thema Entführung so einfach und verständlich behandelt sehe. Bravissimo!« *Georges Simenon*

Terror
mit Paolo Vagheggi

Roman. Deutsch von Bernd Samland

Italien 1988 – Zehn Jahre sind vergangen, seit die Entführung und Ermordung des christdemokratischen Politikers Carlo Rota die Weltöffentlichkeit erschütterte. Die Hintergründe des Verbrechens sind ungeklärt geblieben, die Führer der Roten Brigaden ungestraft. Viele in Italien zögen es vor, die Ereignisse in Vergessenheit geraten zu lassen. Doch der Kampf gegen den Terrorismus geht weiter – Lapo Bardi, stellvertretender Staatsanwalt in Florenz, führt ihn unerbittlich.
Der Fall Aldo Moro, mit großer Könner- und Kennerschaft in einen glänzenden politischen Krimi umgesetzt.

»Fesselnd ist nicht allein die feingesponnene Kriminalhandlung sondern auch das sie umgebende Geflecht menschlicher Beziehungen. Der Leser wird mit jeder Seite aufs neue gepackt.«
The Guardian, London

Tod im Herbst
Roman. Deutsch von Matthias Fienbork

Die Tote, die an einem nebligen Herbstmorgen aus dem Arno gefischt wurde, war vielleicht nur eine Selbstmörderin. Aber wer schon würde, nur mit Pelzmantel und Perlenkette bekleidet, ins trübe Wasser des Flusses springen? Überall hieß es, die Frau habe sehr zurückgezogen gelebt. Was für eine Rolle spielten dann die ›Freunde‹, die plötzlich auftauchten?
Wachtmeister Guarnaccia in seinem Büro an der Piazza Pitti in Florenz ahnte, daß der Fall schwierig und schmutzig war – Drogen, Erpressung, Sexgeschäfte –, aber daß nur weitere Tote das Dickicht der roten Fäden entwirren sollten, konnte er nicht wissen...

»Simenon hat Magdalen Nabb gepriesen, und mit *Tod im Herbst* kommt sie einem Florentiner Maigret ohne Zweifel am nächsten.«   *The Sunday Times, London*

Tod eines Engländers
Roman. Deutsch von Matthias Fienbork

Florenz, kurz vor Weihnachten: Wachtmeister Guarnaccia brennt darauf, nach Sizilien zu seiner Familie zu kommen, doch da wird er krank, und es geschieht ein Mord. Carabiniere Bacci wittert seine Chance: Was ihm an Erfahrung fehlt, macht er durch Strebsamkeit wett! Betrug und gestohlene Kunstschätze kommen ans Licht, aber sie sind nur der Hintergrund zu einer privaten Tragödie. Zuletzt ist es doch der Wachtmeister, der (wenn auch eher unwillig) dem

Mörder auf die Spur kommt – und an Heiligabend
gerade noch den letzten Zug nach Syrakus erwischt.

»Unheimlich spannend und gleichzeitig von goldener,
etwas morbider Florentiner Atmosphäre.«
The Financial Times, London

Tod eines Holländers

Roman. Deutsch von Matthias Fienbork

Es gab genug Ärger, um die Polizei monatelang in
Atem zu halten. Überall in Florenz wurden Touristen
beraubt, Autos gestohlen, und irgendwo in der Innen-
stadt gingen Terroristen klammheimlich ans Werk.
Dagegen sah der Selbstmord eines holländischen
Juweliers wie ein harmlos klarer Fall aus. Es gab zwar
ein paar Unstimmigkeiten. Aber die einzigen Zeugen
waren ein Blinder und eine alte Frau, die bösartigen
Klatsch verbreitete. Trotzdem war dem Kommissar
nicht wohl in seiner Haut – es war alles ein bißchen zu
einfach...

»Eine gut ausgefeilte Mystery-Story, bestens einge-
fangen.« *The Guardian, London*

Tod in Florenz

Roman. Deutsch von Monika Elwenspoek

Sie ist auf dem Revier, um ihre Freundin vermißt zu
melden. Beide sind Lehrerinnen und ursprünglich zum
Italienischlernen aus der Schweiz nach Florenz gekommen und dann geblieben, um illegal zu arbeiten –
die eine in einem Büro, die andere bei einem Töpfer
in einer nahen Kleinstadt. Seit drei Tagen ist die bild-
hübsche Monika Heer spurlos verschwunden...

»Magdalen Nabb muß als die ganz große Entdeckung
im Genre des anspruchsvollen Kriminalromans bezeichnet werden. Eine Autorin von herausragender
internationaler Klasse.« *mid Nachrichten, Frankfurt*

Tod einer Queen

Roman. Deutsch von Matthias Fienbork

Alle haßten die lebende Lulu, und die tote Lulu war erst recht keine sympathische Erscheinung. Niemand wollte mit diesem unmöglichen Fall zu tun haben, schon gar nicht Carabiniere Guarnaccia. Es hatte andere Fälle dieser Art gegeben, doch als schon wenige Tage später die erste Festnahme erfolgte, waren alle Beteiligten verblüfft und beeindruckt. Nur Guarnaccia konnte sich, trotz aller Beweise, nicht vorstellen, daß die launenhafte Peppina einen so kaltblütigen und komplizierten Mord verübt haben sollte.

»Die Beobachtung der menschlichen Komponente in diesem Mordfall übertrifft sogar die meisterhafte Form.« *New York Times Book Review*

Tod im Palazzo

Roman. Deutsch von Matthias Fienbork

Mord, Selbstmord oder Unfall? Wenn es in einer der ältesten Adelsfamilien von Florenz einen Toten zu beklagen gibt, kann es nichts anderes als ein Unfall gewesen sein. Ein Selbstmord würde den Ruf der Familie ruinieren und den Verlust der dringend gebrauchten Versicherungssumme zur Folge haben. Wachtmeister Guarnaccia glaubt aber nicht, daß das, was im Palazzo Ulderighi geschehen ist, ein Unfall war. Doch darf er nichts von seinem Verdacht verlauten lassen, will er seine Stelle nicht riskieren.

»Dieser gutherzige sizilianische Wachtmeister Guarnaccia wurde von der *Times* mit Maigret verglichen. Er gleicht der Simenonschen Figur in seiner Weisheit, seiner kräftigen Körperlichkeit und in seinem gesunden Menschenverstand. Simenon gratulierte Magdalen Nabb zu ihrem lebendigen Florenz, mit seinem leichten Morgennebel, seinen Gerüchen und Geschmäcken.« *Il Messaggero, Rom*

Tod einer Verrückten
Roman. Deutsch von Irene Rumler

Warum sollte jemand Clementina ermorden wollen, jene liebenswerte Verrückte, die jeder kennt im Florentiner Stadtviertel San Frediano? Wie sie in ihrem abgetragenen Kleid vor sich hin schimpfend immer vor der Bar mit dem Besen herumfuhrwerkte – das war ein allen vertrautes Bild. Erst als Clementina tot ist, wird klar, wie wenig man eigentlich von ihr weiß. Guarnaccia steht ohne einen Hinweis auf ein Tatmotiv da. Bis er beginnt, Clementinas Vergangenheit zu erkunden und zu den traumatischen Ereignissen vordringt, die das Leben der alten Frau so nachhaltig beeinflußten ...

»Mit diesem Buch findet ihre ausgezeichnete Romanserie, in deren Mittelpunkt der italienische Carabiniere Guarnaccia steht, eine würdige Fortsetzung.«
London Daily News

Das Ungeheuer von Florenz
Roman. Deutsch von Silvia Morawetz

Endlich scheint das Ungeheuer von Florenz, der Mörder von acht Liebespaaren, gefaßt zu sein – nach über 20 Jahren Ermittlungsarbeit eine Sensation. Das Ergebnis des Indizienprozesses vermag Maresciallo Guarnaccia jedoch nicht zu überzeugen. Er sieht hinter die Kulissen einer korrupten Justiz, setzt dort an, wo diese schludrig gearbeitet hat, und stößt dabei auf schauerlichste Familienverhältnisse.
Ein Roman, der behutsam mit einem brisanten Thema umgeht: dem Prozeß von 1994 gegen den mutmaßlichen Serienmörder von Florenz.

»Ein unheimlicher Thriller, in dem Vergangenheit und Gegenwart aufeinanderprallen in einem Florenz, das in Sachen Grausamkeit dem der Medici in nichts nachsteht und wo Lügen oft glaubwürdiger sind als die Wahrheit.« *Manchester Evening News*

Geburtstag in Florenz

Roman. Deutsch von Christa Seibicke

Oben auf den Hügeln vor Florenz liegt in der Villa Torrini eine bekannte Schriftstellerin tot in ihrer Badewanne. Unten in der Stadt kämpft Guarnaccia vergeblich gegen neue Launen der Bürokratie und gegen die Hungerattacken, die ihm seine Diät beschert. Der Fall fordert klares Denken, aber der Maresciallo ist vor Hunger ganz benebelt und fühlt sich gedemütigt vom Sarkasmus des berüchtigtsten Staatsanwaltes in der Stadt. Als er Freundeskreis und Ehemann der toten Schriftstellerin befragen muß, befürchtet Guarnaccia schon, daß dieser Fall seine Möglichkeiten übersteigt. Doch da kommt Hilfe in Gestalt einer lang verdrängten Erinnerung aus seiner Schulzeit in Sizilien: Das weit zurückliegende Leiden von Vittorio, dem zerlumpten Kind der Dorfnutte, bringt den Maresciallo auf die Lösung des geheimnisvollen Falles in der Villa Torrini.

»Carabiniere Guarnaccia ist der Typ Inspektor Columbo: etwas langsam, fast trottelig, aber nachdenklich und beständig, einer, der den Nebenaspekten eines Falles nachgeht und sich auch nicht scheut, eine Untersuchung noch einmal von vorne zu beginnen, weil er Zweifel an deren Ergebnissen hat. Ein aufrechter Polizist mit einem guten Herzen, der nebenher noch alten Damen ihre Handtaschen zurückbringt und ihnen, aus Mitleid, den Diebstahl aus der eigenen Brieftasche ersetzt.« *Deutsche Welle, Köln*